RAFAEL PÉREZ Y PÉREZ

NOVIOS DE VERANO

NOVELA

EDITORIAL JUVENTUD, S. A.
PROVENZA, 101 - BARCELONA

© Rafael Pérez y Pérez, 1964
© EDITORIAL JUVENTUD, BARCELONA (ESPAÑA), 1964
Tercera Edición, noviembre 1978
Depósito Legal, B. 31.701-1978
ISBN 84-261-5572-3
Núm. de edición de E. J.: 6.064
Impreso en España - Printed in Spain
LITOGRAFÍA FISÁN, S. L. - Jaime Piquet, 7 - Barcelona-17

1

Clara Aguirre entró en el portal doblando el velo. En la parroquia estaban tocando el *Angelus*, pero ella no se había querido quedar, porque ya de suyo el ejercicio del mes de María terminaba un poco tarde y su padre no gustaba de que se sirviera la cena más allá de las nueve.

Don Miguel Aguirre era un hombre exacto en todas sus cosas, y en su casa reinaba un orden perfecto.

El portero, uniformado, saludó con untuosa reverencia a la hija del patrón y se adelantó a abrirle el ascensor.

—¿Sabe usted si mi sobrina ha llegado, Antonio?

—Todavía no, señorita Clara.

La señorita Clara tenía el ceño fruncido cuando el ascensor se puso en marcha. Conocía a su padre y sabía que las tardanzas de la nieta le sacaban de quicio. Instintivamente miró su reloj y comprobó que eran las nueve en punto. El tiempo justo para dejar el rosario y el velo en su cuarto, retocarse un poco y hacer acto de presencia en la sala de estar.

En cuanto salió del ascensor se dio cuenta de que la tormenta había estallado. El viejo criado que le abrió la puerta estaba muy serio, y no necesitó preguntar lo que pasaba, porque las voces de su padre, en pintoresco soliloquio, le llegaron distintas.

—¡Vaya por Dios! ¡Esa mocosa va a sacarme de tino...! —murmuró.

Y, volviéndose de cara al criado, inquirió, breve:

—¿Qué es «eso», Manuel?

—La señorita María Antonia, que no ha venido aún... —confesó el hombre, contrariado.

Clara Aguirre renunció a retocarse y entregó a la doncella, que asomaba por el corredor, su velo y su grueso rosario de nácar engarzado en oro, venerable reliquia familiar enriquecida con innumerables indulgencias. No quería perder tiempo ni estirar más la cuerda de la paciencia paterna.

El cuarto de estar se hallaba medio alumbrado por una lámpara de pie junto a un butacón con orejeras, donde habían quedado amontonados las revistas y los periódicos que leía don Miguel Aguirre, cuando las sonoras campanadas de un antiguo reloj de caja sito en el último rellano de la escalera habían llegado a sus oídos midiendo la hora.

Clara Aguirre entró suavemente, con aquella maravillosa suavidad que matizaba todos sus movimientos y que era como un sedante para el padre, agitado por la vida de los negocios y sacudido por incontables contrariedades.

—Buenas noches, papá... ¿Qué te pasa? Desde la escalera te oí vociferar...

—¿Vociferar? —se revolvió, iracundo, el anciano—. ¡Yo no vocifero! ¡Estallo, sencillamente, cuando se me rompe la cuerda de la paciencia!

—Bueno, pero ¿qué pasa ahora?

—Ahora y siempre, pasa que esa cría va a acabar conmigo si no me decido a pararle los pies. Tú no estabas en casa cuando salió a eso de las cuatro.

—No. Hoy me tocaba asistir al ropero parroquial, y luego, como todos los días, me quedé al mes de María.

—Bueno, pues consiguió con mil carantoñas que le diera permiso para llevarse el coche pequeño... ¡Ese condenado coche que en mala hora se me ocurrió regalarle a su salida del colegio! Bien decías tú que era una imprudencia y que yo estaba más loco que ella... —confesó el señor Aguirre—. Creo que iban una cuadrilla de amigos al coto de Luis Fernández a merendar...

—Pues la cosa, hasta aquí, no veo que tenga importancia.

—¿Ah, no? Pues la importancia consiste en que le exigí que estuviera de vuelta a las ocho lo más tarde, porque no me cae en gracia que vaya por ese mundo sola, sin más compañía que la de esa pandilla de tipos que el que más y el que menos debería estar en manos de un psiquíatra. Eso es. Además, que esta noche habíamos quedado en ir al teatro, y bien sabes que así era, porque tú misma pediste por teléfono el palco a contaduría. Bien, pues son las nueve pasadas y aún no ha aparecido.

—No te pongas así, padre. No creo que les haya ocurrido nada.

—¿Tú crees? ¡Dios te bendiga! Es una dicha eso de no pensar nunca en mal. Yo, como sé que va por esas carreteras como una loca, me la estoy viendo espatarrada y maltrecha en una cuneta. Y el coche hecho trizas, que al fin eso sería lo de menos, porque todo lo que se puede arreglar con dinero...

—¡Jesús, Dios mío, qué imaginación tienes, papá! Cualquier cosa que no dependa de su voluntad puede haber entretenido a María Antonia. Una rueda que se pincha, una bujía que falla, cualquier tontada, vamos. Además, no va sola, y, con tanta gente, cualquiera hubiese dado parte de lo que ocurriera, si es que en verdad ha ocurrido algo.

—¡A mí no me vengas con disculpas, doña Suavidades, que yo sé de sobra lo que estará pasando! O se ha roto la crisma y no hay quien se atreva a decírmelo, o se le ha ido el santo al cielo y está en todas sus glorias de juerga y de jaleo con la pandilla, sin acordarse de que en el mundo tiene un abuelo al que va a matar a disgustos. ¡Egoísta! Eso. Una egoísta. Ni nunca jamás que se me hubiera ocurrido sacarla del colegio.

Clara se echó a reír. Le divertían los enfados de su padre, tan parecidos a los de un chiquillo mimado.

Se revolvió hacia ella el buen señor como una avispa, los ojos echándole chispas y con clarísimos deseos de arañarla si ello hubiese sido posible.

—¡Ah!, pero ¿te ríes?

—Papá, por Dios. No voy a reírme, si dices cada cosa... ¿Qué tenía que hacer María Antonia en el colegio a los dieciocho años bien cumplidos? Sin contar que las madres no hubieran admitido esa injustificada prolongación de su permanencia en el internado.

—Tú siempre a defenderla. ¿Y sabes lo que te digo, hija? Que tú, con tus parcialidades, y yo, con esta debilidad que siento por ella, que en cuanto me da dos besos o me hace un mimo soy hombre al agua, vamos a tener que darle mucha cuenta a Dios. Sí, sí, no protestes, Clara;

porque esa niña va demasiado suelta, y el mundo no está hoy como para dejar a una chica confiada a sus propias fuerzas.

—María Antonia es buena.

—¡Faltaba que no lo fuese! ¿A quién había de parecerle? Su madre fue un ángel y su padre un bendito de Dios, y en cuanto a los viejos de una y de otra rama, no hay nadie que pueda señalarlos sino en buenas cualidades y honradez. Y dichosa la rama que al tronco sale... Por eso sería una pena que esas compañías de locos que son sus amigos me la echaran a perder.

—Eso no durará mucho. Cualquier día, ese ir y venir sin freno, ese divertirse sin descanso, acabará de golpe.

—¡Vaya! ¿Y cómo ha de ocurrir ese milagro?

—Se echará un novio. Y el novio se encargará de frenarla si es de veras un hombre y la quiere.

—Ahí está el quid de la cuestión. Encontrar «un hombre». Y que la quiera por ella y no por su dinero. No me negarás que ése es un asunto difícil, porque también hay una de sinvergüenzas cazadotes que espanta.

Los agitados y furiosos paseos de don Miguel Aguirre hacían retemblar el piso. Iba y venía de un extremo a otro de la pieza, bajo la mirada un poco socarrona de Clara y la soñolienta de un precioso gato siamés que se enroscaba sobre una alfombrilla.

—Hay que confiar en la Providencia, papá, que a su hora deparará el hombre más conveniente.

—¿Te lo ha dicho a ti? —se paró, burlón, el viejo.

—¿Quién?

—La Providencia.

—Mira, papá, no seas irrespetuoso, que eso es de muy poco gusto. Yo confío en Dios, sencillamente, porque todos los días, en la comunión, le pido que arregle este desarreglo y ponga su santa mano. Y no dudo de que Dios me ha de escuchar, pues se lo pido con mucho agobio. Yo temo tanto como tú que el ambiente actual nos eche a perder a la niña, y con toda mi alma espero que un buen marido la sostenga en sus buenos principios y la aparte de toda esta disipación modernísima... y perniciosa.

—No, si yo también confío en Dios; no vayas a creer que yo soy un descreído ni un rebelde —replegó velas, contrito, el señor Aguirre —. Lo que pasa es que estoy volado y no sé lo que me hablo. ¿Decías que un novio...?

— Justo. Pero no uno de esos muchachos de su camarilla, que son unos inútiles, vagos y estúpidos. No.

— Claro que no. Antes la mataba de un garrotazo que entregársela a uno de esos niños idiotas. ¡Faltaba más!

— Pues mira, yo no las tengo todas conmigo, no creas. Me han dicho que si la va rondando Gumersindo Belmonte.

Desde el extremo del cuarto de estar, don Miguel se volvió a poner de un brinco a la altura de su hija.

— ¿Gumersindo Belmonte? ¡No me lo digas!

— Me lo ha dicho Pepa Arroyo, que es parienta. Y, por cierto, contentísima. Como que sería la salvación de Gumersindo. Anda entrampado hasta las orejas, dicen...

— ¡Ah, pues no! ¡Eso sí que no!

— Y, además, juega. Y de faldas, no se hable. Un horror. No hay corista que venga al *Cómico* y él no tenga que ver con ella. Y otras cosas.

— ¿Y qué hacemos, hija?

— Pues, de momento, observar, y cuando las cosas se vean claras, porque a lo mejor la gente habla y todo son mentiras...

— ¿Qué?

— Nada de violencias, que engendran rebeldías, padre. Habrá que andar con pies de plomo, que no será la primera boda que se haría por ponerse farrucos los mayores. Simplemente por eso. Bodas que se hubieran deshecho por sí solas y que la «tipitía» de unos y de otros han llevado al fin.

— Tienes razón, doña Suavidades. Y entiendo... ¿Eh? ¿Has oído? Ha parado un coche a la puerta de la casa... Asómate a ver si es la niña... ¡No sé si le doy una paliza como a una chiquilla desobediente y malcriada!

Clara Aguirre se levantó sin prisas. Sabía que la que llegaba era su sobrina. Su fino oído había percibido las voces de despedida de los compañeros de excursión, y no tardaron mucho en oírse los pasitos ágiles y vivos de alguien que cruzaba la galería. Momentos después, María Antonia Velázquez y Aguirre irrumpía como un huracán en la pequeña estancia y abrumaba a su abuelo bajo un chaparrón de besos y un aluvión de caricias.

2

—Bueno, ya está bien de besuqueos, farsanta, que eres una farsanta... —se despegó el abuelo con mal fingidas severidades—. «Mucho te quiero, perrito, pero pan, poquito», eso es. Mucho mimo... de pega y muy poco preocuparse de este viejo que anda más quebrantado de salud de lo que nadie piensa. ¡Vamos con la niña! ¿De dónde viene usted a estas horas con esa pandilla de indeseables? ¡Vamos, diga usted!

—Abuelito, por Dios, no me riñas. Mira que yo no he hecho nada malo. Hemos ido al coto de Luis Fernández, hemos merendado, hemos bailado un ratito con un tocadiscos que agenció Marujita Ponce y nos hemos venido, ya ves...

—Ya, ya veo... ¡A las diez menos siete minutos, una señorita decente, por esas carreteras, sin más persona que la autorice que una camarilla de locos! ¿Cuándo se ha visto eso?

—Pero, abuelito, tú no piensas que ya no estamos en tus tiempos, cuando una chica bien no podía salir a la calle si no la escoltaba una «carabina». Ahora la gente vive de otra manera...

—¡Ahora hay más poca vergüenza, eso es!

—No, poca vergüenza siempre la ha habido, no creas, porque de los antiguos se oye contar cada cosa...

—¡María Antonia...! —advirtió Clara Aguirre reprendiendo.

—Perdón, abuelito; perdón, tía Clara... Es que me solivianta que creáis que porque usamos de más libertad somos peores que las mujeres de antaño... —se excusó humildemente María Antonia Velázquez y Aguirre.

Y entonces, al tratar de recoger un mechón de pelo que le colgaba sobre la frente, los dos se dieron cuenta de que brazo abajo le estaba corriendo un hilo de sangre muy roja.

—Oye, ¿qué te pasa a ti? ¿Qué es eso? ¿Vienes herida? ¡Ya decía yo que algo malo te estaba ocurriendo!

No, si tengo un corazón más fino... ¿Qué ha sido? ¡Habla, mujer! ¿Qué ha sido?

—No me riñas, abuelito guapo, que bastante tengo con lo que tengo... —lloriqueó la muchacha.

—Bueno, pero habla, hija. En resumidas cuentas, ¿qué fue?

Clara estaba acabando de remangar la manguita corta del traje estampado de su sobrina. Clara era mujer de pocas palabras. No así el abuelo, a quien toda la angustia se le salía por la boca.

—No fue nada... Es decir, fue lo menos... Gumersindo, que se empeñó en conducir mi coche y estaba un poco bebido. Parece que empinó más de la cuenta en la merienda, y al volver una curva se topó con un camión tremendo, sin tiempo para más que para darle una vuelta al volante y empotrar el coche contra un muro más allá de la cuneta. El coche, por suerte, no sufrió más desperfectos que unas abolladuras en los guardabarros y el capó. Nada de importancia. Pero él estaba muy magullado, el pobre, y yo me corté con el cristal del parabrisas, que también saltó hecho cisco.

—¡Bendito sea Dios, bendito sea Dios! —rezó entre dientes Clara Aguirre.

El abuelo se fue derecho a ella, la mano en alto, furioso:

—¡Merecías... merecías que te soltara dos buenas bofetadas, mocosa! Eso es.

—Papá, será mejor que no se las sueltes y llames a Manuel para que telefonee al doctor Peñaclara. Esto es de más consideración de lo que parecía en un principio, y yo no me atrevo a hacer una cura bajo mi responsabilidad. Toca el timbre, vamos...

Don Miguel apretó el botón con furia, y el timbrazo levantó la casa, asustando al servicio, que estaba reunido en la cocina.

—¡Vas a matarme! Sabes de sobra que tengo el corazón averiado, y no me escatimas ni un susto, ni una contrariedad, ni una pena. Eso es. Eres una egoísta. Desde el otro mundo, tus padres estarán avergonzados de ti. ¿Ése es el pago que me das por haberte recogido cuando ellos murieron, por haberte criado con todo el mimo, por haberte educado como a una princesa, por darte todos los gustos, por...?

—¡Cállate, papá, por favor, que te estás excitando! ¿A qué viene ahora eso? —cortó Clara.

—¡Pues déjala y que me mate!

—No exageres, papá, y dime a qué conduce ahora este salirse de madre y darles a los nervios tanta cuerda... Anda, vamos al comedor y comencemos a cenar en tanto viene o no Peñaclara, que a lo mejor tarda. Y aquí no ha pasado nada. Sólo que habremos de llegar a un acuerdo para que estas escenas no se repitan.

—Sí, tía Clara.

Sumisa la muchacha. Refunfuñando el viejo. Y con un secreto proyecto la mujer ya entrada en los cuarenta, con experiencia de la vida y una enérgica decisión en el ánimo.

El dolor había probado duramente a Clara Aguirre, dejándola sin el novio que iba presto a convertirse en marido. La revolución roja dejó huella en su vida. Un día, un muchacho lleno de entusiasmos pagó el fervor de sus ideales muriendo, cobardemente asesinado, bajo las pistolas marxistas.

Clara recordaría mientras viviera el momento en que con los padres del muerto fue a recogerlo en la cuneta de cierta carretera donde quedó tirado como un guiñapo. Desde entonces, en su alma no hubo más alegría, ni más ilusiones, ni más ansias de amores. Vivió retirada, entregándose al recuerdo del hombre perdido, y su belleza, que no era poca, por milagro de Dios se mantuvo lozana y fresca, en contradicción con el agotamiento de su espíritu.

Que no le faltaron —guapa y rica— pretendientes más o menos interesados, más o menos enamorados, era cosa olvidada de puro sabida. Pero Clara Aguirre se encerró en una negativa que parecía inquebrantable. La muerte de su madre la apegó más al padre, necesitado de cuidados y consuelos, y todos se dijeron que ahora sí, definitivamente, Clara Aguirre iba a renunciar al matrimonio.

3

—Sírvete más sopa, nena...

—No, abuelito; no tengo apetito...

—No insistas, papá. Debe de tener décimas. El corte es como para tenerlas — advirtió Clara, que era una eficiente enfermera.

—Y si sólo fuera lo del brazo... — gimió María Antonia.

—¿Cómo? ¿Pero es que aún hay más? — se alborotó el abuelo.

—Me magullé una pierna... No sé lo que tendré... No puedo doblar la rodilla. Me duele horrores.

—¡Dios sea con nosotros. ¡Mira, mira, mocosa, vas a acabar conmigo...! ¿Cómo voy a cenar yo, si la cena me va a servir de veneno? ¡Cuando yo te digo que serás mi muerte...!

María Antonia se abrazó al cuello del abuelo pidiéndole con voz mojada en lágrimas mil veces perdón, y el final de la escena fue sorprendido por el doctor, que llegaba echando los bofes, tal había sido de alarmante el recado que Manuel dio por teléfono.

4

—¿Es de importancia, doctor? — se inquietó don Miguel.

—Por fortuna, no. Unos días de inmovilidad para pierna y brazo, y María Antonia quedará como nueva. Pero usted me preocupa, don Miguel. Le veo muy afectado, y ya sabe que su corazón no está para bromas...

María Antonia, presa de unos remordimientos horrorosos, se dijo que si al abuelo le pasaba algo, ella sería la culpable. Pidió a Dios que solucionara las cosas y ofreció — enorme sacrificio — plegarse a todas las disposiciones de tía Clara y del viejo, por cavernícolas que se mostrasen. ¡Todo antes que asumir la tremenda responsabilidad de sentirse culpable de cualquier accidente grave del abuelo! Resistiendo el vivo dolor de la primera cura, se mantenía la muchacha repantigada en un sofá, los ojos cerrados y las manos crispadas. No vio salir a Peñaclara seguido de su tía y del abuelo, pero pudo oír la extraña despedida.

—Mañana le espero a usted en la clínica, don Miguel. Quiero hacerle un nuevo reconocimiento... — le guiñó un ojo al doctor.

—Iré. ¿A qué hora? — aceptó don Miguel.

—Pues cuando salga usted de su oficina...

—Yo iré con él, doctor. Quisiera hablarle de... de un asunto.

—¿También se siente mala, Clara? — Y la voz del galeno se dulcificó de un modo notable —. Bueno, venga. Ya veremos lo que hay... Buenas noches. Y la niña, que no se mueva hasta nueva orden. Mañana, cuando salga a la visita, volveré a ver cómo se encuentra.

María Antonia estaba francamente asustada. No por ella, sino por su abuelo.

5

El doctor dejó caer el fonendoscopio y se frotó las manos, satisfecho.

—Esto va muy bien... Pero si quiere usted que esa maravilla de su nieta se asuste un poco y así venga a mejores disposiciones de docilidad y sensatez, habrá usted de exagerar la nota y representar una comedia pequeñita.

—No sé si tendré disposiciones de actor, pero por hacer entrar en vereda a esa loca estoy dispuesto a todo.

—Bien, pues esta tarde, cuando salga a la visita, pasaré por su casa. ¿Me dejan ustedes ya? ¡Qué prisa!—murmuró, mirando nostálgico a Clara Aguirre —. Ya vieron que no me queda gente... No tengo nada urgente y podemos prolongar este rato tan agradable...

—Gracias, doctor, pero yo me vuelvo a mi oficina, porque dejé sin firmar unas cuantas cartas que han de salir hoy mismo.

— Me quedaré yo unos momentos—decidió Clara Aguirre, y la cara del médico se iluminó de puro gozo.

— ¿Consulta médica?—se medio burló el señor Aguirre.

— Ya sé que mi aspecto no es precisamente el de una enferma, papá — se echó a reír Clara —. Y no. No he de consultarle al doctor acerca de mi preciosa salud. Es un asunto casi se puede decir de orden moral.

— ¡Digo...! Bueno, pues que se entiendan ustedes y hasta la tarde.

6

— ¿Qué le ocurre a usted, Clara?

— Necesito de usted un favor. Un grandísimo favor.

— Si está en mi mano hacerlo, cuente con él.

— La chiquilla está a punto de cometer un tremendo disparate.

— ¿Sí? La sé atolondrada y un poquillo loca (los dieciocho añitos), pero no insensata ni poco inteligente. ¿Qué puede intentar que sea motivo para poner en usted una alarma semejante como la que veo brillar en sus ojos?

— Me han dicho que está a punto de comprometerse, o que ya lo está, con Gumersindo Belmonte.

Frunció el ceño Peñaclara. Era un hombre de cuarenta y tantos años, buena facha, alto, delgado, fino en todos sus gestos y ademanes. Un hombre que daba amplia sensación de inteligencia e invitaba a confiar en él por la nobleza que se leía en todos los rasgos de su aguda y austera cara.

— ¿El hijo del conde de Aureaga?

— Sí. Al padre le sobran blasones y vergüenza, ésa es la verdad; pero el hijo cuentan que no ha salido al padre. ¿Usted oyó decir algo?

— Claro que lo oí. Juega fuerte en el Casino. Frecuenta todos los sitios indeseables de la ciudad, y, en cuestión de mujeres, todas las artistas que vienen a hacer revista al *Cómico* le conocen y saben de sus despilfarros y fanfarronadas. Desde luego, está a la cuarta pregunta, entrampado hasta los ojos...

— Exacto. Nuestras noticias coinciden, doctor. Y se

supone que busca en mi sobrina un puntal para sus apolilladas armas. Es decir, que lo que le interesa no es la mujer, sino la dote.

—De acuerdo. Y María Antonia es rica. Muy rica.

—Sí, doctor. María Antonia heredó una fortuna de su padre y otra de su madre, porque ha de saber usted que mi padre, cuando murió mamá, se dio buena prisa a poner en nuestras manos la legítima que nos correspondía. Añada usted, además, la que la espera de un tío de su padre, que es soltero y anda podrido de millones. Y agregue lo que haya de heredar de su abuelo el día, quiera Dios que tarde, en que pase a mejor vida...

—Sí, Clara. Todo el mundo sabe que su sobrina viene a ser algo así como un premio gordo de la lotería. ¿Y entonces?

—El abuelo anda desquiciado desde que ha sabido ese cortejo, y la verdad es que ni él ni yo sabemos cómo impedirlo, porque, si lo tomamos por la tremenda, Gumersindo es capaz de todo. Hasta de fugarse con ella...

—No creo a María Antonia capaz de seguirle...

—Yo creo, en cambio, que una chica de sus años, un poco cándida, porque no conoce aún nada de la vida ni mucho menos de los hombres, es materia fácil a los manejos de un sirvergüenza. Y quiero que usted, que es hombre curtido y muy de mundo y además un buen amigo, me diga qué es lo que haría en nuestro caso. ¿Dejarla en libertad de seguir sus impulsos? ¿Contrariarlos? .

—Pues ni una cosa ni otra. Sencillamente, yo recurriría a la diplomacia, que es un gran arte, y muchísimas veces se llega a un sitio mejor por la línea curva que por la recta. Aunque se tarde más tiempo.

—Bien, doctor. ¿Qué le parecería a usted oportuno? ¿Un viaje?

—Un viaje. O una estancia de algunos meses en un lugar cualquiera donde no tuvieran ustedes el peligro de que se encontrase con Gumersindo. ¡Sí, eso sería lo mejor!

—Para una cosa así, es decir, para confinarla en una playa o en un campo escondido, sería necesario que interviniera usted, si su ética profesional no lo impide.

La risa viril y limpia del médico resonó en los ámbitos de la blanca clínica, asombrando a la enfermera, que no solía disfrutar con frecuencia del espectáculo agradable de esta hilaridad de su jefe, más bien hombre grave y recio.

— Me temo que en mi conciencia pesará más que esa ética profesional la dicha de poder servirla a usted, Clara.

Sintió Clara Aguirre que un leve calor encendía sus mejillas, todavía frescas y lozanas como las de una muchacha, y una ligera turbación la hizo parpadear bajo la mirada atenta y sonriente de su interlocutor.

— Doctor, es usted muy amable...

— ¿Amable? ¡No! Todo el mundo me tiene por un erizo. Lo único que pasa es que siento debilidad por usted. Eso es todo.

— Gracias.

— Esto se va pareciendo a un floreo galante, Clara — volvió a reír el médico —. Y no creo que ninguno de los dos estemos en condiciones de perder el tiempo en tales tonterías; así que vayamos derechos al asunto y disponga usted de mis ayudas si ellas no se oponen a la moral profesional, como antes dijo usted muy bien, aunque ya sé que de eso no adolecerán sus proyectos, porque ni usted es mujer capaz de tentarme a cometer una acción equívoca, ni yo soy hombre que claudique en materia tal.

Clara Aguirre se sentó en la silla metálica que el doctor le ofrecía, y los vuelos de su amplia falda de seda estampada en colores suaves se extendieron como los pétalos de una gran flor en el asiento y cayeron a ambos lados, hasta tocar el suelo, enlosado de mármol blanco. Era rubia y parecía más joven de lo que era realmente, quizá porque la carencia de todo linaje de afeites la había conservado fresca y lozana. Sus ojos, de color violeta, eran misteriosos y apasionados y recataban pudorosamente su fondo, celosa de sus impresiones.

Peñaclara la estaba mirando complacido en tanto la voz educada y suave como ella misma — doña Suavidades — iba cayendo lentamente, armoniosamente, como melodía musical, en el silencio de la clínica.

7

Aquella mañana, don Miguel llegó a su despacho con un humor de todos los diablos. El susto de días atrás le había trastornado completamente. Verdad era que, a sus años y con el corazón fastidiado, no se necesitaba gran cosa para desequilibrarle. Además, los negocios iban siendo ya carga demasiado dura para sus viejos hombros, y a ratos se dolía hasta el fondo de su ser de aquel hijo que se le murió cuando ya había cumplido los doce años, dejándole solo con dos muchachas muy inteligentes, pero ninguna de ellas apta para asumir la dirección de sus fundiciones, de sus talleres de forja artística y de sus factorías de maquinaria agrícola.

Entró en las oficinas refunfuñando, a grandes zancadas y con cara de pocos amigos. El personal que trabajaba en las máquinas de escribir cruzó miradas inquietas, sospechando lo que se les venía encima, y ello fue que no encontró nada a su gusto y hubo reprimendas para el jefe de personal, para los de sección, para las mecanógrafas, para el ordenanza y hasta para el diminuto personaje, pecoso y rubio, que se ocupaba del ascensor, embutido en un flamante uniforme granate con botones dorados.

Llegó a su despacho. Dirigió una mirada sobre los numerosos papeles que se ofrecían a su estudio encima de la mesa y con violento ademán apretó el botón del timbre de sobremesa. Minutos más tarde, la puerta se abrió y dio paso a un hombre, al que don Miguel se quedó mirando de hito en hito, con repentino gesto de asombro.

—Buenos días, señor... — fue el saludo del joven, alto y bien plantado, que se mantenía a tres metros de la mesa de trabajo de su principal.

—Buenos días. ¿Quién es usted? ¿Cómo le han dejado pasar? A estas horas no recibo a nadie. Ese Germán está perdiendo facultades, y me estoy temiendo que habré de despedirlo...—manifestó Aguirre con su gesto más agrio.

El joven se encogió de hombros como un caracol, pero comprendió que no era ésa la postura indicada y, reha ciéndose ante las cóleras de su jefe, respondió con mesurada voz:

—Germán no tiene la culpa de que un servidor de usted se encuentre aquí, don Miguel. Y yo he venido porque el jefe de personal me lo ha mandado.

—¿Ah, sí?

—Sí, señor. No sé si usted estará enterado de que su secretario se encuentra enfermo.

—No, no lo sabía... ¿Y cómo es que ocurre una cosa así y no se me comunica inmediatamente?

—Carlos Seoane ha tenido a medianoche un ataque de apendicitis... ¿Comprende usted? Y, sin tiempo nada más que para ser trasladado a una clínica, ha sido operado al amanecer. Sólo hace media hora que su padre telefoneó al jefe de personal diciéndole lo que sucedía...

La cólera de don Miguel — buen corazón — se esfumó al solo conocimiento de la desgracia que abatía a su secretario, y ya su voz fue normal y su actitud corriente cuando señaló al nuevo secretario un asiento frente a la mesita de la *Hispano-Olivetti*.

—Vaya, pues lo siento... Lo siento de veras. ¿Puede decirme en qué clínica se encuentra? Iré a verlo cuando salga de la oficina...

El secretario interino apuntó rápidamente en una cuartilla la dirección del doliente y la puso encima de la mesa de su principal.

—Así, debo entender que don Faustino le envía a usted para que sustituya interinamente a Carlos Seoane...

—Sí, señor.

Sonó el timbre del teléfono, repiqueteando insistentemente en la austera estancia. A un gesto de su patrón, el joven cogió el auricular.

—Don Miguel, le llama su nieta... — dijo, tendiéndole el auricular.

—¡Ah, no, no...! Dígale que no puedo atenderla. Harto sabe ella que cuando estoy en mi despacho no atiendo llamadas ajenas al trabajo ni recibo visitas ociosas. ¿Entendido?

—Sí, señor.

...   .

—La señorita insiste, don Miguel. Dice que se trata de algo urgente.

— ¿Urgente? ¡Bah, bah, bah! ¡Sabe Dios lo que será! Ya conozco de sobra las urgencias de mi nieta. Dígale usted... Bueno, déme el auricular. Estoy pensando que acabaremos antes si al fin hablo con ella. ¡Una malcriada, hijo!

El muchacho asintió con una medio sonrisa y quitó la funda de la máquina, dispuesto a comenzar su trabajo. Luis Alfonso Cárdenas se dio cuenta de que toda la actitud del caballero se iba modificando mientras escuchaba el incesante charloteo de la nieta. La verdad era que no le dejaba meter baza. ¿Qué le estaría diciendo para que al abuelo casi se le cayese la baba materialmente? El buen señor parecía embobado. Un tenue susurro le llegaba a Luis Alfonso a través del hilo, y, aunque no podía entender las palabras, advertía la transformación del anciano, que de hosco y malhumorado se estaba tornando alegre y sonriente. Pero lo que jamás podría sospechar el mozo, ni casi lo pudo creer cuando, años más tarde, tuvo conocimiento de ello, fue que en aquel momento estaba brotando en la fértil mente de don Miguel una resolución inquebrantable. Y quienes conocían al señor de Aguirre sabían que cuando él decidía algo, ese algo se llevaba a la práctica costase lo que costase.

— No, no, no, hijita; lo siento. Ya oíste al doctor anoche, ¿no?... ¿Que no sientes dolor alguno y que te estarás quietecita en un rincón, mirando como los otros bailan?... No, no me fío, hijita. Lo siento por ti y por ese Gumersindo, que en verdad se ha portado muy amablemente ofreciéndose a ir a buscarte...

— ¡¡...!!

— Nada, nada, lo que te he dicho. Paciencia. Son unos días.

Una protesta rebozada en lagrimitas — rabieta sin duda — de María Antonia le quiso parecer al secretario que era el acabamiento de la charla; pero el abuelo se mantuvo firme y colgó.

Volvió a sonar el timbre. El abuelo cogió de nuevo el auricular con una mirada de resignación hacia el techo del despacho, decorado con buenas pinturas al fresco.

— ¿Qué pasa ahora, mocosa?

— ...

— ¡Sí, mujer, sí! Eso es otra cosa. Puedes invitar a Gumersindo Belmonte..., ¿no se llama así ese tipo que ahora sale contigo? Bueno, pues puedes invitar a ese tipo y a todos los demás de tu camarilla, no faltaba más. Le dices a tía Clara que esté a la mira y al ama de llaves que os prepare una buena merienda. Pero moverte de casa, ni hablar.

— ...

— ¿Que son buenos chicos? ¿Y yo qué digo, hijita? Lo único, que ninguno sirve para nada, eso es.

— ...

— ¿Que no tienes nada serio con ninguno de ellos? Bueno. A mí me es igual. Eso, allá tú — respondió astutamente el abuelo —. Que me dejes ya tranquilo, ¿eh?, que tengo muchísimo trabajo, querida.

Se oyó el chasquido de un beso que hizo suspirar beatíficamente a don Miguel, y éste colgó definitivamente el teléfono.

— Soy hombre al agua en cuanto esa mocosa me envuelve en sus mimos, hijo... — se dirigió al secretario —. Y la estoy malcriando de un modo espantoso. Trabajo le mando al desgraciado que cargue con ella, porque se la voy a entregar que va a dar gusto. ¡Ay, Dios mío! ¿Por qué seré tan padrazo? Anteayer, sin ir más lejos, casi se mató con el coche...

— Su nieta es demasiado joven para fiarle un volante, don Miguel — se permitió opinar Luis Alfonso.

— No conducía ella cuando ocurrió el accidente, sino ese sinvergüenza de Gumersindo Belmonte. ¿Le conoce usted?

— De oídas.

— ¿Y qué sabe de él?

— Pues, con licencia de usted, eso mismo que usted dijo: que es un sinvergüenza.

— Ya.

Refunfuñó entre dientes don Miguel. Se frunció su entrecejo. Había en su boca un rictus terco y fiero, que espeluznó al muchacho, nada acostumbrado a sus variaciones y a sus destemplanzas; por lo que, replegándose en sus deseos de añadir algo más no muy favorecedor para el hijo del conde de Aureaga, se sentó ante la *Hispano* y comenzó a colocar una cuartilla en el rodillo, como invitando con este gesto a su principal a dar comienzo a una sesión de trabajo que, por ser la primera en su género, le traía algo desazonado y sin sosiego. Había oído hablar mucho de los malhumores y del mal carácter de Aguirre. Claro está que él no le conocía íntimamente. Más todavía: apenas se había dado de cara con él por Navidades con objeto de la clásica felicitación de todo el personal, y el 18 de Julio, en que el patrón gustaba de entregar por sí mismo a sus empleados la consabida paga extraordinaria.

8

La víspera le había dicho Clara que la cosa iba de mal en peor. La niña no salía de casa porque Peñaclara estiraba la enfermedad de la pierna todo cuanto podía; pero como habían quedado en no recurrir a violencias, ya que ella no salía, los compinches de ambos sexos acudían a casa del señor Aguirre. Clara entraba y salía en disimulada y sonriente función de vigilancia, tomando incluso algunas veces parte en las diversiones de la gente joven. El ama de llaves preparaba ricas meriendas cada tarde. El tocadiscos vociferaba canciones de actualidad a todo meter, crispando los nervios y ultrajando el sentido musical de Clara... Y Gumersindo Belmonte se insinuaba cada vez más, inquietando a la señorita de Aguirre.

— No sé, papá, hasta qué punto será conveniente darle más cuerda a la niña... — había dicho Clara.

— ¿De veras, hija? No me asustes. Habremos de hablar con Peñaclara y ver la manera de sacar a ese mocosa de aquí y llevarla a un lugar en donde ese pinta no consiga localizarla. No estoy dispuesto a que nos tome el pelo y con la dote de mi nieta pague sus trampas y siga jugando por todo lo alto y poniéndoles pisos a las fulanas. Antes verla casada con un barrendero que con un hombre inútil, con un fresco que no sirve más que para gastarse lo que no sabe ni puede ganar...

— Pienso igual, papá, pero toda cautela va a ser poca. La niña es rebelde y está hecha a cumplir su santísima voluntad. Y de todo ello tú tienes la culpa. No será porque no te lo haya advertido varias veces, pero tú...

—Sí, sí, ya lo sé... —fue la impaciente respuesta de don Miguel.

Y con este sabor de boca realmente amargo se dirigió a su oficina. Cuando Gómez, el jefe de personal, le vio llegar con cara de pocos amigos, comprendió que tenía un mal día y compadeció al infeliz secretario, que tendría que aguantar sus destemplazas durante toda la mañana. Pero Gómez se hubiera quedado de una pieza si hubiese podido ver por un agujerito lo que sucedió en el austero despacho del jefe de la firma «Industrias Metalúrgicas Aguirre».

Entraba calurosísimo un verano que prometía ser terrible. Quince días de un trabajo ímprobo habían dejado sus huellas en la despierta cara de Luis Alfonso. Al dictado de don Miguel estaba tomando taquigráficamente nota de unas cartas que luego debería traducir al inglés. Luis Alfonso había sido una sorpresa para Aguirre. Tenía el aire tímido, encogido, de un pobre chico. El primer día, cuando le vio sustituyendo a su secretario, pensó que el jefe de personal no anduvo muy acertado en la elección de suplente; pero dos días después, en cuanto el muchacho comenzó a desplegarse, Aguirre se sintió asombrado y satisfecho. Satisfecho hasta el punto de dejarle definitivamente en el nuevo empleo y colocar en otro lugar, bien retribuido, al secretario antiguo.

Era una mañana de durísimo trabajo. Cartas en inglés. Cartas en alemán. Cartas en francés. Y siempre la sorpresa de ver que Luis Alfonso poseía muchos más conocimientos de lo que aparentaba. A media mañana, don Miguel llamó al botones.

—Asómate al bar de la esquina y tráete dos cafés, Romualdito.

—Sí, señor.

—¡Ah! Y te compras un polo.

—Muchas gracias, don Miguel.

—Toma dinero. Y ya estás aquí.

Se limpiaba el sudor el anciano. Las cristaleras, abiertas sobre la ancha calzada de una avenida moderna, dejaban entrar a través de las persianas un airecillo que más tenía de caliente que de fresco. Hacía una semana que estaban bajo el azote de un poniente abrasador. Luis Alfonso sacó su pañuelo, y el viejo notó que era un pañuelo de hilo, bien planchado y con una cifra bordada en la esquina. El detalle habló de una casa limpia, ordenada, con cuidados primorosos. ¿Era casado el secretario? ¿Recién casado, en todo caso? Se volvió cara a él, recostándose sobre el respaldo de su sillón.

— ¿Cuántos años tiene usted, Cárdenas?

— Veintisiete, don Miguel.

— ¿Está usted casado?

— ¿Yo? ¿Casado, yo?

— Sí, sí: eso he preguntado.

— Pues no, señor, no estoy casado. Ni siquiera tengo novia... — sonrió Luis Alfonso.

«Me extraña», fue a decir el anciano, remirando una vez más en aquellos quince días de convivencia la alta figura, la buena facha y la agradable cara del joven. Pero no lo dijo. Siguió preguntando:

— ¿Con quién vive usted?

— Con mi madre y cuatro hermanos.

— ¿Mayores que usted?

— Pues no, señor, don Miguel: menores. Me sigue una chica que trabaja de primera oficiala en «Modas Aurora», usted sabe, ¿no? Ese establecimiento tan elegante que hay frente a la Diputación.

— Sí, ya. ¿Y después de la chica?

— Después de Elena hay dos niñas más, gemelas, que están cursando el bachillerato laboral con las Madres Paúlas, y luego un chiquillo de diez años que hará el ingreso este año y, si Dios me da vida y salud, quiero que tenga una carrera de facultad mayor. Ya que yo no la pude tener...

Una repentina amargura cubrió las facciones del muchacho. Don Miguel adivinó en aquella vida juvenil innumerables días de lucha y de dolores soportados con heroica fortaleza.

— ¿Usted estudiaba...?

— Tercero de Medicina cuando murió mi padre, llevándose la llave de la despensa. Mi padre era ingeniero. Nos dejó de cara a la pared el pobre, y yo me eché a la arena,

24

como era natural. Allí se acabaron los estudios. Busqué un empleo.

—¿Y lo encontró usted en mi empresa?

—Exacto.

—¿Cuántos años hace que está usted aquí, hijo?

—Voy por los ocho, don Miguel.

—Pues habrá usted tenido que arañar de firme para sacar adelante a la pollada...

—Mi madre me ayudó, y aún, aún... Pinta y borda maravillosamente, y encontró trabajo bien retribuido sin gran esfuerzo. Luego Elena creció y también ayudó...

—¡Es magnífico! Y consolador. ¡Cuando hay tanto gamberro haciendo el vago por el mundo y derrochando el dinero! ¡Es usted todo un hombre, Luis Alfonso!

—¡Por Dios, don Miguel! Cualquiera hubiera hecho lo mismo en mi situación.

—¡Hum...! — gruñó, dubitativo, el caballero.

Entraba el botones con dos tazas de café humeante, que saborearon en silencio los dos hombres.

—Está apretando el calor de un modo desusado... — opinó el muchacho.

—¿Cuándo le tocan a usted sus vacaciones? — inquirió de pronto Aguirre.

—¡Ah, pues no sé! No tengo idea. Eso, don Faustino... Él es quien ordena los turnos.

—Bueno, pues, mire usted, por esta vez voy a ordenarlos yo. Ahora, cara al verano, hay siempre un claro en el trabajo. Los negocios se aletargan, igual que las personas. ¿Qué le parecerían a usted dos meses de vacaciones en una playa o en una montaña, si así lo prefiere?

—¿Ha dicho usted dos meses, don Miguel?

—Sí, dos meses. Uno que le toca a usted por justicia y otro que le regalo yo con sueldo pagado y además una gratificación...

—¡Pero don Miguel...!

—...porque estoy archisatisfecho de sus servicios y quiero demostrarle de alguna manera mi agradecimiento. No, no, cállese usted. No me diga nada. Cuando las cosas se dan de corazón, como yo las doy, es ofensivo rechazarlas, amigo Cárdenas.

—Yo..., si usted lo toma así... Pero conste que sólo cumplí con mi obligación, señor.

—Hay muchas maneras de cumplir una obligación, Luis Alfonso, y ojalá todo el mundo tuviera ese estrecho concepto del deber. Mejor andarían las cosas. Bueno, ¿y adónde le gustaría ir?

—¡Qué sé yo, don Miguel! Tendré que consultar con mi madre.

—Eso está muy bien, y ver la forma de que pueda acompañarle toda la familia...

—Sería estupendo. Pero no sé si madame Aurora será fácil de convencer para que le dé a Elena unos días coincidiendo con los míos...

—Mi hija Clara es cliente, y madame Aurora la aprecia bastante. Creo que lo podremos solucionar. Y mire, me parece que voy a poder indicarle un sitio de maravilla. Verá. Costa mediterránea. Un pueblecito cercano a la playa, metido entre una pinada monte arriba. Es decir, mitad campo y mitad playa. ¿Hace? Yo conozco al alcalde, y, si le escribo, él se encargará de buscarles a ustedes una casita o un hospedaje...

Hubo un momento en que Cárdenas se preguntó si su principal estaría tomándole el pelo. Pero no. El señor Aguirre estaba muy serio. Y, además, las noticias que él tenía del carácter de don Miguel no abonaban precisamente una creencia semejante. Y que la cosa iba pero que muy en serio lo demostraba el cheque que en aquel preciso momento estaba llenando su principal. Un cheque que le ofreció con naturalidad tan presto hubo acabado de llenarlo. Luis Alfonso experimentó una especie de vértigo cuando miró la cantidad. Con la conciencia llena de escrúpulos — ¿estaría en sus cabales don Miguel? —, vaciló en tomarlo.

—¿No se habrá usted equivocado, señor Aguirre?

—Pues no, hijo; no creo. No suele sucederme... — afirmó, socarrón —. Los veraneos son caros, ¿usted me comprende? Y yo soy un hombre muy exigente respecto al decoro de mis empleados... Donde va usted a ir, todo el mundo sabrá que es mi secretario, y, la verdad, me gustaría que fuese usted bien presentado... Que no hiciera el ridículo.

De soslayo, el jefe miró el traje gris de su empleado. Un buen traje, de excelente corte, pero un tanto raído y replanchado, con las mangas relucientes por el uso y evidentes muestras de un ímprobo trabajo en conservarlo el mayor tiempo posible.

Don Miguel pensó en los estudios del niño menor en un buen colegio. Y en la media pensión de las gemelitas. Y en lo cara que estaba la vida. Y en lo poco que da de sí un sueldo... Cazó al vuelo la mirada Luis Alfonso, y enrojeció, humillado. Pero no lo dio a entender. Al fin y al cabo, ¿a qué ofenderse si era verdad? Sólo tenía dos trajes: este de diario y el de vestir, de tono oscuro, que guardaba para los días en que repicaban gordo...

—No se maraville, Cárdenas. Si Carlos Seoane estuviese presente, podría decirle a usted que es mi costumbre gratificar a mis empleados cuando me cumplen a satisfacción un trabajo, y que suelo añadir una mayor cantidad para subvenir a los gastos más elementales del veraneo. No me lo rechace, hombre, que estoy leyendo en sus ojos una rebeldía llena de orgullo.

—No, no, señor, don Miguel, no es orgullo. Es..., no sé decirlo... Es que estoy agradecido y creo que no merezco tanta generosidad... —tartamudeó Luis Alfonso.

—Ya lo dijo usted antes. No se repita, hijo. Tome el cheque, cóbrelo mañana mismo y procure elegantizarse lo bastante para dejar en buen lugar el nombre de «Industrias Metalúrgicas Aguirre».

—Sí, sí, señor, don Miguel; muchísimas gracias...

—Mañana le daré a usted una carta de presentación para el alcalde, y esta misma noche le hablaré por teléfono... Ya verá usted qué requetebién se pasa en el pueblecito...

Luis Alfonso todavía estaba perplejo y azorado cuando don Miguel, refunfuñando por cualquier cosa por no perder la costumbre, salió del despacho diciendo que iba a una reunión del Consejo de Administración de cierto Banco.

9

Gumersindo Belmonte torció el gesto cuando acabó de releer la escueta misiva. Estaba enfundado en una elegante bata azul oscuro, con los cabellos revueltos y sin afeitar todavía, a pesar de que iban más que sonadas las dos de un día magnífico, embalsamado de perfumes de flores, con algarabía de chiquillos jugando en las aceras y movimiento continuo de coches en la calzada. Le parecía que el judío de Lorenzo Brías tenía demasiada prisa en cobrar las cantidades que le adeudaban. Es decir, que él, Gumersindo Belmonte, le hacía el honor de adeudarle. Porque Brías había sido durante años un criado más o menos distinguido de la casa condal de Aureaga y podía considerarse altamente favorecido de que el hijo de su antiguo señor se dignase dirigirse a él para pedirle prestados unos cochinos duros. Lo que se callaba Gumersindo era que hacía de todo ello sus buenos cinco años y que durante ellos ni siquiera había pagado intereses.

Renegando y apostrofando con los más feos insultos al antiguo mayordomo, se vistió después de ducharse y afeitarse rápidamente y, dejando en la portería el recado de que «no volvería hasta la hora de cenar, porque iba a comer con unos amigos», requirió el volante de su coche y se dirigió a la preciosa casa encerrada en bonito jardín que en las afueras de la ciudad tenía Lorenzo Brías.

Le abrió la puerta el mismo Lorenzo. Era un hombre de facciones agudas y mirar inteligente, con los cabellos plateados y un aire de dignidad que cuadraba mal con los feos epítetos que mentalmente le estaba dirigiendo el hijo del conde.

—Hola, Lorenzo, buenos días —saludó secamente, con la altivez del señor que se dirige a un vasallo. ¡Oh, gloriosos y remotos tiempos feudales...!

—Buenos los tengas, Sindo... —Con absoluta naturalidad el anciano criado, sin servilismo ni falso respeto, con la fácil cordialidad del viejo que se dirige al muchacho a quien ha visto nacer y al cual ha llevado en sus brazos muchas veces—. Pasa, hombre.

—Estás bien instalado... —lanzando una mirada cargada de rencor al bonito jardín, estallando de rosas y azucenas, en una orgía de perfumes.

—¿Recibiste mi carta? —cortó, seco, el mayordomo.

—Porque la he recibido estoy aquí, que, si no, ¿de dónde? No puedo perder mi tiempo en visitas idiotas.

—Siempre serás el mismo, hijo. Tu estulticia y tu grosería corren parejas.

—¡Oye, tú...!

—Si el pobre de tu padre supiera cómo eres en verdad y cómo sientes, se moría de vergüenza; porque el señor conde podrá estar arruinado, pero mientras viva será un señor. Lo que tú no has sido nunca.

—Déjate de disquisiciones inoportunas y a lo que sea, Lorenzo. ¿Para qué me llamaste?

—Siéntate. Hemos de hablar.

—Pues no te alargues, que tengo una cita.

—Lo que tengo que decirte no es largo, y a mí, la verdad, no me resulta nada agradable platicar contigo. Conque vamos al grano. Aquí tienes los pagarés que me firmaste hace cinco años y que yo acepté porque el corazón se me encogió de pensar en tu situación. Claro que, llevadas las cosas a malas, estos papeluchos no son más que eso: papeluchos. Porque tú no eras todavía mayor de edad y no podías disponer de la deuda. Motivos de más para que, en vista de mi generosidad y de la confianza que puse en tu honradez, ahora no me dejes en la estacada. Necesito mi dinero, hijo. Bien sabes que van pasados más de cinco años y que ni intereses me has pagado, sin que yo reclamara un céntimo. Pero ahora es distinto. Mi hija mayor se casa, y yo preciso hacerle el ajuar y ayudar al novio a comprar un piso para que puedan instalarse en él. Y otras cosas, ya comprenderás. Una boda es una boda, y las cosas cuestan hoy un ojo de la cara. Y tampoco hay por qué hacer el ridículo. Conque de aquí a fin de mes te doy de largas para que me devuelvas el capital y los intereses. Que no creo te hayas hecho la ilusión de que voy a perdonártelos. A mí me ha costado mucho ganar esos dineros. Son los ahorros de toda una vida de servidumbre, y tú estás aprovechándote de ellos para hundirte más cada día en la vergüenza de una conducta que espeluznaría a tu padre si alguien se la diera a conocer.

—Tú no eres quién para juzgar mis actos.

—Ni pretendo hacerlo. Solamente deseo que me pagues.

—Te pagaré, descuida. No sé cómo, pero te pagaré. Y pisaré por última vez los umbrales de esta maldita casa. Tengo entre manos un proyecto...

—¿Quién es ella? Porque, tratándose de ti, sólo hay que buscar la solución en esa pregunta: faldas hay por medio.

—¿Me darías una prórroga de un año si «ella» fuese suficiente garantía?

—Di quién es.

—La nieta de don Miguel Aguirre.

—¿El de las fundiciones?

—El mismo.

—Pues mira, chico, ni aun siendo ella, y eso que me consta que, además de lo que pueda heredar de su abuelo, la muchacha es muy rica. Es una Velázquez, y todos sabemos en Z... y su provincia que los Velázquez son gente que de siempre han tenido muy bien cubierto el riñón.

—Pues, entonces..., ¿es que desconfías de mí?

—Claro que desconfío. Antes que pagarme a mí pelarás a tu mujer con *vedettes* y coristas y demás gente de esa laya, sin contar con el juego, que es tu principal enemigo.

—Yo te doy mi palabra de honor de que, si me caso, lo primero que hago es pagarte. Me encuentro muy apurado, Lorenzo...

—¿Sí...? Pues no se nota...

Y la despierta mirada del antiguo criado fue a clavarse, a través de la ventana abierta, sobre la calzada, en el soberbio *Cadillac,* charolado y magnífico, que estaba delante del hotelito.

—¿El coche? Pues precisamente el apuro es a cuenta del coche, Lorenzo. Lo tomé a crédito; después pagué unos plazos; mañana he de pagar otro, y no tengo una gorda. Si no empeño algo de valor, no podré pagar, y el escándalo será de aúpa, porque todo Z... se enterará de que la casa me ha retirado el coche por falta de pago.

—Sí que es una pena, hombre... ¿Y ya has pensado lo que vas a empeñar?

—Les he echado el ojo a unos pendientes de mi madre que tú debes de haber visto muchas veces. Aquellos brillantes gordos como garbanzos, rodeados de unos rubíes pequeñitos parecidos a gotas de sangre...

—Sí, ya sé. Los pendientes de la Virreina. Tu madre los heredó de la suya, y en línea recta nunca han salido de su familia. Una reliquia.

—¡Bah, sentimentalismos, Lorenzo!

—Una granuja que eres.

—Bueno. ¿Accedes a prolongar el crédito? Mira que no te regatearé el interés y será al tipo que tú quieras.

—Me estás ofendiendo, hijo. Yo no soy un usurero ni un prestamista. Yo te dejé unos duros porque te veía apurado y te he visto nacer, aunque jamás debí hacerlo, porque eres un pillo redomado y un bribón. Pero nunca se me pasó por las mientes la idea de lucrarme contigo. Ni con nadie.

—¿Cuándo se quiere casar tu hija?

—Para el invierno.

—¿Y si yo consiguiera ponerme en relaciones con María Antonia antes de esa fecha?

—El que tú fueras novio de esa señorita no solucionaba nada en tu situación, porque antes de la boda no ibas a poder disponer ni de un céntimo suyo.

—Pero con la garantía de mi compromiso matrimonial, cualquier prestamista de la ciudad me podría facilitar el dinero que te adeudo. Y yo te pagaba.

—Mira, Sindo: si de veras tu deseo es el de pagarme honradamente, no se necesita armar todo ese rebullicio ni dar dos cuartos al pregonero. Yo me espero a cobrar para el día de tu boda, que no quiero apretarte, pero me has de jurar por lo que más quieras que vas a pedirle relaciones a esa chica y a casarte como Dios manda. En el momento en que yo me entere de que el proyecto de boda no pasa adelante (como otras veces ha ocurrido), te retiro el crédito. ¿Estamos? Entre tanto, yo me las apañaré como pueda. Veré a mi cuñado Sebastián, el de Soria, que creo que ahora está en fondos porque vendió ganado... Pero tú me juras, por la salvación de tu alma...

Porque yo estoy en que tú, por sinvergüenza que seas, creerás en Dios y en las cosas del otro mundo, ¿no?

—Naturalmente. Yo no soy un réprobo. Sí, Lorenzo: te juro por la salvación de mi alma que le pediré relaciones a María Antonia Velázquez y me casaré con ella si el diablo no mete la pata... ¿De acuerdo?

—De acuerdo. Pero ándate con tiento, porque, como me defraudes, te llevo a los tribunales...

—No tienes testigos, y mi pagaré de cuando era menor de edad creo yo que...

—Estás equivocado. Ahí, en la pieza de al lado, tuve preparados dos testigos. Míralos. Ellos han escuchado nuestra conversación y testificarán cuando y donde haga falta.

Gumersindo Belmonte sintió que le corría cara abajo un sudor frío al ver abrirse una puerta mediera de cristales y aparecer en la habitación contigua a dos hombres de aspecto recio y resuelto.

—Estos dos amigos son el dueño del bar de la esquina, Dalmacio Ugarte, y el primer pasante de la notaría de don Francisco Salas, ya sabes, el decano del colegio notarial, que lleva los asuntos de tu casa... Cuenta que, como no me cumplas, armo un escándalo como para que te tengas que ir a Venezuela en el primer barco. Conque ya lo sabes.

Gumersindo Belmonte no dijo ya ni una palabra más. Bajo los ojos irónicos de los dos testigos y dando unos mal disimulados traspiés, salió como pudo del despachito y, sin despedirse siquiera de Lorenzo, se metió en el *Cadillac,* al que hizo arrancar de un brinco, tal como si fuese un animal que estuviera en lo mejor del sueño y se sintiera despertado por un puyazo del dueño.

10

Con ensordecedora algarabía, la camarilla se despidió de María Antonia y bajó como raudo alud por las escaleras, atravesó el zaguán bajo la mirada reprobatoria del portero y asaltó los coches aparcados frente a la casa.

Clara salió de su cuarto. Había estado haciendo sus

habituales devociones, ya que, por obra y gracia de todos aquellos locos, se había visto impedida de acudir a la parroquia.

En un extremo de la terraza, encogida en una tumbona, estaba su sobrina, muy quietecita y metida en sí.

— ¿Ya se fueron?

— Sí, ahora mismo.

— Y a ti, ¿qué te pasa, niña?

María Antonia suspiró. Un suspiro largo, quejumbroso, que hizo sonreír a Clara.

— Pues me pasa que algunas veces quisiera verlos a todos ellos en el Ecuador.

— ¿Sí...? ¡Y yo que pensé que eras tan feliz a su lado!

— Las apariencias engañan, tía Clara.

— ¡Vaya por Dios!

— Ahí tienes a Luisa Ferrero, que si pudiera me despellejaría.

— ¿Por qué?

— Porque está como una cabra por Gumersindo Belmonte, y a éste le gusto yo.

— Pues sí que es un dolor.

— No te burles, tía Clara.

— ¿Quién dice que me burle? ¡Vamos, hija! En todo caso, me asombro de pensar que una especie de ratoncito Pérez, porque Luisita es algo parecido a eso..., a una ratita presumida, se atreva a querer compararse contigo, que eres la chica más bonita de todo nuestro círculo social. Y Gumersindo ¿qué?

— Pues a Gumersindo le llevo yo a mal traer por la calle de la amargura. Figúrate que desde que empezó el verano no me lo despego.

— ¡No, si eso no necesito figurármelo, hijita, que bien lo veo...!

— Pero lo que no sabes es que me ha pedido varias veces relaciones.

— ¿Ah, sí? ¿Tan en serio?

— ¡Huyyy! No quieras saber. Como que nada menos que habla de que, si le digo que sí, se entiende con el abuelo y nos casamos para las Navidades.

— ¡Pero eso no es un hombre, hija, eso es un avión a reacción!

—Pues sí, sí: como te lo digo.

—¿Y tú...?

—¿Yo? ¡Psch...!

—Si no lo dices más claro, eso de «¡Pchs.» no lo entiendo.

—Pues ¿qué te diré, tía Clara? A mí, Gumersindo me gusta, no voy a negártelo; pero no creo que eso que siento por él sea ese amor de que hablan las novelas... ¿Tú crees que existe?

Clara se puso repentinamente seria. Pensó en el novio muerto; en su vida consagrada a guardar su recuerdo como un culto. Una sombra de tristeza empañó sus pupilas, y, de pronto, la sobrina se dio cuenta de que había removido, imprudente y cruel, en una herida que todavía sangraba.

—¡No me contestes, tía Clara! Ya veo que sí. Porque tú eres un ejemplo vivo. Y... ¿sabes lo que te digo? Que sentiría muchísimo casarme con alguien sin haber conocido ese amor.

—Puede que lo encuentres en Gumersindo... —insinuó, artera, Clara Aguirre.

—No.

—Entonces, ¿qué vas a decirle?

—No lo sé. Estoy meditándolo mucho antes de decir «sí» o «no». Gumersindo me gusta, ya te lo he dicho antes, pero estoy segura de que no voy a enamorarme de él.

—Es lástima. Parece buen muchacho... —dejó caer, astuta, Clara Aguirre.

—Eso te crees tú. Un juerguista de marca. Un egoistón. Un...

—¡Muchacha!

—¿Piensas que yo no he tomado mis informes? ¿Que no hago observaciones por cuenta propia? ¿Que no deduzco y juzgo por ciertos detalles?

—No, y en eso haces bien. Hay que meditarlo mucho antes de comprometerte. Yo es que, la verdad, me gustaría para ti un chico como Gumersindo, ya ves: de familia distinguidísima, con un título el día de mañana, en buena posición, guapo, simpático, bienquisto de todos...

María Antonia no supuso jamás que su tía conociera de sobra la mala reputación de Gumersindo Belmonte;

pero tampoco quiso descorrer el velo y decirle que no era el muchacho bueno, de familia distinguida, limpio de defectos, que ella creía...

— Al abuelo le caería también muy en gracia... — añadió Clara.

Y bien sabía Clara que, para el natural rebelde de su sobrina — espíritu de contradicción —, todas estas facilidades, todos estos encomios, no hacían sino enfriar sus predilecciones — si es que alguna tenía — por Gumersindo.

— ¿Tú crees que al abuelo...?

— ¡Huy! El abuelo, encantado...

María Antonia suspiró displicente y se estiró como un gato sibarita sobre la lona de la tumbona.

— Bueno, seguiré meditándolo... Pero te advierto que me da malos ratos el muy...

— ¿Cómo?

— Se está oliendo que me voy de veraneo a cierto lugar que él no podrá frecuentar, y me aprieta para que le conteste antes de irme, ya ves. Un compromiso. Porque a mí no me gustan las precipitaciones ni se me corre el tiempo.

— Pásalo con razones.

— Eso hago.

Clara Aguirre, en cuanto llegó su padre, le hizo una seña, y aquella misma noche don Miguel decidió la marcha de su nieta.

11

No ha habido forma de hacer claudicar a Peñaclara. Se ha encerrado en que María Antonia está desmejorada, en que padece una debilidad general debida sin duda al ajetreo de la vida que lleva y que necesita por larga temporada una especie de cura de reposo. María Antonia se alarma. ¿Se le ocurrirá al doctor internarla en un sanatorio? Piensa en Tita Fernández, a la que han encerrado en Suiza para Dios sabe el tiempo. Muy escamada, escucha la conversación entre el médico y su abuelo, y, aunque tuerce el hociquito cuando se habla de aquella vieja masía enclavada cerca del faro de una costa mediterránea, suspira con alivio. Menos mal. No hay sino hacer de la necesidad virtud, ya que está segura de que, en esta ocasión, todos los mimos y los arrumacos de que suele echar mano para conquistar al abuelo van a ser perfectamente inútiles.

Bajo los ojos socarrones del médico, la muchacha asiente a todo cuanto dispone el abuelo. Peñaclara ríe hacia dentro. ¿No ha de reír si está mandando a un desierto a esta criatura dinámica, corrediza, artificial, colocándole una enfermedad que ni por soñación la amaga, gracias al Señor? Todo por obra y gracia de la sonrisa maga y de los ojos brujos de doña Suavidades. Todo por mor de ese silencioso cariño que desde que los dos andaban a gatas ha sentido siempre el eminente doctor por la muchacha que fue compañera de juegos.

—Tampoco a usted le iría mal una temporadita de campo, don Miguel —insinúa, ladino, Peñaclara.

Un rápido cierre de ojos da fe de que los dos hombres andan de acuerdo. Y sigue la comedia.

—Claro que me vendría bien. Me siento muy deprimido estos días. El calor quizá... Y algo más de trabajo en el despacho desde que mi secretario se marchó de vacaciones. Es un chico fantástico. Ahora me he podido dar cuenta de lo que vale y de lo que me ayuda en mi tarea...

—Ponga usted un interino...

—Ya lo hice, pero el resultado fue nulo.

—¿Carlos Seoane, abuelo?

—No. Carlos ascendió y ocupa otro empleo. Ahora tengo un chico más joven... ¡Un gran muchacho! Inteligente, activo, cultísimo, sensato... Hubiera sido el hijo ideal para un hombre como yo.

—Que ya es decir... —admite el doctor.

—¿Dónde encontraste esa maravilla, abuelo?

—Ni lo encontré ni lo he buscado, hijita. Carlos Seoane tuvo un ataque de apendicitis, y el jefe de personal me envió a ese chico para que le supliese. Y de tal forma ha encajado en mis gustos, que definitivamente le he nombrado mi secretario. ¡Un gran chico, vaya! ¡Lástima que uno no pudiera elegir a sus hijos y a sus nietos...!

—Abuelito..., voy a sentirme con una pelusa de espanto.

—No te pongas celosa, querida, pero es la verdad que muchas noches me desvelo pensando quién se hará cargo de este endemoniado negocio el día que me muera. Si Dios quisiera que al menos tuvieras buen acierto y me trajeses a casa un chico que pudiera continuar esta obra, en la que he puesto toda mi vida...

—A lo mejor...

—¡Bah! Ya sé que no tendrás tan buen acierto y que el mejor día se me entra por las puertas uno de esos chiquilicuatros que te bailan el agua, con la pretensión de que le conceda tu blanca mano. ¿Eh, doctor?

—No sea usted ave de mal agüero, don Miguel. Yo, en cambio, espero mucho del buen juicio de esta muñeca —atempera el médico.

—Bueno, y... ¿dónde la llevamos? ¿Se decide usted por «El Romeral», enclavado en la altura de una meseta, entre un bosque de pinos y con el mar allí mismo?

—Será un sitio ideal, siempre que no haya demasiado cerca un pueblo en el que esta niña supermoderna encuentre un lugar donde bailotear y trasnochar... —asiente el doctor.

—Bueno, de eso respondo. El pueblo es una aldeíta. No creo que vaya nadie a veranear allí. Sólo a lo largo de la playa podría ser que hubiera alguna casita alquilada para el veraneo. Gentes modestas que no quieren lujos ni pueden permitírselos. Me he informado ya.

—¡Un desierto! ¡Me van ustedes a llevar a un desierto! —gime María Antonia.

—No exageres.

—Haced lo que os dé la gana... —se enfurruña la chiquilla.

Y el abuelo sigue, erre que erre, alabando las excelencias del lugar:

—Es una casona viejísima, pero tan cómoda, tan fresca, tan acogedora... De niños, mis padres nos llevaban a pasar allí nuestras vacaciones. Luego, cuando yo heredé la finca, ya no hemos ido sino alguna vez a darle un vistazo. Eso es. No me he deshecho de ella porque a mi mujer le gustaba mucho. Y me la pagaban bien, no crean ustedes.

—Pues fue lástima que no la vendieras, abuelo.

—Te hubiera llevado a otro sitio peor, niña...

María Antonia, haciendo un esfuerzo, recuerda la convalecencia de una gripe. La llevaron a «El Romeral» hasta que curó por completo de aquella pertinaz bronquitis que la atormentaba. Como un sueño ve la casona ancha, de rojo tejado y amplias naves bajo las vigas achocolatadas de su techumbre. La chimenea de campana, con un vasar lleno de platos de pajaritas y de copas talladas. Las rejas voladas, la puerta en arco... Un aljibe en la delantera de la casa, con el brocal rodeado de hortensias y begonias... «El Romeral». Al amanecer, las abubillas correteaban sobre el tejado, y ella las oía entre sueños, en mezcla vocinglera con los gorriones. Los pinos tenían entre manos una sinfonía cuyo rumor se confundía a veces con el del mar... La ermita, que parecía de juguete, se coronaba con la torrecilla de un campanil, y los domingos los chicos del masovero volteaban la campanita. Ella se quedaba absorta viéndola girar hendiendo el silencio con la sonoridad de sus bronces...

María Antonia está muy contrariada. Rabiosa es la palabra que cuadraría mejor. Mordería al antipático doctor sin respeto a su cátedra y le daría al dominantón de su abuelo un par de mojicones.

—No se hable más. Telefonearé al masovero para que preparen la casa, y, tan pronto reciba aviso de que todo está en orden, saldrás hacia allá.

—¿Con quién?

—Con el ama de llaves y con Serafina.

—Vaya, menos mal. ¿Me llevaré el coche?

—¿El coche...? ¿El coche has dicho? ¡Estaría yo loco! Para que te rompas la crisma corriendo por esas carreteras... Ni hablar, chiquita. Te llevará el chófer en el coche grande y se volverá. Eso es todo.

—Entonces, ¿tendré que ir a misa los domingos a pie?

—No te baldarás, que la distancia no es larga desde «El Romeral» al pueblo.

—¿Y no podré hacer ninguna excursión, so pena de cansarme como una burra?

—Te concederé que te lleves la «bici» Y no me pidas más, porque se acabó lo que se daba.

Han sido inútiles las protestas, los mimos, las rabietas... Cuando don Miguel dice «esto se hace», no hay más que hacerlo. Y ahora lo ha dicho.

María Antonia lo ve todo negro. Sola, en un desierto, sin trato con nadie, porque con las grullas del pueblo no hay que contar. Aún, si no fueran vacaciones, podría salir con la maestra, caso de que fuese una chica joven. Pero así... ¡Tres meses largos le ha pronosticado el doctor para reponerse! Y ni tan sólo le sirve de triaca la promesa que le ha hecho tía Clara de ir a pasar el abuelo y ella unos días para las fiestas mayores del lugarejo. Con contenida rabia oye los absurdos planes del abuelo.

—Después del almuerzo iremos de compras. Necesitarás muchas cosas. Tía Clara nos acompañará para asesorarte. Quiero que todos te encuentren muy bonita y muy elegante.

María Antonia rompe en una risa exagerada que hace sonreír al doctor.

—¡Sabe Dios lo que yo habré de lucir en aquel rincón perdido! Me estás encendiendo la sangre, abuelo. Es... como si te estuvieras burlando de mí.

—Nada de eso. Tú sabes siempre que no me han dolido prendas cuando se trata de verte bien vestida.

Hacia las cinco de la tarde, Gumersindo Belmonte llamó por teléfono. Serafina estaba prevenida. Don Miguel no era hombre que se dejase ningún cabo suelto.

—¿La señorita María Antonia? Dígale que se ponga.

—Lo siento, señorito. La señorita salió con la señorita Clara y con el señor.

Un gruñido a la otra parte del hilo. Una sonrisa pícara y retozona en la boca de la doncella.

—Así que esta tarde ¿no hay reunión? ¿La señorita no le ha dicho nada?

—Ni una palabra, señorito. La señorita ha ido de tiendas, y no creo que vuelva a casa hasta la hora de cenar, porque yo oí como la señorita Clara hablaba de ir a no sé qué cine...

—¿Y para mañana? ¿Usted no podría decirme el plan que hay para mañana?

La voz apremia. Serafina intuye que el hombre está muy nervioso y muy contrariado.

—¡Huy, mañana...! Mañana nos vamos de viaje...

—¿De viaje?

—Sí, señor: de viaje. De veraneo. El doctor quiere que la señorita haga una cura de reposo.

—¡Caramba...! ¡Eso sí que es inesperado! ¿Y adónde la llevan?

Serafina se encoge para dominar la risa. Que se fastidie el prójimo. Al fin y al cabo, Gumersindo Belmonte no es más que un trasto y un sinvergüenza. Todo Z... lo sabe. Y Serafina les retorcería el gañote a esa clase de tipos si en su mano estuviera. Con un acento lleno de inocencia, la inteligente muchacha responde, cauta:

—Pues la verdad es que no lo sé, señorito... Una no pregunta...

—¿No tiene usted un indicio siquiera?

—No, no, señor... A lo mejor vamos al extranjero.

Una palabrota que hace respingar a la doncella, y Gumersindo cuelga con rabia, maldiciendo con todas sus potencias a don Miguel, al doctor Peñaclara y a la señorita de Aguirre. ¡Al extranjero...! El condenado viejo le iba a desbaratar el cotarro, ahora que él tenía su plan tan bien hilvanado. Ha trasteado a María Antonia todos estos días Sus insinuaciones han calado hondo — se le antoja a él —, y la chica es como una fruta madura próxima a caer.

12

—Ponte el bañador bajo los pantalones, Paquito, y coge el balón y los trastos del baño.

—¿Bajamos a la playa?

—Claro que sí. Date prisa.

El pueblo se halla enclavado en la ladera de una montaña cubierta de una espesa pineda. Por un camino carretero que sube serpenteando se llega desde las casitas bajas, revestidas de cal, hasta el borde mismo del mar. Éste rompe contra los acantilados. La costa es áspera, erizada de rocas. Sólo tiene una playita en forma de herradura en un recodo del litoral, no muy lejos de la aldea. La arena es finísima, y el agua, tan clara que se ve el fondo del mar y se puede seguir el incesante ir y venir de las bandadas de pececillos siguiendo a los mayores. Sobre la arena hay dos o tres barcas tumbadas de costado y unas mujerucas que remiendan redes.

En un extremo florece una sombrilla como un hongo gigante, una sombrilla verde con flecos blancos. Y debajo, tendida sobre una toalla de baño, hay una mujer. ¿O es un chico?

Luis Alfonso no puede decirlo. Es un cuerpo tendido boca abajo, con la cabeza hundida entre dos brazos en cruz. No hay más gente en la playita. Los vecinos del lugar no tienen tiempo para remojarse más que los domingos y fiestas de guardar. Entonces, sí, se llena la costa de gente.

Cárdenas sube a un peñasco y con perfecto estilo se tira al agua. En el mismo borde de la playa, Paquito se moja los pies y hace un respingo cuando el mar, en un avance, le llega hasta las rodillas. Bajo su mano, el gran balón sube y baja, y va y vuelve retozón.

La muchacha que dormita bajo la sombrilla se incorpora al oír su risa alborozada y le mira con evidente simpatía. Es un chiquillo guapo, bien desarrollado, alto, fino... María Antonia se dice que no es del pueblo, y el corazón se le alegra. ¿Será posible que en aquel desierto haya algún ser civilizado que, como ella, venga de otro mundo?

María Antonia lleva algunos días en «El Romeral» y aún no ha podido hacerse el ánimo de aceptar el destierro. Y eso que el paisaje es de película. Y la casa, ancha y acogedora. Y los masoveros y su prole, simpáticos y serviciales... ¡Y hay una paz! ¡Y un silencio! María Antonia, si no fuese por la rebeldía que le envenena el alma, se encontraría muy a su gusto en este rincón del universo. Pero su espíritu de contradicción la impide plegarse a las decisiones del abuelo. Y sigue protestando con toda su alma de esas arbitrarias órdenes acerca de su persona.

Esta mañana se ha despertado al apuntar el día, y desde su ventana ha visto a las barquitas de pesca salir al mar y amanecer el sol como un disco de oro por el horizonte, arrancando destellos deslumbrantes a las aguas. Recuerda su viaje. El brusco trasplante desde la gran urbe hasta las soledades desérticas de la masía. Han dejado la carretera general cuando mediaba la tarde, para entrar en otra de segundo orden que cruza tierras fértiles de viñedos, almendros y olivos. Pueblos grandes desparramados por la anchura del paisaje. Pueblos chicos colgados en las laderas de las montañas. Restos de castillos moros sobre las avanzadas de granito. Riachuelos serpenteantes. Masías blancas sembradas a voleo acá y acullá... Luego, una subida larga, áspera, dura, pesada. Una subida entre pinos cada vez más espesos, cada vez más viejos y más retorcidos... Tendidos hacia delante como en busca de algo o como empujados por una fuerza titánica. Y cuando la subida acaba, una sensación de amplitud y de grandeza. A la vista, una meseta por donde los vientos corren libremente, y sobre esa planicie varias masías de encaladas paredes y tejados rojos. Una de ellas es «El Romeral». La más grande de todas. Luego — eso lo vio al día siguiente —, al borde de la meseta, cara al mar, un corte vertical, y abajo, el abismo, hondo, profundo, donde las aguas rompen contra los acantilados... Una agua negra producida por la sombra de las altas rocas. Más lejos, la masa de peñascos hace una violenta entrada mar adentro. Es como una lengua gigantesca que se hundiera en las aguas. Y sobre este promontorio surge un magnífico faro de primer orden dominando el *Mare Nostrum*.

María Antonia, que es una chica de gustos artísticos, se confiesa que todo aquello es maravilloso, y una vocecita retozona y traviesa le está diciendo que al fin se sentirá a su placer en este desierto. Al fin y al cabo, tiene una «bici» para trasladarse a donde quiera; tiene un cajón de libros, que ha encontrado en el desván y que llevan en su primera página el nombre de su madre; tiene el servicio y la compañía de doña Vicenta y de Serafina; tiene una radio y un tocadiscos...

—¿Aquí viene gente a veranear, tía Dolores? — ha preguntado a la masovera.

—Pues mire usté..., sí. Algunos señores suelen venir. Se están quince o veinte días y se van. Todas esas casitas que usté ve medio escondidas entre los pinos son de gente que viene a bañarse. Luego las cierran y hasta el año siguiente.

—Pues en la playa no se ve a nadie.

—Es pronto todavía para que vengan. Eso allá a últimos de julio.

—Ya. ¿Y de quién es ese chalé que parece un merengue? ¿Aquel que está más allá del faro, cerca de Marvell?

—¡Ah, sí, señora! Pues ése es el chalé de los Toñinos.

—¿Los Toñinos?

—Sí, señora, sí. Una gente que está podrida de dineros. Millones dicen que tienen... Ya usté ve lo que son las cosas. Aquí se morían de hambre. Revendían el pescado que les enviaban de Altea y de Calpe, y más días ayunaban que comían, los pobres. Eran nueve y los padres. Y mire usté por dónde, se fueron a Ceuta y entraron de obreros en una almadraba, y lo que es la suerte de la persona: a los dos años, el patrón se quiso retirar porque era viejo y no tenía familia, y les vendió a plazos el negocio. Y poner ellos su santa mano en la cosa y comenzar a ir para arriba como la espuma. Tienen una casa en Alicante que hay que subir con ascensor, de tantos pisos como hay, ya usté ve lo que les costará; y huertos de naranjos y de limoneros en Murcia y en Valencia, y dos almadrabas más, y una flota pesquera, y este año pasado cuentan que abrieron una fábrica para la conserva del pescado, que se llevaron toda la gente del pueblo que quiso ir y es una mina de oro.

—¿Y no vienen por aquí?

—Todos los veranos, para la Virgen de Agosto, no faltan. Son las fiestas de Marvell, que tienen mucha fama, porque hacen moros y cristianos, y eso ellos no se lo pierden. Y vienen luego las fiestas de aquí, del pueblo nuestro, que, aunque son de menos rumbo, resultan muy divertidas. Y, además, Germán tiene aquí la novia.

—¿Quién es Germán?

—Germán es el hijo mayor, y la novia es una chica que cose de modista. Pobre, pero muy buenísima persona, y guapa, sí, señora. Muy guapa.

—Vaya...

Tendida sobre la toalla de baño, María Antonia divaga y rememora mientras mira al chiquillo jugar con su balón. El chico mayor está mar adentro, y desde allí llama a Paquito con insistencia:

— ¡¡Paquito!! ¿No entras?

— ¡¡Está muy fría!! ¡Después!

Por la orilla del mar viene un zagalón, grande, requemado por el sol, peludo y desgarbado. María Antonia recuerda a Darwin y a su teoría, porque, realmente, el mozanco parece un orangután. Y cuando llega cerca de Paquito acelera sus pasos para darle una bofetada de revés, adornada con una palabreja insultante. Y sigue su camino, mientras el balón se pierde en el mar dando saltos sobre la cresta de las olas. El niño rompe a llorar, y María Antonia increpa al zagalón:

— ¡¡Gamberro! ¡Sí que te habrás baldado para pegarle a un niño más chico! ¡Bruto! ¡Salvaje!

El mozallón hunde la cabezota sobre los hombros y sigue su camino sonriendo estúpidamente. Por lo visto, se siente altamente satisfecho de la «gracia».

— ¡Ay, mi balón! ¡Que se lo lleva el mar!

— ¡Voy a echarme, pequeño, a ver si te lo cojo...! — ofrece María Antonia.

Su esbelta figura, enfundada en un *maillot* rojo, resalta en la línea en que el agua y la arena se juntan, y poco después se tiende y nada vigorosamente aguas adentro en persecución de la pelota.

Paquito llora desconsolado. Su pelota. Estuvo soñando con ella todo el curso. Luis Alfonso se la prometió si aprobaba el ingreso. Y lo aprobó. Y entre él y Elena se la compraron. Y para comprársela estuvieron él y ella sin ir al cine bastante tiempo. Y ahora aquel salvaje se la había tirado al mar y éste se la llevaba y, por mucho que nadara aquella señorita guapa, no la iba a alcanzar. Desde dentro, Cárdenas había contemplado la escena. Se preguntaba, atónito, quién era la bañista. Una muchacha de ciudad, con un perfecto dominio del deporte. Oyó su voz, armoniosa, de agudo tono:

— ¡Eh, usted...! ¡Por favor, ayúdeme!

Hacía bocina con las manos y volvía a nadar con vigorosas brazadas.

— ¡Ya voy! — le llegó la voz varonil.

El balón saltaba como enloquecido, adelantaba, retrocedía a caballo sobre las olas adornadas de espumas. Diríase que jugaba a burlarlas, incitándolas a seguirle, para huir a continuación. Al fin lo sitiaron en forma y fueron los torneados brazos y las finas manos de la muchacha quienes lo apresaron.

Miró al muchacho, la cara mojada, la melena empapada, porque ni tiempo hubo para encajarse el gorro, y, así y todo, a Luis Alfonso le pareció preciosa. Le sonrió efusiva, y él respondió a esta sonrisa con otra muy cordial.

—¡Pobre chiquito! Se quedó llorando... ¿Ha visto usted, el muy gamberro?

—Como le coja yo algún día, no le van a quedar ganas de volver a pegarle a Paquito... —murmura el joven con indignación—. Muchas gracias, señorita, muchas gracias...

—Voy a llevárselo. ¿O prefiere dárselo usted?

—Usted lo rescató y a usted le corresponde entregarlo. Paquito no lo olvidará. Se ha ganado usted un amigo. Paquito es muy efusivo y toma cariño.

No contesta María Antonia. Llevando el gran balón con un brazo, nada con el otro hasta llegar a la orilla. El chiquillo la espera con las lágrimas cayéndole aún por las morenas mejillas, pero dibujando ya en su boca la gloria de una sonrisa. Y cuando recibe el balón, lo aprieta entre sus brazos como si fuese un ser vivo. Luego se empina sobre la punta de los pies, descalzos, y besa a María Antonia en la mejilla.

—Gracias... Muchas gracias... ¡Si no llega a ser por usted...!

13

La masovera cuece el pan. De la boca del horno salen rojas llamaradas de calor cuando quita la tapadera que lo cubre. Humo saturado de perfumes montañeros... Se queman las matas secas de manzanilla, salvia, romero, brezos, aliagas. Una lengua de fuego juguetea lamiendo la boca del horno y se revuelve luego, envuelta en nube blanquecina y vaporosa, acariciando las bóvedas y bajando hasta rozar las tiernas hogazas de delicioso aroma a trigo maduro, doradas y crujientes. Y luego, cuando la larga pala va sacando los panes y alineándolos sobre el *taulell* (1), la mujer barre el suelo del horno con un escobón de *matapoll* (2) verde, recién recogido del margen de la huerta. María Antonia sabe que ahora van a colocar las *llandas* repletas de mantecadas, y las toñas chiquitinas para los críos que rondan a la madre, insaciables y golosos. Y María Antonia — ¿por qué? — piensa en el niño del pelotón. Debe de estar hospedado en alguna casa del pueblo. A lo mejor no tendrá demasiadas golosinas...

Rápidamente, cuando las mantecadas doraditas salen del horno, la muchacha retira unas cuantas y llena con ellas una cajita. Más tarde se dirige a la playa, donde piensa encontrar al chiquillo. En efecto, allí está Paquito, con su *meyba* rojo, tostado por el sol, gracioso y risueño, dando los últimos toques a un enorme castillo de arena con foso y todo.

— ¿Qué haces, Paquito?

— Hola. Un castillo... Mire qué torres más altas... Y esto es el foso para la defensa. Cuando lo acabe, voy a llenarlo de agua. Me traje este bote vacío...

— ¡Huy! Está precioso. ¿No querrás ser arquitecto, por casualidad?

— Me gustaría, sí; pero Luis Alfonso dice que es una carrera muy difícil.

— ¿Y quién es Luis Alfonso?

— Es mi hermano. El que ayer le ayudó a usté a coger mi balón.

— Sí, ahora recuerdo que él me lo dijo. Sois cinco hermanos. ¿Estáis aquí todos?

— Claro, con mamá. Sólo que Elena se irá pronto. Madame Aurora sólo le dio quince días, y se cumplen el lunes...

— ¡Vaya por Dios! Pues mira, yo te traigo una cosa.

— ¿Para mí? ¿Y qué es?

Se levanta de un brinco. Los ojos le brillan. Es un chiquillo extremadamente guapo y simpático. María Antonia sonríe de su impaciencia.

— Son unas mantecadas que ha hecho mi masovera.

---

(1) Tablero.
(2) Torvisco.

Son para mí, ¿entiendes? Y yo he querido que las pruebes. A mí me gustan mucho... ¿A ver? Toma una.

La boca llena, la cara impregnada de miguitas, feliz, no tanto por saborear la golosina casera sino por ver como se ha acordado de él aquella señorita que en adelante llamará siempre «la señorita guapa del balón».

— ¡Huy..., qué ricas! — saborea chupándose los dedos.

— ¿De verdad que sí? Pues anda, guárdatelas para luego de la comida; no vayan a quitarte el apetito y mamá te riña.

Desde el mar, subido en un patín que le han dejado, Cárdenas mira la escena, intrigado, admirándose de esta repentina amistad entre la chica de ciudad, elegante y moderna, y el niño ingenuo y candoroso que es Paquito; pero no hace ni un solo movimiento para acercarse a la playa. Y María Antonia se chapuza lejos de él, nada buen rato, vuelve a salir, se tiende sobre la toalla y, mirando al cielo y al mar, divaga...

No ha hecho amistades todavía ni es demasiado fácil que las haga. «El Romeral» se halla muy alejado del pueblo, y en éste no hay sino muchachas labradoras, salvo alguna rara excepción. Están también las Toñinas, demasiado ricas, seguramente ignorantes, engreídas según se cuenta... ¡Bah! Prefiere a las dos hijas de los masoveros, sencillas, humildes, sus ciegas admiradoras. Esta soledad ¿no es la que quería el doctor Peñaclara? ¿No formaba parte de su cura de reposo? Ayer durmió la siesta... ¡Quién lo hubiera dicho! ¡La siesta ella! De puro aburrida. El día, largo, inacabable. Por la tarde, un recorrido en «bici» hasta el Faro. Allí, un matrimonio joven, con cuatro niños, amables, hospitalarios, ofreciéndose gentilmente. El Faro es maravilloso. Está a una altura de vértigo sobre el mar, y éste se ve abajo del cantil, hondo y negro, bajo la sombra que ambos proyectan. En la plazoleta que antecede al edificio circular hay un jardín que cuidan los torreros primorosamente. No faltan geranios, dignos, por su variedad y sus colores, de una exposición; claveles y rosales, zinias y amarantos, y unos jazmineros que cubren todo un muro y dejan en el ambiente su penetrante aroma, en lucha abierta con el olor de algas que sube de la costa. Por la noche, una sesión de radio y el rosario de los masoveros, bajo emparrado, a la luz de la luna. Costumbres patriarcales. ¡Qué lejos la urbe, con sus artificios, Dios santo! Y más tarde, Serafina acompañándola a su cuarto. Una inmensa habitación de vigas color chocolate, bajo el tejado en declive, fresca, rústica, pero acogedora. Se notan ruidos extraños en torno. Cacareos de gallinas a quienes molesta alguien. Conejitos que roen ramujas de almendro. Cabras que estornudan de un modo raro en el silencio de la masía. Un rebuzno de la borriquilla. Ladridos de aquellos perros chatos, de colmillos agudos, guardianes de la finca... Peleas feroces de gatos que riñen por el amor de una gata relamida. Ella está sobre el caballete del tejado, melindrosa y coqueta. Ellos se arañan y muerden abajo, en la explanada... Ella contempla impasible, satisfecha, este recio combate por sus bellos ojos y sus lindos bigotes. Luego el sueño... Profundo, largo, reparador. ¡Las diez de la noche! ¿Dónde está ella a las diez de la noche los otros días?

Tendrá que escribir al abuelo contándole la vida que hace, para que se lo explique al doctor Peñaclara. Apenas le envió dos letras con el chófer al regreso de éste a la ciudad diciéndole que más adelante, cuando lograra recopilar impresiones, le escribiría largo y tendido. Lo hará. El abuelo lo merece y se sentirá contento viendo que la nieta no le olvida. Como lo estará tía Clara cuando reciba también otra carta explicándole... ¿Qué le va a explicar? ¿Que se aburre? ¿Que no tiene amistades? Es decir, ¿que sólo ha hecho amistad con un niño veraneante que cuenta diez añitos?

Bueno, de todas formas, tía Clara se alegrará también de que le escriba. Con los ojos medio cerrados, María Antonia escudriña el mar... Luis Alfonso —ya ella le llama así— se ha tirado desde el patín y está ahora nadando, con magnífico estilo, mar adentro. Lejos, los puntos blancos de las barquitas que han salido a la costera de la pescadilla motean las aguas como gigantescas flores. En la playita aparece hoy una sombrilla más, y unos niñitos corren a mojarse los pies, dando repetidos grititos cada vez que una ola los alcanza. Bajo un toldo rayado de blanco y azul, una mujer joven hace punto y sonríe mirando a sus hijos.

Sí, tendría que escribir también a Gumersindo. ¿Por qué se le llena la boca de un sabor desagradable? La apremió días antes de su salida de Z... A María Antonia le quiso parecer que la apremiaba con angustia. Eso es. Y esta angustia no encontró eco en ella. Muy al contrario, levantó recelos. ¿A santo de qué necesitaba con tanta urgencia Gumersindo que ella le diera el «sí»? No es que no le gustara el muchacho. Era simpático, agradable, bien parecido, elegante; era... ¿qué más? Nada más. Un vago, un inútil, uno de tantos «niños bien» sin oficio ni beneficio. Claro que ni su abuelo ni su tía habían puesto obstáculos a unas posibles relaciones, y esto no dejó de extrañarle a María Antonia. ¿Por qué? De siempre, el abuelo había dicho que deseaba para su nieta un hombre trabajador, inteligente, honrado, y que lo mismo le daba que tuviera dinero o que no lo tuviera. ¿Y ahora...? ¿Sería que los dos, el abuelo y la tía, se habían dejado deslumbrar por el título nobiliario que algún día habría de ostentar? Imposible. Dada la manera de ser, sencilla y democrática, de los dos, no lo creía. Y precisamente esta falta de oposición enfriaba sus posibles entusiasmos.

Comienza a encontrarle peros a Gumersindo, y como dentro de ella suena una voz áspera que grita «¡Cuidado!», y unas aprensiones que aumentan a cada día que pasa; como es muy joven todavía y no ha disfrutado de la vida ni quiere atarse con tanta prontitud, se dice que habrá de ponerle dos líneas contestando a sus apremios, pero no con el «sí» que él le pide, sino con un «no» que habrá de dorar como Dios le dé a entender. Al fin decide paliar las rotundas calabazas dejando un portillo abierto a una esperanza que ella sabe bien que es un medio de suavizar el disgusto del galán, y opina que deben aplazar él la pregunta y ella la respuesta hasta Todos los Santos por lo menos, cuando ella dé por finadas sus vacaciones, que como premio han de cerrarse — lo prometió el abuelo — con un viaje a París.

14

Paquito se tiende junto a ella. Hablan. Hay muchos silencios. Miran de cuando en cuando el mar. Luis Alfonso ha vuelto a subirse al patín. A la playa va acudiendo gente, y María Antonia comprueba la traza forastera de los bañistas.

— ¿Tu mamá y tus hermanas no se bañan?

— Mamá no toma baños por el reuma, ¿sabes? — El tuteo brota cariñoso y natural, y ella lo admite complacida —. Y las chicas bajan a la playa tempranito, toman su baño y se vuelven a casa para acompañar a mamá al pinar. Los dueños de la casa nos han dejado su borriquilla, y ¡se va más bien a caballo! Yo subo algunas tardes. Mamá y Elena ponen en el serón los bolsos de labor, y las mellizas los libros, porque, ¿sabes?, quieren presentarse a algunas asignaturas en septiembre para adelantar un curso... Luis Alfonso y Elena trabajan mucho, y ellas quieren acabar pronto para no cargarles tanto... Porque Elena hace horas extras en el taller y él lleva la contabilidad de dos casas de comercio además de su empleo en la oficina.

María Antonia no pregunta más. La distrae la llegada de un mozo atildado, con aire fanfarrón y atuendo exagerado, que huele a nuevo rico desde cien leguas. Ha llegado a la playa en un coche color guinda, un coche grande, aparatoso y seguramente de buena marca.

Otra vez el hermano de Paquito se ha encaramado al patín y se está quieto mirando al mar, con un cigarrillo entre los dedos, tan ajeno a todo cuanto acontece en la playita, tan lejos de toda aquella vida que en torno a él vibra, como si fuese un ser de otro mundo, desconectado por completo de estos otros semejantes suyos...

Sin saber el motivo, María Antonia nota que la disgusta un íntimo despecho. ¡El muy majadero...! Ni siquiera ha intentado acercarse a ella después de haberle rescatado ayer el balón a su hermanito. ¡Vaya con el hombre, y qué humos!

Se lanza al mar, siguiendo un impulso. Está contrariada y rabiosilla. Y en grandes brazadas desahoga su mal humor. Parece que tenga una lagartija inquieta dentro del cuerpo. No se encuentra bien en ninguna parte. Da media vuelta para regresar a la arena.

— ¿Puedo acompañarte, monada?

Un latir desacompasado del corazón creyéndose que es «él», pero, rápido, su sexto sentido la avisa de que no lo es, porque el chico un poco serio y muy correcto que conoció incidentalmente ayer no sería capaz ni de tutearla así de buenas a primeras ni de acercarse a ella sin previa invitación. Además, mira lejos, con ojos deslumbrados por el sol, y le ve en pie como un dios pagano, apolíneo y vigoroso, manejando el remo de su patín para volver a tierra. Se vuelve, airada. ¿Por qué, Señor? ¡Dios, y cómo está la mañana! Y ve a su lado una cabeza de cabellos negros — el otro los tiene bronceados —, unos ojos agudos, oscuros, audaces... — ¡las pupilas aceradas e inteligentes del hermano de Paquito, tan llenas de nobleza, tan sin fondo...! —, y una piel morena, semejante a la de un beduino del desierto.

— ¡Vaya usted a paseo, idiota!

Dos brazadas. Se aleja. Protesta él sin ofenderse. Dice algo que suena a galantería, pero ella no le escucha. Sale del agua, se envuelve en su albornoz y se tiende otra vez un rato, el suficiente para ver a Luis Alfonso — bonito nombre — salir de su patín, nadar hacia la orilla y comenzar a caminar a paso de gimnasta playa arriba y playa abajo, sin dignarse siquiera acercarse a ella, contentándose tan sólo con saludarla de lejos con una ligera inclinación de cabeza muy protocolaria. Tiene una figura alta y bien proporcionada, tostada la piel como en un baño de oro, los movimientos ágiles, sueltos, elegantes.

«No está mal...», comenta María Antonia para su capote.

No, no hubiera estado mal un *flirt* con este chico durante la cura de reposo impuesta por el doctor Peñaclara.

Duerme su siesta. Lee una novela. Sale a paseo con las chicas del masovero... Se respira aroma de manzanilla por todo el pinar. Le dicen que es porque las están cortando para venderlas a los herbolarios. Se siente descontenta de sí misma cuando, tendida en la tumbona a la puerta de la masía, se distrae viendo llegar las mulas cuando vuelven de arar el olivar, y contempla el trajín de los mozos desunciéndolas y llevándolas al pilón del aljibe para que beban.

«Otra vez me he dejado llevar de mi mal genio... — se confiesa —. ¿Qué culpa tiene ese chico de que yo esté aburrida y contrariada? ¿Por qué me empeño en encontrarlo antipático y grosero? ¡No lo sé! Soy yo quien se muestra antojadiza y estúpida. ¿Tiene alguna obligación de entablar amistad conmigo? ¡Es lástima! Tiene una facha atrayente y...»

Y nada más, porque se dice que ya anda tejiendo y destejiendo absurdas novelas y ello no conduce a nada. No ha venido a «El Romeral» a efectuar conquistas, sino a descansar de una vida demasiado agitada. Conque punto y aparte.

15

— ¿Irá usté a misa mañana? — pregunta la masovera antes de irse a dormir.

— Desde luego. Yo no pierdo la misa por nada del mundo — afirma María Antonia.

— Se lo pregunto porque hay dos, una a las seis de la mañana y otra a las once, y si quiera usté ir a la primera habré de despertarla, pues ya me pienso que a esa hora estará en lo mejorcito del sueño.

— Iré a la de las once.

... .

Entra en la iglesia cuando acaban de tocar el segundo. Está ya todo lleno. Hay unos bancos que ocupan solamente los hombres. Las hijas del masovero se han llevado unos *catrets* (1), que fueron de sus abuelas, con tiras de terciopelo bordadas. Le ofrecen uno, pero María Antonia no está segura de guardar el equilibrio y lo rechaza con una sonrisa. Oirá la misa de pie.

_____
(1) Asientos que usaban las mujeres para sentarse en la iglesia.

Ya está el sacerdote en el altar ordenando el misal, cuando alguien pone delante de ella una silla. Se vuelve en escorzo y advierte como el chico moreno del coche color guinda camina hacia los bancos.

— ¿Ha sido ése? — pregunta en un susurro a Filomena.

— Sí, señorita: ése.

— ¿Quién es?

— El Toñino: Germán García.

María Antonia no comenta. La molesta esta atención que no ha solicitado. Toda la iglesia se ha dado cuenta. Le han dicho que el muchacho tiene novia. ¡Con tal que la novia, con esa estrechez de juicio de las pueblerinas, no comience a tomarle manía!

— *Introibo ad altare Dei...*

Un sordo revuelo. Entra una señora, que, en su sencillez y su soltura, muestra a las claras venir de una gran urbe. La sigue una jovencita sencillamente vestida, de buen porte y elegancia indudable. Detrás, dos muchachitas como de quince años, con faldas de tergal blancas y blusones azul oscuro, melenas cobrizas sueltas y un aire inconfundible de colegialas en vacaciones. Y en retaguardia, por el rabillo del ojo, María Antonia descubre a Paquito cogido de la mano de su hermano. Un Paquito de pantalón blanco y camisa suelta escarlata, y un Luis Alfonso correctamente vestido de gris.

«¡Vaya...! Por lo visto, toda la familia...»

Disimuladamente observa a los dos hermanos, que han tomado sitio en los bancos delanteros. Y el mayor abre su misal y sigue la misa sin distraerse. Raro. Piensa en Gumersindo, en sus misas de una, atildado, elegante, apoyado con indolencia contra un pilar, pendiente de ella — María Antonia — todo el tiempo, sin prestar atención al altar. Diferente a los chicos que ella trata y frecuenta. Frívolos, insubstanciales, en absoluto nada piadosos, seguramente sin formación religiosa o tal vez la han perdido si se la dieron en algún colegio de religiosos. Paquito suele distraerse, pero reacciona y se le ve luchar por mantener su atención en el sacerdote y en el altar. De cuando en cuando, la madre le mira, y bajo esta mirada, que es una advertencia, el chiquillo se pone tenso.

16

Seguramente nunca se hubieran conocido si Paquito, con la simpática indiscreción de la infancia, no hubiese hecho las presentaciones.

Ocurrió al salir de la iglesia. En el cancel había un tapón de gente. El Toñino estaba parapetado en la pila del agua bendita y, al salir María Antonia, le adelantó dos dedos acabaditos de sacar de la pila. María Antonia dudó de aceptar, pero en este momento su sexto sentido la advierte. Mira en torno y ve detrás del Toñino unos ojos negros, sombríos, más oscurecidos aún por los celos. La novia. No. Eso sí que no. ¿Molestar deliberadamente a otra mujer? No en sus días. María Antonia está demasiado alta para descender a esa ruindad. Sobran hombres. Hace como quien no ve, y coge ella misma el agua bendita para santiguarse devotamente.

En la plazoleta, bajo los olmos seculares, se estaciona la gente en grupos, saludándose, comentando, charlando, riendo... Con el alcalde, los Cárdenas. Y Paquito se separa y le sale al encuentro.

—Buenos días, señorita. Ven y verás a mamá y a mis hermanas... Ellas tienen muchas ganas de conocerte, ¿sabes? Les di a probar las mantecadas y les gustaron... ¡Huy, cómo les gustaron!

La arrastra con su fina y fuerte manecita.

—Pero, niño..., que tengo prisa. Que me están esperando las chicas del masovero, y desde aquí a «El Romeral» queda mucha distancia... — quiere excusarse.

—Es sólo un momento, ya verás. Quiero que te conozcan. Y que las conozcas. Ya les dije que eras muy guapa...

—¡Vamos, hombre! ¿Qué sabes tú de eso?

—Yo, poco, porque soy un niño, dice mamá, pero Luis Alfonso es un hombre, y él fue quien lo dijo. Eso. Que eras muy bonita. Y muy educada.

María Antonia experimenta una cortedad nueva en ella cuando llega junto al grupo. Luis Alfonso le sonríe y abre ya la boca para hacer una presentación, pero Paquito no quiere ceder a nadie este privilegio.

—Bueno, mamaíta: ésta es la señorita guapa que recogió mi balón. Y mira, señorita, ésta es mamá. Y ésta Elena. Y éstas, Isabelita y Rosarito.

—Perfecto... —murmura el hermano, medio burlón—. Pero te has olvidado del señor alcalde...

El señor alcalde es gordo, simpático, bonachón. La acoge cordial, se ofrece... Y eso que el señor alcalde ignora quién es ella, que si supiera que se trata de la nieta de su buen amigo don Miguel Aguirre... María Antonia acoge sencilla y sonriente a estos nuevos amigos. Ofrece a la señora su compañía para corretear por la montaña... Pero calculadamente se calla su nombre. De repente ha nacido en su mente el deseo de guardar su incógnito todo el tiempo que pueda. Harto sabe que llegará un día en que será descubierto, pero, entre tanto, quien se arrime a ella lo hará llevado solamente por su simpatía y no por el señuelo de su dinero.

Por las muchachas que la acompañan, el alcalde cae en la cuenta de que, sea quien sea, puesto que se halla en «El Romeral», debe de ser familia del señor Aguirre. Y se lo pregunta.

Un titubeo, un pavo y al fin una mentira rotunda que le sale del alma como un disparo.

—No, no, señor. No soy nada del señor Aguirre. Soy costurera de blanco y trabajo dos días a la semana en su casa. La señorita Clara me ofreció su masía porque he pasado una gripe muy mala y los médicos me dijeron que me iría bien una temporada de campo... Eso es todo.

Y así queda la cosa. Ya de camino hacia «El Romeral», una de las chicas del masovero comenta:

—¿Por qué les ha contado la señorita ese cuento al alcalde y a esos señores?

—Sencillamente, porque, si corriera por el pueblo la voz de que soy la nieta de don Miguel, no me dejarían vivir tranquila. Y yo he venido a «El Romeral» a hacer una cura de reposo.

—Eso es cierto.

—Así, que os pido por favor a todos vosotros que no me descubráis. Ya sabéis quién he dicho que soy. De ahí, ni una palabra más. ¿Entendido?

—Sí, sí, señorita. Como usté mande.

—La señorita tiene mucha razón—asiente la otra chica—, porque, con lo empalagosa que es la gente, se le habían acabado la paz y el descanso.

En el camino se encuentran al cartero, que sube hacia «El Romeral» con su bicicleta.

—¿Trae algo para mí?

—Unas revistas, el diario y dos cartas.

—Si me lo da, se ahorrará el trabajo de subir.

—Pues Dios se lo pague, hija, porque mire cómo estoy y aún tengo que recorrer tres masías más y llegarme al Faro.

Evidentemente, el hombre se lo agradece. Está regado de sudor y jadea cansado.

—Aquí tiene usté: Serafina López, ¿no?

—Sí, señor, para servirle...—sonríe, socarrona y traviesa, María Antonia.

Este tomar el nombre de su doncella forma parte del plan que ella hilvanó antes de salir de Z... para salvaguardarse. Las cartas son una de tía Clara y otra del abuelo. Y tía Clara le cuenta que Gumersindo le pidió una entrevista y se manifestó desolado de las calabazas recibidas. Pero que le añadió, muy resuelto, que estaba dispuesto a esperar todo el tiempo que fuera menester a que ella cambiara de opinión. Él la quería. La quería inmensamente y pasaría por todo. Tía Clara no lo dijo en la carta, pero cuando oyó a Gumersindo pensó que debía de estar muy apurado de dinero.

17

Las tardes del domingo son muy movidas en «El Romeral». Ya es una antigua costumbre la de reunirse todos los vecinos de las otras masías en la amplia explanada del caserío y bailar o jugar a prendas. Suena una orquesta de guitarras y bandurrias o la suple un gramófono del tiempo del Rey Pepet. Y hasta bien tocadas las diez, la gente se refocila y las comadres olisquean, mientras los hombres, cuando la luz del día les falta y ya no pueden jugar a los bolos, fuman como chimeneas hablando mal del Gobierno, que también es una costumbre inveterada y tradicional: hablar mal del Gobierno, sea cual fuere.

Serafina y el ama de llaves toman muy a su placer parte en el bodorrio, pero María Antonia se siente incapaz de aguantar aquello toda una tarde, y, con un libro entre manos y un perro siguiéndola — nuevo amigo —, se dirige hacia el Faro a paso lento, dispuesta a sumergirse en las delicias del imponente y maravilloso paisaje. Recibe en plena cara la caricia de un sol que todavía calienta demasiado. Percibe el rumor del mar cada vez más cercano. Los pinos se aprietan hasta impedir muchas veces el paso. Cantan pájaros desconocidos. Reina una ancha paz, un dulce sosiego... Y de pronto un estampido lo rompe con su estridencia. ¿Un tiro? Parece un disparo de escopeta. El perro ha enderezado las orejas y algún atavismo le hace mantenerse tenso y alerta, como esperando ver saltar la pieza. Pero el silencio vuelve a derramarse en derredor, y ella, un poco cansada, se detiene a la sombra del bosque, soñolienta y desmadejada. Despiértala otro disparo. Un cazador. La época de las tórtolas y las codornices debe ser... Lo que sucede a continuación es de lo más vulgar y corriente. María Antonia diría que del género idiota.

Medio adormilada como está, el libro abierto sobre la falda y los ojos entrecerrados, casi puede verle, pues él se halla a cuatro pasos solamente, en mangas de camisa, los brazos al aire, el cuello abierto, al hombro la escopeta y un galgo conejero siguiéndole pegado a los talones.

Se ha quedado embobado, como quizás antaño pudo quedarse el Príncipe Azul al descubrir a la Bella Durmiente del Bosque. Embobado, recreándose en la graciosa figura en abandono simple y natural, ajena a todo artificio, bajo la sombra, apoyada la espalda contra el tronco de un vetusto pino. Y de pronto el estruendo, el alboroto. Un lanzarse uno contra otro los dos perros en rabiosa pelea; un rodar trabados entre fieros mordiscos, un estallar de aullidos y un ladrar de escándalo. La pelota canina que viene a tropezar contra las piernas del cazador. Un movimiento mal calculado para huir del atropello, y, ¡zas!, Luis Alfonso, cuan largo es, aparece tendido en el suelo y rebotando su cabeza sobre una raíz del pino. Sobresaltado al ver volver en sí a la durmiente y capacitado de lo ocurrido, se pone en pie con celeridad, sacudiéndose las agujetas del mantillo.

—Hola. ¿Es usted? ¿Puede decirme qué ha sido esto?

—Los perros, que se han peleado, es decir, que están peleándose, porque el asunto no parece zanjado ni mucho menos. Mire, mire cómo se acometen.

—¡Vaya! ¡Si están enconados! Pues ahora verán ellos.

Y, ni corta ni perezosa, María Antonia se desprende el ancho cinturón de cuero rojo y, blandiéndolo con fuerza, lo deja caer una y otra vez sobre la informe pelota de pelos rojos y de pelos blancos y negros. Al fin se separan mirándose furiosos, con los ojos encarnizados y enseñando dos hileras de dientes afilados, pero con el rabo entre piernas y las orejas gachas ante las evoluciones que la mano de la muchacha está imprimiendo en el aire al cinturón. Silba éste como una culebra, y el espinazo de los canes sigue erizado. Seguramente ya no se acometerán mientras ella esgrima su arma roja que es la correa.

—¿Usted ve? Todo acabado. ¿Y qué hace por aquí?

—Iba de caza.

—¿No hay baile en el casino del pueblo? Me dijeron que todos los domingos lo había...

Cárdenas se encoge de hombros.

—No me ilusiona. Prefiero caminar por el campo. ¿Y usted?

—¡Ah! Pues yo, dos cuartos de lo propio. Iba al Faro. Me encanta ver el mar desde aquella cornisa del acantilado.

—¿Quiere compañía?

—¿Por qué no? ¡Ah! Pero ¿qué es eso? ¿Sangre? ¿Qué le pasa a usted?

—¿Sangre, yo? ¿Dónde?

—En la frente, bajo el nacimiento del pelo.

—¡Huy! Pues es verdad... — mirándose la mano, manchada de viscoso y caliente líquido —. ¿Cómo me habré hecho esto?

—Facilísimo, hijo. Al caer debió de chocar usted con alguna raíz o con alguna piedra. A ver. Miraré lo que es... Bájese, por favor. Es usted demasiado alto, y yo peco de escasa estatura. Bueno: me subiré en esta piedra.

Se sube, en efecto. Pierde un poco el equilibrio. La sostiene él por los brazos temiendo que caiga. Y ella, con dedos suaves y expertos — sus cursos de enfermera —, explora la cabeza herida.

— Vaya, no es nada. Un chirlo sin importancia... Vamos caminando hacia el Faro y allí le limpiaré la herida. Está sangrando bastante... Tome este pañuelo y vea de apretárselo para detener la hemorragia.

— ¿El pañuelo? — Es de gasa, muy bonito, muy grande, nuevo —. Será lástima ensuciarlo...

— ¿Y para qué están el agua y el jabón? Ande, hombre de Dios, que sigue sangrando.

18

— ¿No es eso una fuentecilla? Eso que discurre entre aquellos juncos.

— Pues sí: una fuente es.

— Entonces, no es necesario llegar hasta el Faro para curarle a usted. Simplemente lavar con agua fría, y la hemorragia quedará cortada. Por lo demás, unos toques de yodo en cuanto llegue usted al pueblo, y si, para más seguridad, quiere ver al médico...

Ríe el muchacho.

— ¿Por un rasguño? ¿No le parece que sería ridículo?

Las manos finas y suaves limpian concienzudamente con el bonito pañuelo de gasa. La hemorragia cede.

— ¿Adónde iba usted? ¡Ah, sí, qué cabeza la mía! Me dijo que al Faro.

— Sí, se lo dije.

— ¿Me permite que la acompañe?

— Bueno, si tiene usted gusto...

— Encantado, señorita.

— Me llamo María Antonia.

— Yo, Luis Alfonso.

— Pues ya están hechas en regla las presentaciones, ¿no? Así que se puede decir que somos amigos... — concede gentilmente la muchacha.

Caminan en silencio. El perro les sigue, mirando de reojo al otro can. Cárdenas mira el mar con ojos soñadores. Ella aprovecha esta especie de éxtasis para contemplarle a su sabor y para..., ¿por qué no decirlo?, compararle a Gumersindo Belmonte. Desde poco tiempo a esta parte, concretamente desde que Gumersindo le hace el amor, instintivamente le compara con todos los hombres dignos de atención que le salen al paso. Y éste lo es, ¡vaya si lo es!, en grado superlativo. Alto, ágil, vigoroso... Guapo, no con esa guapura empalagosa y afeminada de ciertos tipos, sino con esa belleza áspera, agreste y viril de los hombres muy hombres. El cabello bronceado, la frente alta, los ojos acerados, apasionados unas veces, herméticos y agudos otras. La nariz perfecta, la boca ancha, con una dentadura sana y cuidada. Brotan en él simpatía y cordialidad naturales. Nada de cortesías lagoteras rayanas en lo artificial. ¡Ya lo creo que es más apuesto este hombre que Gumersindo, aunque aquél se mueva en la mejor sociedad y éste sea un empleado más o menos distinguido de alguna empresa! Recogido en sí mismo, sin huraña, Cárdenas le resulta interesante, como lo son siempre las personas que recatan sus sentimientos, dejando en el ánimo una picadura de curiosidad por averiguar lo que haber pueda en las moradas interiores.

—¿Cómo lleva usted sus vacaciones? ¿Comienzan o acaban? —pregunta ella.

—Apenas llevo quince días, y tengo dos meses de licencia.

—¿Enfermo?

—No, gracias a Dios. Mi jefe, que es muy generoso y considerado, y ha querido regalarme estas vacaciones inmerecidas.

—Cuando se las concedió es que no serían tan inmerecidas.

—¡Bah! Él dice que me las gané a pulso, pero yo entiendo que sólo cumplí con mi obligación.

—Cuestión de criterio. Pero no creo que los jefes sean tan generosos así como así... Cuando el suyo hizo eso... ¿Y se puede saber en qué empresa trabaja usted?

—En «Industrias Metalúrgicas Aguirre».

María Antonia se detiene. Desenreda una rama de rosal silvestre que se le ha enganchado en la falda. Abre la boca. La vuelve a cerrar. Llama al perro.

—Conozco a don Miguel Aguirre. Es amigo de mi abuelo.

—Ya. Un hombre magnífico y un jefe estupendo.

—¿Y qué hace usted en la empresa? ¿Contable? ¿Mecanógrafo?

—¡Qué sé yo! De todo un poco... Soy el secretario particular de don Miguel.

—¡Le compadezco a usted! Dicen que es muy exigente y que tiene mal genio. Que el día que se levanta con la cresta empinada la toma con todos y no encuentra nada bien hecho.

—No lo diré yo. Jamás he tenido que aguantar una injusticia ni un reproche inmerecidos.

—Buen chico, que no despelleja a su principal.

—Eso me parece sencillamente villano.

María Antonia ha medido siempre las distancias y jamás se le ha ocurrido desear lo imposible en materia de amores. Pero no quita para que reconozca la estupenda facha y la innegable atracción de su compañero. ¡Caramba, y qué casualidad más «casual»! Él no la conoce. Su nombre no le ha dicho nada. Claro que se ha reservado el apellido, pero así y todo... Él debe de haber oído charlas por teléfono. Ella y el abuelo. Es más, ahora ha recordado la voz que oyó algunas veces a través del hilo... «Póngame con el señor Aguirre, por favor. Soy su nieta.» Y él debe de saber que la nieta de don Miguel se llama María Antonia... Recuerda haber oído al abuelo hablar con tía Clara de su secretario y encomiar sus virtudes. Quiere recordar vagamente que la familia del chico es, en boca del abuelo, una familia de gente educada y correctísima, que los azares de la vida dejaron en mala situación económica.

Luis Alfonso sigue caminando al lado de la jovencita, un si es o no es turbado por sensaciones del todo raras. Se dice a sí mismo, burlón, que se ha dejado impresionar por la cara bonita de su acompañante. Claro que la chica es un encanto, pero... ¿Adónde va a conducirle este repentino deslumbramiento? Cárdenas es un muchacho sensato, serio, intransigente con sus propias debilidades, y no está dispuesto a que un sueño de vacaciones destroce el equilibrio de su vida. Él mismo se dice que, si se pone tonto, tendrá que encerrarse en casa y alejarse todo lo posible de los sitios en donde pueda encontrarse con la muchacha que de tal manera se está apoderando de sus sentidos. ¿Y hablan del flechazo? ¡Menudo es el que le está alborotando a él las entretelas del corazón!

Surge pujant el egoísmo, tan natural, y una voz le pregunta: «¿Y por qué todo esc, hombre de Dios? Si te gusta la chica, ¿por qué has de privarte de su compañía y de su amistad? De sobra sabes tú lo que te conviene, y no eres ningún doctrino para entregarte inerme a ese flechazo, que a fin de cuentas sólo es un cuento chino...»

Entregado a estos y otros pensares, nuestro hombre sigue caminando junto a María Antonia, escoltados ambos por los dos perros, que, aun cuando parecen haber aceptado una tácita tregua, siguen mirándose de soslayo y emitiendo algún que otro gruñido poco tranquilizador.

Está el sol queriéndose poner cuando llegan al Faro.

19

La vuelta es también cicatera, parca en palabras. Una amistad reciente tiene a mano escasos tópicos de conversación.

A la salida del pinar encuentran la carreterita que conduce a la masía, y María Antonia se detiene.

— Tengo que irme por este camino — dice.

— ¿Vive usted muy lejos?

— En aquella casa que se entrevé dentro de la espesura de árboles en aquel cabezo.

— Debe de tener una vista espléndida.

— Sí. Maravillosa. Domina toda la meseta y gran parte de la costa.

— Y pasa usted en esa masía sus vacaciones, según creí oír esta mañana al salir de misa...

— Cierto. La finca es justamente de don Miguel Aguirre. Se llama «El Romeral»... Yo trabajo dos días a la semana en casa de don Miguel. Soy costurera de blanco...

Instintivamente, él le mira las manos y se admira de no hallar en sus finos dedos, de bien cuidadas uñas y discretamente laqueadas, esos característicos puntitos negros que delatan el uso de la aguja en las mujeres dadas a coser con frecuencia. Elena tiene unas manos muy bonitas, muy cuidadas, pero en ellas no faltan las huellas del manejo constante de la aguja.

—Ya oí como se lo decía al alcalde esta mañana...

—Entonces, no hay nada que añadir, sino que, por la generosidad de don Miguel y de su hija, disfruto del cobijo de una casa espléndida en medio de la meseta cuajada de pinos, con el mar a la vista y muy bien atendida por los masoveros.

—Sí, ya...

—¿Ha conocido usted, por casualidad, a la nieta del señor Aguirre? Se llama María Antonia, como yo: María Antonia Velázquez... —insinúa la muchacha, cautelosa.

—No: no la he visto nunca. No va nunca por la oficina. Alguna vez he recibido su llamada por teléfono para hablar con su abuelo... Dicen que es muy bonita.

—Es... simpática a ratos. Y hace de su abuelo y de su tía lo que le viene en gana. Como casi todas las niñas únicas, ha sido muy mimada, y así ha resultado caprichosa y amiga de salirse con la suya. Pero no es mala chica, no. Nada de eso. Tiene un corazón de oro y casi siempre se duele de sus arrebatos o de sus tonterías con sinceras muestras de arrepentimiento. No conoce el orgullo ni se paga de su dinero.

—Debe de ser rica.

—Riquísima. Y lo que lo será todavía. Y eso la lleva de mal humor.

—¿Es posible?

—La cosa está clara. Ella es soñadora, apasionada, sentimental... Y la aterra el pensamiento de que, con el materialismo que se respira por todas partes, el hombre que se acerque a ella con vistas al casorio lo haga impulsado por el afán de recoger su fortuna y lo que menos piense es en lo que pueda valer la mujer...

—Pues es una inquietud que merece todas mis simpatías.

—¿Usted cree que podrá conseguir que alguien la quiera por ella misma, prescindiendo de su dinero?

Hay ansiedad en los ojos y en el tono de la jovencita.

Él sonríe de esta ansiedad, pero se vuelve a poner muy serio para responder:

—Sí, efectivamente, la señorita de Velázquez vale lo que usted ha dado a entender, no veo nada difícil que encuentre un hombre que se enamore de sus cualidades, de su belleza, de…, en fin, de ella misma.

—Me alegraría de que sus opiniones fuesen un vaticinio. Estimo a María Antonia Velázquez, y, a fin de cuentas, sus sueños no me parecen tan descabellados, porque… ¿a qué muchacha no la ilusiona hacerse querer por sí misma? Y más si es rica y, como ella, tiene alrededor muchos moscones que sólo acuden a la miel de su dinero.

—Tiene pretendientes, me lo imagino.

—Bastantes. Pero ella, hasta ahora, se mantiene imperturbable. Claro está que es muy joven y que, según dice, no tiene la menor prisa en casarse… Pero para mí es que ella se lo piensa muy despacio. Aunque parece frívola, es sensata, y no creo que dé un traspié en ese sentido. Ahora está si se enreda o no con el hijo del conde de Aureaga. Usted le habría oído nombrar, ¿verdad?

—¿A Gumersindo Belmonte? ¿Y quién no le conoce, aunque sea de oídas, en todo Z…? Siquiera sea por sus tonterías… ¡Es de miedo!

—Ya, ya veo que le conoce usted — se echa a reír María Antonia.

Y, llamando al perro, se dispone a tomar el camino carretero que corta el pinar para llegar en línea recta a «El Romeral».

—Me voy por aquí. Encantada de conocerle…

—Encantado, yo. Y agradecido… ¿Hasta cuándo?

—Pues hasta mañana en la playa, ¿no?

—De acuerdo. Bajaré un poco más tarde que los otros días, porque he de ir a X… a despedir a mi hermana Elena. Pero no faltaré.

—Cuídese el chirlo, ¿eh?

—Sí, lo haré. No es nada… Adiós.

—Adiós.

Él se queda plantado, apoyado ligeramente contra el tronco de un pino, con el perro cerca y la escopeta al hombro. Espera que ella se vuelva, y no se engaña, porque, apenas se adentró en la espesura, María Antonia se vuelve y le hace un ademán de despedida con la mano. Contesta él con otro, inclinándose a la vez cortésmente, y luego silba al perro y vuelve grupas rumbo al pueblo.

A la entrada de éste se tropieza con las Toñinas, puestas de tiros largos, pelos alborotados, cursis hasta las puntas de los pies, infladas y pretenciosas como ellas solas. Las encuentra más antipáticas que nunca. Así y todo, no puede excusarse de aceptar la invitación de acompañarlas. Desmadejadas y lacias, las Toñinas hablan del aburrimiento del pueblo, de la sosería de las chicas, de lo brutos que son los muchachos y, en fin, de la falta de ambiente adecuado para ellas. Van y vienen, carretera arriba y carretera abajo, desde la Cruz del Camino hasta los arrabales y desde los arrabales hasta la Cruz del Camino, saludando displicentes como princesas que conceden un favor a sus vasallos a los bullangueros grupos de jóvenes con quienes se topan.

Luis Alfonso se siente poco o nada a gusto, y en una de las veces en que regresan al arrabal indica que va siendo la hora de volver a casa. Al fin se las sacude, depositándolas en el mismo portal de la casona rodeada de jardín y pintada de blanco, tan recargada de adornos arquitectónicos que parece en realidad una tarta adornada de merengue.

20

La noche del domingo, en la masía, resulta de un aburrimiento lamentable. La gente joven se marcha al pueblo, donde hay cine los sábados, domingos y algún que otro jueves.

Serafina suele acompañar a los masoveros jóvenes de ambos sexos, quienes, en cuadrilla con otros muchachos de las fincas cercanas, acuden también allí con igual objeto.

Doña Vicenta se acuesta en cuanto su señorita la despide. El masovero dormita bajo el emparrado de la fachada principal, esperando a que sean las once para dar el último pienso a las caballerías. La masovera remueve por la casa. María Antonia divaga o sueña mirando las estrellas y escuchando el acompasado rumor del mar. ¿Son los pinos eso que canta en sordina? ¡Qué más da! Es una dulce y simple sinfonía bajo la suave claridad lunar y el débil resplandecer de los luceros.

Al fin, el hombre y la mujer se asoman al portón en arco rebajado, como invitándola a retirarse dentro de la casa para poder cerrarla y marcharse a dormir.

— *Pos si la senyoreta no mana res...* — inicia el masovero entre dos contenidos bostezos.

— Ándate a dormir, hombre, que desde que amaneció Dios estás despierto... ¿Crees que no te oigo? Y tú también, María, que pareces el *huendo* (1) yendo y viniendo por toda la casa antes de que sea día claro...

— ¿Pero es que la *senyoreta* no duerme? Lo digo porque, a lo que se ve, lo oye todo...

— No te rías, María. Sí que duermo. ¿No he de dormir? ¡Más que un gusano de seda! Pero como nos acostamos tan pronto y estoy hecha a velar en la ciudad, resulta que al amanecer ya estoy harta de sueño y de descanso... Conque buenas noches y a descansar.

— Buenas noches, *senyoreta*.

— Buenas noches.

— ¿Encerraste al perro lobo, Joaquín?

— Sí, mujer. Encerré al lobo y eché afuera a los dos de presa para que guarden.

Y, refunfuñando y gruñendo, el fatigado tío Joaquín entra con su costilla en la casa, espera a que María Antonia suba las escaleras y cierra con ruido de baldas y cerrojos la pesada puerta de encina forrada hasta media altura de chapas de latón.

La muchacha busca su aposento. Enciende el velón que descansa en el centro de la mesa, cierra la gran reja volada y bosteza.

«¿Quién se acuesta ahora? ¡Si estoy para velar dos horas más, tan espabilada me siento! ¿Y si le escribiera al abuelo? ¿Y a tía Clara? ¿Y a Gumersindo?»

Al abuelo, sí. Tiene muchas cosas que contarle. Y a tía Clara también. Pero a Gumersindo... La verdad es que quedó con él en darle una respuesta vísperas de ve-

_____

(1) Duende.

nirse a «El Romeral». Tendrá que hacerlo por escrito, ya que no puede ser de palabra, so pena de quedar muy mal con él. Y eso, no. Que no le quiera para novio, bueno. Pero sentar plaza de descortés y de maleducada, de ninguna manera. Y como no tiene la menor gana de enfrentarse con ese problema de Gumersindo, acude al socorrido «mañana», cosa que suele suceder siempre que tenemos que cumplir alguna obligación desagradable.

Por suerte, María Antonia Velázquez carece del don de la doble vista, y por ello no puede darse cuenta del terrible problema que su desvío causa al pobre Gumersindo. Está pasándose unos días malísimos, y es tonto que trate de indagar qué es lo que ha sido de su pretendida, porque no hay alma viviente que le aclare cúyo sea el lugar a donde su dominante abuelo y aquel marrullero doctor Peñaclara hayan podido llevarla. Y se dice, asustado, que tendrá a la fuerza que aguardar a que buenamente y bien la chica regrese de su veraneo. Lo que hay que pedirle a Dios es que no le apriete o se huela lo que está pasando. ¡Maldita suerte!

21

Con la bolsa enganchada en el manillar de la «bici», vestida con un fresco y amplio trajecito estampado, al viento la melena y canturreando una canción de actualidad, María Antonia serpentea entre los pinos por aquella sendita que lleva a la playa.

Ya de lejos ve a Paquito dándole vigorosas patadas a su balón, con su *meyba* color escarlata y la cabeza cubierta por una gorrilla de visera. El sol quema, pero del mar viene un fresquito sedante. Hoy está la playa más animada. Se notan más sombrillas. Seguramente, aquella enorme y acogedora en torno a la cual se ha formado corro debe de ser la de las Toñinas.

Un poco apartado del grupo, tendido en la arena y fumando, ve a Luis Alfonso Cárdenas, ya en bañador, dispuesto para lanzarse. ¿La está esperando? Este pensamiento produce en María Antonia cierta sensación especial. Algo dulce y emotivo.

Se acerca cautelosa, después de dejar la bicicleta apoyada contra el palo de un sombraje cercano, y camina hacia él. Aunque sus pasos se pierden en la blandura de la arena, Luis Alfonso la siente llegar y se incorpora sobre un codo para mirar... Una sonrisa ilumina el rostro varonil. Cárdenas no suele sonreír con frecuencia, pero, cuando lo hace, su sonrisa posee un atractivo singularísimo.

— ¡Hola, buenos días! — saluda cordial.

— No creí encontrarle aquí. Me dijo usted que vendría tarde...

— Pensé que tendría que ir a despedir a mi hermana, pero no fue necesario. Esos señores del chalé blanco..., ya sabe..., los Toñinos, como los llama la gente, iban a X... en su coche y le brindaron un asiento a Elena. Ha tenido suerte. Podrá tomar el expreso y estará en Z... esta tarde a las seis.

— Me alegro. ¿Cómo va ese chirlo?

— Bastante bien, aunque no me atreví a quitarme todavía el apósito.

Paquito llega sudoroso y jadeante. Es un niño afectivo y sonriente. Se lanza encima de María Antonia y comienza a besarla con ahínco. Sobre las suaves mejillas de la muchacha, los besos se repiten.

— ¡Pero, niño...! — quiere reprender el hermano.

— ¡Es mi amiga! — se engalla el chiquillo.

— Claro que sí — confirma María Antonia.

Luis Alfonso la mira y sonríe. Hoy viene dispuesto a nadar mucho y a llevarla con él en el viejo patín que le ha prestado un marinero. La mira..., y es mucha suerte que Elena se haya ido, porque, de no ser así, el incógnito de la señorita Velázquez hubiera corrido serio peligro, ya que el sencillísimo modelo estampado y todos los demás adminículos del baño son de un gusto depurado y están proclamando a voces que han salido de un taller elegante, cosa que hubiera captado al instante la primera oficiala de madame Aurora. Y no dejaría de darle en qué pensar esto de que una pobre costurera de blanco se pudiera permitir el lujo de comprar modelos de firma. Pero Luis Alfonso no sabe de eso, y simplemente la encuentra bonita, sin detenerse a pensar en la indumentaria.

— ¿Nos bañamos, María Antonia? — invita.

—Claro que sí. ¿Y luego?

—Pues luego un paseo en patín. ¿Hace?

—Y yo con vosotros — se convida Paquito.

—¡Espléndido! — asiente ella —. Bueno, pues un momento y vuelvo en seguida.

Se encamina a la caseta de baño que los de «El Romeral» tienen en la playa, y poco después sale con un bañador azul pastel, cubierta hasta la rodilla por un albornoz blanco y llevando en la mano una gorrita también blanca.

Llevando a la descubierta al saltarín del chiquillo, deambulan por entre los grupos de bañistas. Las Toñinas contestan muy cordiales al saludo sonriente de Cárdenas. Y detrás del terceto brota el consiguiente cuchicheo.

—¿Ésa es la chica que está en «El Romeral»?

—Me parece que sí. Es bonita, ¿verdad?

—Mucho, mucho.

—Dicen si es costurera de blanco, de esas que cosen en cada casa un día a la semana.

—¿Estás segura?

—Yo lo sé por una hija de los masoveros.

—En tal caso, quizá me quisiera coser a mí los endemoniados camisones. Han corrido todo el pueblo y no hay nadie que apechugue con éllos. Ni la Gata, ni Saora, ni la señora Isabel... Que están encima de fiestas y que tienen tanto y más cuanto trabajo... Al final habrá que solicitarlo por turno y en papel sellado.

—¿Y tú crees que ésta te los cosería? Si ha venido a pasar unas vacaciones, lo más natural es que quiera descansar...

—Eso sí.

22

Sobre el oscilante patín, la figura de Luis Alfonso, erguida, tiene algo que evoca a los atletas de la clásica Antigüedad. Maneja el largo remo con habilidad y destreza, mientras sus acerados ojos tratan de captar toda la grandiosidad y amplitud, toda la suprema belleza del panorama marino. María Antonia entorna los suyos mirán-

dole a él, y ninguno de los dos se preocupa gran cosa de
Paquito, que juega a sacar y meter en el agua sus mo-
renos bracitos. Las olas van y vienen, rematadas por bo-
rreguitos de espuma. Hoy son mansas y suaves… En el
silencio se escucha su rumor quedo y dulce. Canción ru-
morosa y dormilona de cuna. En la borrosa lejanía del
horizonte se pierde una gran barca de pesca, que presto
será un puntito insignificante.

— ¡Qué hermoso es esto…! — suspira la muchacha, queriendo romper un silencio que la oprime sin saber por qué.

— Muy hermoso, sí — confirma el joven.

— ¿Verdad que le gusta?

— ¿Y a quién no?

Pero él no ha dicho esto mirando el mar, sino mirándola a ella, que le parece realmente preciosa.

María Antonia está muy contenta esta mañana. Se
siente muy animada. La contrariedad tremenda que sintió
cuando el abuelo quiso confinarla en «El Romeral» se ha
diluido como pompa de jabón y es ahora un estado de serenidad y de paz que le infunde un íntimo contento de
vivir. De repente, la voz varonil la sorprende y la sacude
con una ráfaga de emoción. ¿Por qué? ¡Absurdo! Está
acostumbrada a que sus amigos, los chicos ultramodernos,
supriman el «usted», anticuado y ceremonioso. ¿Por qué
ahora…?

— ¿En qué estás pensando, chiquita?

— ¿Eh? ¡Ah, pues…! Sí: en que estoy muy contenta
de haber venido.

— ¿Pero es que no querías venir?

— Pues, mira, no me hacía mucha gracia. Ya puedes
pensar. Todo el año, trabaja que trabaja, y, cuando le llegan a una las vacaciones, venir a enterrarse en un desierto… Porque «El Romeral» es un desierto… Pero el
médico del Seguro, que me aprecia bastante, se empeñó
en que campo, pinos, mar, soledad y tranquilidad, debido
a que los nervios andaban no sé cómo… Y la señorita de
Aguirre, que es una santa, siempre atendiendo a las nece-
sidades del prójimo, me ofreció la masía de su padre.
Y acepté. Así, el verano me resultará más barato.

— Tu médico pensó bien, María Antonia. Debes remen-
darte, como hago yo, para dar cara al año de trabajo que

comenzará para los dos muy pronto. Esto es una inyección de vida.

—Tienes razón. Y yo este año he de trabajar mucho, porque no acabo de estar satisfecha con lo que sé, y este invierno pienso asistir a unas clases de alta costura, que es lo que deja.

—¡Qué muchachita más sensata!

—No te burles, hijo. Los que no tenemos a nadie que nos ayude hemos de pensar en el día de mañana. No es que sea ambiciosa, pero me gustaría ganar dinero y hacerme un apartadito para cuando llegue a vieja y no pueda trabajar.

Luis Alfonso ha estado a dos dedos de decir una sarta de cosas inesperadas que él califica de «majaderías». Piensa que la hermosura y la gentileza de su amiga encontrarán a su tiempo el compañero que le haga falta. Y no estará sola. Y cuando sea vieja, otros trabajarán para ella, porque tendrá alrededor hijos que la adorarán.

Cárdenas se confiesa a sí mismo que parece embrujado, tales locuras anda pensando... Pero se domina a tiempo... Le gusta la muchacha. ¡Ya lo creo que le gusta! ¿A quién le amarga un dulce? Mas su sensatez proverbial le advierte de que es demasiado pronto y que no debe, en consecuencia, adelantar o precipitar las cosas. No basta que una mujer guste. Se necesita conocerla; saber cómo siente, cómo piensa y, sobre todo, cómo quiere. Sacude la tentación que le acomete, cuida las palabras y, dejando el remo, invita:

—¿Nos damos otro remojón, nena?

¿Qué palabras esperaba María Antonia, que se siente un poco defraudada al oír al mozo hablarle vulgarmente de un nuevo chapuzón?

—Bueno, si tú quieres...— concede, remolona—. Anda, Paquito, tírate primero tú.

—No, yo no me tiro. Tengo miedo. Hay mucha agua aquí...

—Pues quédate en el patín, que pronto volvemos.

La figura estilizada y graciosa enfundada en el *maillot* azul resalta un momento sobre el fondo del cielo y del mar. Los ojos de Luis Alfonso la observan con admiración. La zambullida de María Antonia es perfecta, y él se pregunta dónde y cómo aprendió aquel estilo. Apenas aparece entre las espumitas blancas la cabeza tocada con el gorrito de goma, se lanza él, resuelto. Tarda en salir. Ella mira en torno y se angustia porque no le ve. El corazón comienza a golpearle el pecho dolorosamente. ¿Cómo le cuesta tanto, Señor? Y una voz llega desde lejos, entre las cadencias del mar, devolviéndole la tranquilidad perdida. Una cabeza de hombre emerge, desgreñada, con el cabello empapado en agua... Nada hacia él con las mejillas como brasas y el corazón golpeándole —ahora suavemente— en la concha del pecho.

«¡Qué idiota...! ¿Pues no me había asustado?», se dice en tanto nada a grandes brazadas.

— ¿Sabes que nadas muy bien? Tu zambullida ha sido perfecta. No me lo explico en una muchacha de tierra adentro.

Rápida, María Antonia urde la explicación:

— Me eduqué en un buen colegio y teníamos una piscina estupenda. Y un profesor de natación.

— ¿En un colegio caro, por lo visto?

— A todos les extraña, hijo, pero es así... Mi padrino, que era un solterón muy rico, tuvo ese gesto espléndido. Sólo que, sin acabar de terminar mi educación, tuve la desgracia de que muriera en un accidente de automóvil, y vinieron los sobrinos a heredarlo y yo tuve que salir del colegio y ponerme a trabajar... ¡Huy! ¡Mi vida es una novela, hijo! ¡Si yo te contase...!

— ¿No me lo querrás contar algún día?

— Bueno, si te interesa... Aunque me pone de muy mal humor hablar de aquellos días. Pero sí, te lo contaré.

Siguen nadando mar adentro en silencio. Paquito, desde el patín, enarbola en la punta del remo el balón y lo hace flamear al viento como una bandera.

— Me parece que Paquito nos llama...

— Estará aburrido.

— ¿Volvemos?

Nadan muy despacio. María Antonia está comparando, en un revoloteo incesante de su imaginación, a los dos hombres que ocupan en la actualidad el horizonte de su vida: Gumersindo Belmonte y Luis Alfonso Cárdenas. De ser «la señora condesa» a ser la mujer de un vulgar empleado de una empresa; de un palacio del siglo XVII a un pisito moderno, insignificante, pero puesto con gusto; de una servidumbre correcta y numerosa a una chica para todo o a una mujer por horas, pero, así y todo, un nido con calorías de amor...

—Ea, ya estamos aquí, Paquito. Vamos a tierra.

23

Las Toñinas se encuentran tendidas sobre sus albornoces, al amparo de su sombrilla. Son altas, flacas y huesudas. Tienen poco que agradecerle a la Naturaleza en cuanto a belleza física, las pobrecitas, y, pese a los millones de su padre, no hay cristiano que apechugue con la coyunda.

María Antonia se da cuenta al pasar de que el breve saludo de Luis Alfonso es recibido con agrado y subrayado por tres insinuantes sonrisas. ¿Dora? ¿Carmen? ¿Elisa? Cualquiera de las tres cogería con ambas manos al apuesto muchacho aunque sólo sea un «vulgar empleado». Porque, claro, ellas se conceptúan merecedoras de mucho más, pero las cosas vienen como vienen, y los años corren, y el poyetón se va acercando. Además, un empleado puede ascender y, ¿quién sabe?, llegar a una gerencia o una dirección. De sus divagaciones saca a María Antonia la sosegada voz de su compañero:

—¿Qué vas a hacer esta tarde?

—¡Ay, hijo! Pues lo de siempre. Dormirme una buena siesta, a ver si consigo aumentar unos kilos. El doctor está muy machacón en este aspecto. Dice que estoy desnutrida y que necesito engordar un poco. Y me hará perder la línea.

—Tú no perderás nunca la línea. Pondrás, en todo caso, un poquito más de carne sobre los huesos, que no estará mal ni mucho menos; pero esa figura grácil, esbelta y proporcionada no te la quitarán todas las siestas del mundo. Te lo digo yo.

—¡Huy, qué galante!

—La verdad justita. Bueno, ¿y qué harás después de dormir la siesta?

—Un jersey de lana deportivo.

—¿Sin salir en toda la tarde? ¡Mira que son eternas estas tardes de julio!

—Bajaré a la huerta con las hijas del masovero a traer hortalizas y llenar el botijo de agua fresca para la cena.

—¿No sería mejor que ese paseo lo dieses en una compañía más de tu agrado que la de las muchachas de la masía?

—Como por ejemplo...

—Deberías aceptar la mía.

—Para ir... ¿dónde?

—En esa aldeíta llamada Solimar celebran hoy sus fiestas. Allí, cerca, está la ermita de los Santos de la Piedra, y creo que hacen una romería muy pintoresca. ¿Te gustaría que fuésemos a escudriñar lo que haya? Podemos ir en las «bicis». Sólo hay unos veinte minutos de camino. Nos llevaríamos la merienda y bailaríamos un poco...

—La merienda, bueno; bailar, no. Yo no me entenderé con la gaita y el tamboril, muchacho.

—Poco costaría probar.

—¿Dónde nos reunimos?

—Aquí mismo, en este cruce, si te parece. Yo te estaré esperando a las cinco y media.

—De acuerdo. Adiós, Paquito, querido.

—Yo no iré — decreta el chiquillo, muy envarado.

—¿Qué harás tú?

—Tenemos en planta un partido de fútbol en la era del tío Damián.

—¿Y las mellizas tampoco vendrán?

—Las mellizas estudian hasta las seis y media y no tienen tiempo de ir al jolgorio — dice Cárdenas —. Darán su vueltecita de costumbre hacia la fuente de los Nogales con su cuadrillita de amigas, y basta.

Pero no hay refrán que mienta, y hay uno que dice que «el hombre propone y Dios dispone».

24

Estaba María Antonia saliendo apenas del delicioso sopor de su siesta. Un reloj de carcomida caja, colocado en un rincón del cuarto rivalizando en vejeces con una cómoda y un arcón de encina, desgranó, parsimonioso, cuatro sonoras campanadas. Se desperezó y bostezó. Había dormido estupendamente, vaya que sí. Y rememorando los acontecimientos de la mañana estaba, entregada a otro medio ensueño, entre dormida y despierta, los ojos cerrados para recogerse y evocar mejor, cuando dos discretos golpecitos la volvieron a la realidad. Sobre el tablero de la puerta, la mano de la doncella repicaba.

— Sí, pasa, Serafina.

— La señorita ¿durmió bien su siesta?

— Admirablemente, hija. Pienso que, si continúo así, voy a ponerme gordita como un tejón. ¿Qué pasa?

— Nada, señorita. Que acaban de llegar esas muchachas tan ricas que viven en aquel chalé de merengue. Las Toñinas creo que las llaman.

— ¿Sí? ¿Y qué quieren?

— Pues han pedido ver a «esa chica que es costurera de blanco».

Sonríe, picaresca, la doncella, partícipe de los secretos planes de su ama.

— ¡Vaya por Dios! ¿Visitas en «El Romeral»? ¡A lo que hemos llegado! ¿Y dónde están?

— La masovera les ha dado silla y quedan en la cocina de abajo, esperando.

— Bien. Pues diles que ya salgo...

Maquinalmente se alisa el revuelto cabello. Un retoque discreto en labios y cara, un estirarse la falda y un suspirar de resignación.

Cuatro Toñinas emperejiladas como pollos en rifa están sentadas sobre el áspero esparto de las sillas. Por la puerta, entrecerrada — el castigo de las moscas hace vivir en penumbra a los campesinos —, puede verse un aparatoso coche color guinda, y el experto ojo de María Antonia capta la marca de precio.

—Buenas tardes, señoritas.

María Antonia saluda modosita y humilde, como cumple a una obrerita bien educada, bajo la sempiterna sonrisa pícara de Serafina, que aún aguarda allí, medio oculta tras del batiente de otra puerta con ansia de curiosidad. La aventura de su señorita va resultando sabrosa. Y la apasiona en extremo.

—Buenas tardes —responden a coro las cuatro Toñinas bajando de su pedestal de superioridad, cosa que rara vez sucede.

—Serafina me dijo que me buscaban ustedes, ¿no?

—Exacto.

—Hemos venido...

—Verá usté...

—Alguien ha corrido por el pueblo la voz de que es usté costurera de blanco y que tiene unas manos de maravilla.

—Por Dios, tanto no: una costurera del montón...
—Modestamente.

—Cuando doña Clara Aguirre la emplea, bien debe usté hacerlo, porque doña Clara tiene fama de exigente y de elegante.

—Bien. ¿Y en qué puedo servirlas?

—Verá usté. Tengo necesidad de que me cosan unos camisones. Las telas son preciosas. Aquí las traigo. Y en el pueblo no he podido encontrar a nadie que lo haga, ¿sabe usté? Como las fiestas mayores serán pronto, las modistas están hasta la coronilla de trabajo. Todas las grullas del pueblo y del contorno se están haciendo trajes.

Las hijas del masovero, al oír lo de «grullas», envuelven a la Toñina en una mirada de rencor. Otra Toñina reprende:

—Dorita, por favor...

Y Dorita respinga la nariz, un tanto chata; encoge el morrito, pintado de un rojo llamativo, y sigue, impertérrita:

—Y yo he pensado en que usté, si quiere, me los cosa...

—¡Huy, yo! No sé si podré hacer una cosa que sea de su gusto —se excusa, aterrada, María Antonia. ¡Santo Dios! ¿Qué va a hacer ella si en su vida ha cogido unas tijeras para cortar una prenda? →. No me atrevo, la verdad...

—No me diga que no. Atrévase.

—¿Y si los desgracio?

—Pues si los desgracia, mala suerte.

—En todo caso, claro está, le abonaría el importe de las telas, desde luego, pero...

—Me da la impresión de que es usté excesivamente modesta. Quedemos en que sí. Y aquí le dejo las telas. Y ahora nos vamos corriendo, porque mi hermano nos está esperando fuera para llevarnos en el coche a la ermita de los Santos de la Piedra... ¿Usté no va?

Una turbación evidente. Un negar aturrullado.

—Ande, véngase con nosotras. El coche es grande y cabemos todos... — invita cordialmente otra Toñina. Las masoveras piensan si querrá morirse, para descender así de su peana.

—De verdad, no puedo. Lo agradezco mucho, pero no puedo.

—¿Trabajo? Deje el trabajo. Le gustará la romería y podrá bailar un poco. Es muy bonito. A todos los veraneantes les gusta... El año pasado vinieron unos ingleses, y no quiera usté saber las fotos que sacaron y lo que alabaron la fiesta, sobre todo la procesión, al anochecer, rodeando el *tosal* donde está la ermita. Las lucecitas de los cirios parecen luciérnagas. Es fantástico.

—Sí, me gustaría, pero no puedo. Tengo... Quedé con alguien en ir a otro sitio y me esperan...

—Cambie usté de plan, y si ese «alguien» es uno solo, también cabe en el coche... Vamos, decídase. Se arregla en un segundo. La esperamos todo el tiempo que quiera...

María Antonia se ve cercada. Elisa, la más vieja de las tres, insiste:

—Nosotras no solemos ir a ninguna fiesta de pueblo, porque se corre el peligro de tratar con gente de cualquier clase. ¿Usté comprende? ¡Vienen tantos veraneantes a todos sitios, que una no sabe si se está rozando con un indeseable con facha de caballero! Pero en la romería de los Santos de la Piedra, los que vamos somos todos del pueblo, y si hay algún veraneante no es precisamente un desconocido. Por eso vamos.

María Antonia mira su relojito de pulsera disimuladamente. Las saetas corren, y dentro de nada él estará
esperándola en el cruce de la carretera con el camino de
«El Romeral». ¿Qué hacer? ¿Qué excusa dar? Porque,
si no va con ellas, han de verla entrar después en la
ermita acompañada por Cárdenas. Y entonces habrá comentarios más o menos admirativos. O eso, o renunciar
al plan y largarse de paseo en la «bici» carretera adelante.

— Bueno, acepto — se decide al fin —. Pero van a tener
ustedes que reservar una plaza en su coche a mi compañero. Creo que le conocen ustedes. Es Luis Alfonso
Cárdenas.

— Sí, ya. El hermano de Elena.

— Simpatiquísimo.

— Pues en seguida bajo. Unos momentos, por favor.

25

Con talante aburrido, Cárdenas espera en el cruce. Le
parece que María Antonia se retrasa. Pero su asombro
y su rabieta se desbordan cuando la ve llegar muy bien
aposentada en el cochazo color guinda, justamente al lado
del conductor.

— Luis Alfonso — invita la Toñina mayor, que es la
más flaca y la más peluda de todas ellas —. Véngase con
nosotros a la ermita de los Santos de la Piedra. Ya nos
dijo María Antonia que iban a ir ustedes en las bicicletas. A ella ya ve que la hemos convencido... ¿No irá
usté a querer irse solo?

De muy buena gana, Cárdenas le habría retorcido el
gañote como a una gallina a esta fea, desgarbada y estúpida nueva rica, que se metía como una cuña en sus cosas
y en sus planes. Pero hay una cosa que se llama educación y nos obliga cada lunes y cada martes a hacer comedias. Hubo un tira y afloja de discreteos, y al final nuestro hombre se avino a dejar la «bici» en cierta corraliza
cercana y encaramarse en el coche entre las Toñinas, luego
de haber resistido heroicamente la protocolaria presentación del hermanito Toñino.

Toda su vida recordará Luis Alfonso Cárdenas esta

desdichada tarde de romería. El compás de la ermita bullía de gente alegre más que devota. Había los consabidos puestos de porrate, y la chirimía y el tamboril, con sabor de clasicismo, tañían y redoblaban, rompiendo con su combinada armonía la quietud de los campos. Largas reatas de caballerías enjaezadas con llamativos atalajes de variados colores subían por las sendejas. El camino carretero estaba cuajadito de carros, tartanas y algunos coches, bicicletas y motos.

Cárdenas buscaba con los ojos a la modista que era novia del Toñino, pero no la vio por ninguna parte, y vino a la conclusión de que el muy fresco se la había dejado en el pueblo trabajando como una negra, mientras él se largaba a divertirse, so pretexto de llevar a sus hermanas en el coche. Un pretexto ridículo, porque todas las Toñinas, en alarde de modernismo y de independencia, sabían conducir. Y allí estaba él —Luis Alfonso Cárdenas— teniendo que alternar con las cuatro ricachas, a cada cual más fea y más bigotuda, en verdadero sacrificio heroico. Porque el fresco del Toñino estaba acaparando a María Antonia y detrás de un baile le comprometía otro, sin soltarla en toda la tarde. ¡Maldita sea...! ¿Cuándo se le rompe la crisma a un mamarracho, Señor? ¡Buena la había hecho! ¡Con lo que él había soñado a cuenta de esta tarde de romería! ¡Para que ahora viniera este pelmazo a torcerle los planes! ¡Ah, pues no! ¡Eso sí que no! En cuanto se le presentase la ocasión, plantaba a las Toñinas y cogía por su cuenta a María Antonia, para no soltarla hasta el momento de largarse al pueblo. ¡Faltaba más...!

Mas pronto comprendió que aquello no era factible, so pena de comportarse como un grosero. Al fin, cuando iban ya tocados dos toques para la procesión, logró conseguir un baile de María Antonia, pero, como el compás estaba rebosando hasta los topes, bailaron a trompicones, dando y recibiendo codazos y sin poder apenas cambiar media docena de palabras. Los dos tenían una cara que hubiera estado muy en su punto en un funeral, si bien, de los dos, ella era la que con más filosofía había aceptado los hechos y, por consiguiente, se encontraba más en posesión de su propio dominio. Él tomaba esta actitud por indiferencia, y la rabieta se iba agrandando interiormente, hasta alcanzar alarmantes caracteres.

—¡Anda con Dios, nena, que me hiciste la pascua! —estalló, ahíto de mal humor.

—¿Tú crees que vine con ellos por mi gusto?

—¿No os pusisteis de acuerdo?

—¿Quieres decir que yo las llamé para que subieran a «El Romeral» a recogerme?

—Algo parecido.

—Pues no es por ahí, hombre. Vinieron ellas con el aquel de traerme unos camisones de Dora para que se los cosa, y...

—Y el orangután del hermano se aprovechó de las circunstancias para cortejarte, y acapararte, y... ¡y chafarnos la tarde, eso es!

—¿Tú crees?

—¿Cómo que si creo? ¿Pero es que no lo ves? Ése quiere correr contigo una aventurilla. Y tonta serás tú si le dejas que se divierta a tu costa. Claro, a ti te halaga eso de que el superhombre, el potentado, el millonario, te haga el amor...

—¿Tú estás seguro de que me lo hace?

—A pesar de la novia, te está cortejando, nena. Y espabílate y no seas entretenimiento del verano para el muy fresco, porque se divertirá contigo, irá contigo a falta de buenos, porque la otra no sale de casa, dada a su trabajo; pero en cuanto aquélla le dé un tironcito del ronzal, obedecerá como un pollino bien amaestrado y tú te quedarás mirando como se casa con la otra.

—No te preocupes, que lo he visto venir. No soy tan tonta ni tan inexperta.

La procesión se organiza, y, en cuanto acaba, los Toñinos requieren su coche y emprenden la vuelta al pueblo. Antes han de llevar a la costurera a «El Romeral» y, de paso, Cárdenas ha de recoger su «bici».

El Toñino sigue acaparando a María Antonia. Ahora la lleva otra vez sentada a su lado en el asiento delantero, pero, a la otra parte, Cárdenas ha logrado introducirse junto a la ventanilla, y es ahora quien le chafa el plan al potentado, porque en todo el viaje no le deja cambiar una sola frase aparte con María Antonia.

Cuando baja del coche a la puerta de la masía y ve perderse las luces entre los pinos, sus miembros se relajan, desprendiéndose de la tensión en que los mantuvo todo el viaje, y nota en su alma un agradable descanso, mezclado con un leve dolor de no haber conseguido ninguno de los objetivos que la ilusionaron cuando Luis Alfonso le propuso aquella excursión a la ermita.

—¿Se dio bien la tarde, señorita? —pregunta, obsequiosa, el ama de llaves.

—No, doña Vicenta. Me la chafaron esas idiotas. Ésta pudo haber sido una tarde muy grata, y en realidad ha sido un tormento.

—Aunque no hubiesen venido no se hubiera perdido nada —gruñe la señora.

—Eso digo yo —aparece Serafina estirándose el delantal—. ¡Mire usté con los camisones! Y lo que yo me estoy preguntando toda la santa tarde es quién se los va a coser.

—Pues tú misma, hija.

—¿Yo? La señorita no me quiere bien. Yo apenas me atrevo a corregir un detalle insignificante de cualquier traje de la señorita, pero no sé cortar, ni he cosido en mi vida..., vamos, lo que se llama coser de modista o de costurera...

—Pues le diremos a la masovera que los corte. Anteayer la vi cortar una camisa de hombre.

—¿Y si hace un mamarracho?

—Que se aguanten. Claro que mi fama como costurera perderá mucho y quizá me quede sin clientela, pero a mí me da igual, ¿no?

Y María Antonia ríe, y la doncella se contagia, y el ama de llaves hace coro... ¡Pobres camisones de Dora! ¡En qué manos quedan!

—A lo mejor, en lugar de camisón sale una hopa... —gruñe doña Vicenta.

26

Las crónicas se muestran conformes en aclararnos cómo el eximio heredero del muy alto, poderoso y conocido señor conde de Aureaga se conformó a asarse como San

Lorenzo en las parrillas del verano castellano. Iba retrasando su salida de la capital con la esperanza de que alguno de sus amigos o de sus amigas tuviese la feliz ocurrencia de invitarle a una playa o a una casa de la montaña; pero iban pasando los días sin que ninguna alma caritativa se acordase de echarle una manita, compadecida de su situación, a pesar de que ésta ya iba siendo bastante conocida o por lo menos sospechada. Fea situación, y mucho más fea después de recibir aquella fría carta de María Antonia Velázquez que a nada comprometía y en la que daba largas a su respuesta...

Un viento de cólera se había apoderado de él. De muy buena gana hubiera sacudido a cachetes a aquella niña malcriada que se estaba gozando con sus angustias, pero cualquiera sabía en qué rincón del país la había confinado el viejo, el astuto viejo, que a él no le podía ver ni pintado al óleo. Claro que el viejo tenía sus motivos para no quererle. No andaba descaminado ni era tonto.

Al fin quiso Dios que la marquesa de Tibores se apiadase de él. La marquesa era una solterona ya mayor, muy simpática y campechana, que se sentía maternal hacia todos aquellos muchachos de ambos sexos, a los que —decía ella— había visto nacer. Tenía una finca en Peñíscola y acostumbraba pasar en ella julio y agosto, para recalar en septiembre en una masía de la provincia de Gerona. No sabemos qué santo debió de inspirarle la ocurrencia, pero fue el caso que un buen día se descolgó con una invitación. Gumersindo le hubiera besado las manos de rodillas, porque lo cierto es que estaba limpio y ni para fumar tenía. Además, le estaba apretando de un modo desmesurado el muy villano de Lorenzo Brías, y cada lunes y cada martes le llamaba por teléfono para preguntarle cómo andaban sus relaciones con la nieta de Aguirre.

Preparándolo estaba todo para su veraneo, decidido a levantarle la estola a la marquesa en calidad de *cavalier servant*, cuando se le ocurrió pasarse por la casa de Aguirre y tratar de sonsacar al portero. Dio en hueso, por más astucia que desplegó. El portero era viejo, estaba bien aleccionado y no tenía pelo de tonto. Le vio venir y le salió al paso. Pero cuando el diablo quiere meter la pata... Estaba la nieta del portero a la parte de afuera del portón, limpiando los dorados, cuando salió nuestro caballero. La chica era bonita y ligerita de cascos. De siempre sabía Gumersindo que le placía escuchar un piropo, aunque, en honor de la verdad sea dicho, no consentía ningún avance de otra categoría. Gumersindo, por no perder la costumbre, le echó una flor. La chica sonrió hecha unas mieles, y de pronto el hombre tuvo una inspiración.

—Adiós, monada. A ver si cuando vuelva te encuentro igual de guapa que te dejo...

—¿Pero es que se va el señorito?

—De veraneo, chica.

—¡Ah! Bueno, creí...

—A la playa, bonita. Si fuese a mi casa, te invitaba a una quincena; pero voy de convidado, y ya ves...

—Se agradece. ¿Y a qué sitio va el señorito, si puede saberse?

—Puede saberse, guapa. Voy a Peñíscola.

—¿Peñíscola? ¿Dónde queda eso?

—Por Castellón de la Plana.

—Creí que el señorito iba a la Costa Brava. Ahora a todo el mundo le ha dado por ir a S'Agaró, y a Tossa de Mar, y a...

—¿No es ahí donde veranea la señorita María Antonia?

—No, no, señor, señorito. La señorita María Antonia está por el cabo San Antonio. Por ahí tiene el señor una masía que desde milenta años ha sido de los Aguirre. Le llaman «El Romeral». Dicen que hay muchos pinos y que la playa queda cerca. En fin, que ni pintada para hacer esa cura de reposo que los médicos le han mandado a la señorita.

—Le hubiera hecho una visita, de quedar más cerca, pero está demasiado lejos y no me llevo el coche.

—¡Lástima! ¡Con lo que se hubiera alegrado la señorita!

—¿Tú crees?

—¡Toma! Y el señorito también.

De este modo impensado y simple, Gumersindo estuvo sobre la pista de la dama de sus pensamientos. Realmente, era un tío de suerte.

27

Quemaba el sol en pleno mediodía. Las ramas de los pinos cantaban su suave sinfonía al rozarse, armonizando con el rumor que desde la playa dejaban oír las olas. El mar se divisaba entre los claros del boscaje, límpido y sereno como un espejo que copiara la diafanidad del cielo azul.

Gumersindo Belmonte no estaba para contemplaciones de paisajes más o menos pintorescos, más o menos alabados... Arrellanado en el asiento posterior del taxi, iba hundido en sus cavilaciones, un tantico nervioso y un mucho receloso. Desde hacía días, en realidad desde que le llegó la carta de María Antonia evadiendo la respuesta a su declaración, llevaba la mosca en la oreja. ¿Sería posible que alguien se hubiera puesto entre ella y él, dispuesto a truncarle los planes? ¡Pues como así fuese, que se pusiera a bien con Dios el que fuese, porque él no era de los que se dejan quitar por nadie la mujer que le gusta... y la dote adyacente! Ni en broma. Batallador como sus gloriosos ascendientes, el futuro conde de Aureaga estaba dispuesto a luchar con bravura para conseguir su objetivo, o sea los millones de don Miguel Aguirre y los de su nieta. ¡Con la falta que le estaban haciendo esas pesetas! Y que si se casaba con la niña, aparte los susodichos millones del abuelo que en su día vendrían, él pondría mano a tocateja en los otros millones que por diversas herencias eran de la exclusiva pertenencia de su mujer. Claro que, aparte del dinero, la chica le gustaba un rato. Era un bombón. Eso no había ni que discutirlo. Y él era hombre de gusto. ¿Un tercero entre los dos? ¡Maldita sea!

Las doce tocaban en la torre de la iglesia del lugar con un prolongado y armonioso tañer de su campanita mediana cuando Gumersindo se apeó del taxi ante la puerta misma de «El Romeral».

La masovera aparece bajo el arco del antiguo portón.

—Buenos días.

—Buenos los dé Dios. ¿Qué se le ofrece, señor?

—¿Ésta es una masía de don Miguel Aguirre a la que llaman «El Romeral»?

— Claro está que sí. ¿No lo ve usté?

Sin que ella misma pueda apreciar el motivo, la masovera está agria, rasposa. En su tono no vibra la menor cordialidad, como si un sexto sentido la aleccionara. Con su brazo requemado por el sol señala un gran azulejo enclavado en la pared bajo la hornacina donde campea la imagen de la Virgen del Carmen, alumbrada día y noche por una lamparita de aceite. Allí rezan el nombre de la finca y el año en que se construyó la casa.

— Ya, sí, señora. ¿Y está la señorita María Antonia?

La mujer, que está entendida de que su ama quiere guardar el incógnito, vacila antes de responder; y suerte grande es que, desde el fondo del vestíbulo, Serafina haya visto al que llega y entienda que no queda más remedio que afrontar la situación.

— Sí, señor, señorito. Aquí vive la señorita María Antonia.

— ¿Puedo verla?

— No lo sé, señorito. Se lo preguntaré. Pase el señorito, por favor. Y siéntese.

El vestíbulo está fresco en su media penumbra. Relucen los cacharros de cobre del vasar y brillan como gemas las copas talladas que alternan sobre la repisa de la chimenea con los antañones platos de cerámica de Alcora y de Manises.

A María Antonia, la visita le cae como un pedrisco sobre un campo de mies. Después de la desastrosa tarde del día anterior, con su malaventurada romería por obra y gracia de las Toñinas y del Toñino — ¡maldita sea su estampa! —, ahora lo acaba de arreglar la llegada de este demonio de hombre, al cual no soñó jamás ver en las alturas y lejanías de «El Romeral». ¿Quién habrá sido el soplón que ha descubierto su retiro? ¿Qué dirá Luis Alfonso? ¡Otra tarde perdida!

Serafina hace saber al caballero que su señorita le recibirá al cabo de unos instantes, porque aún está en la cama. Esta mañana no se encontraba bien para bajar a la playa y se ha vengado durmiendo.

— ¿Es que no se encuentra mejor la señorita, Serafina? — inquiere, solícito, el galán.

— Pues mire el señorito. ¡Qué sé yo! Tiene días... No

puede extralimitarse lo más mínimo. Ayer quiso ir a una romería que hacen en una ermita de aquí cerca, y parece que el paseo fue demasiado largo para sus fuerzas.

—Ya, ya me dijeron que el doctor Peñaclara le había ordenado una cura de reposo. Pero me pregunto: ¿a santo de qué? María Antonia parecía tener una salud de hierro. ¿Qué le pasa ahora? ¿Está enferma?

—No, creo que no. Cansancio solamente, ¿sabe el señorito? La vida de la ciudad, demasiado ajetreada... Cansancio... Fatiga...

—Hay que esperar que se reponga en esta masía tan salutífera, entre pinos, cerca del mar, con sosiego, con aire puro, con...

—Le prueba mucho, ciertamente. Lleva una vida muy reposada. Se cuida. Baño por la mañana. Un paseo no muy largo por la tarde, a pie o en bicicleta, porque el señor no quiso que se trajera el coche, y muy temprano a dormir hasta que el sol anda derramado por el mundo.

—¡Estupendo!

—Aquí viene, señorito.

28

En tanto la figura de María Antonia se encuadra bajo el umbral de la recia puerta a cuarterones, Gumersindo está pensando que cuanto menos alterne su dulcinea, tanto mejor. Menos expuesta estará a tropezarse con un galán que le pueda desbancar a él, porque a veces en estos apartados rincones del mundo suelen producirse hallazgos, y él no se fía un pelo ni de María Antonia ni de la gente en general. Eso es. Lleva muy mal sabor de boca por obra y gracia de la famosa carta de la muchacha. En cuanto a ésta, anda furiosa y contrariada. Gumersindo es de lo más inoportuno. ¿A quién se le ocurre descolgarse por «El Romeral» al mediodía, justo a la hora en que el agua está riquísima, y la playita llena de bañistas, y Luis Alfonso esperándola? Se estremece pensando en que, si baja acompañada por Gumersindo, le habrá de presentar no sólo a Cárdenas, sino a las Toñinas y a su hermanito, y adiós su incógnito. Está indignada contra el intruso, que viene a meterse en la apacible concha de su vida, turbando su encantadora placidez. ¡Justamente ahora que acaba de tropezar con un hombre tan interesante y atractivo como Luis Alfonso Cárdenas!

De ninguna forma está dispuesta a consentirlo. Cuando Gumersindo la descubre, quieta como una estatua, entre los dos batientes de la puerta, la encuentra tan bonita, tan bonita, que da por bien empleadas las bascas y fatigas que le ha costado el viaje. Y hasta la vuelta a pie hasta el pueblo. Ella no se ha maquillado; pero esto, en lugar de darle el aspecto enfermizo que quisiera, la muestra más saludable. La piel doradita. Los labios suavemente rojos. Un arrebol en las mejillas, tersas y aterciopeladas. ¡Pero qué bonita y cómo le está probando su cura de reposo, Dios santo!

—Hola, querida. ¿Cómo estás?

María Antonia apenas estrecha la mano que se le tiende y sin casi sonreír va a refugiarse en las honduras de un ancho sillón con asiento de guita, venerable reliquia campera de otro tiempo.

—¿Que cómo estoy? Pues mira, ni lo sé. Tengo desde ayer tarde un dolor de cabeza que me lleva loca. Van ya media docena de aspirinas y un okal, y como si nada, hijo. Si es una jaqueca, te digo que es mayor de edad. Toda la noche sin pegar un ojo, sintiendo cantar a los mochuelos y corretear por encima del tejado a las abubillas, que se ponen pesadísimas. No sé cómo he podido levantarme... ¿No tengo mala cara?

No: no tiene mala cara. Está estupendísima.

—¿Mala cara? Ni por soñación. El campo te sienta. Estás más guapa, y eso que siempre has sido una preciosidad.

—Tú siempre tan amable.

—Tú sabes que digo la verdad, querida. Para mí, eres la chica más preciosa del mundo.

Y como advierte en él una clara fogosidad, cambia de conversación, cortando fríamente:

—¿Cuándo has venido?

—Hace una hora, poco más, poco menos, en un autobús que pasa por el pueblo.

—¿Y dónde estabas? ¿En Z...?

—No: con la Tibores, en una finca suya de Peñíscola. Ya ves que me ha faltado el tiempo para venir a verte.

Casi se muerde la lengua María Antonia. Le cosquillea el deseo de saber cómo ha podido Gumersindo descubrir su paradero. Prudentemente, opta por callarse.

—Te lo agradezco, chico.

—Cuando las cosas se hacen a gusto, no hay nada que agradecer. Y yo no podía vivir ya sin verte, sin estar a tu lado, sin... ¡Ya lo sabes, mujer!

—Sí, es viejo. — ¿Cómo se esquiva una declaración en regla? ¿A esto ha venido este hombre después de recibir su carta? ¿A remachar el clavo? ¿A ponerse impertinente y pesado?

—Pues verás, María Antonia: recibí tu carta y me dejó helado, la verdad. Ni concedías ni negabas, y yo así no puedo vivir, compréndelo.

—Pues si la recibiste, no me explico tu viaje, aparte las ganas fulminantes de verme que cuentas que te han acometido. Ya te decía yo que más adelante... Que lo pensaría...

—No, hijita, no. He venido y aquí estoy, y de aquí no me muevo hasta que no me digas «sí» o «no». ¿No vas a decirme que «sí», muñeca?

—Pues yo..., verás... — Se enreda, azorada. ¡Dios suyo! ¿Cómo se lo dice cara a cara?

—¿Tanto te sofoca decir sencillamente «sí»?

—¿Sofocarme? No me sofocaría lo más mínimo tener que decir «sí». Lo que me sofoca es precisamente lo contrario, porque lo que voy a decir es «no».

—¿No? — Colérico —. ¿Conque «no»? Habla claro, por favor, y no te andes con acertijos.

—Ya lo dije: «no».

—¿Por qué? ¿Se puede saber? ¿Qué tienes en contra mía?

—Nada, hijo, nada. Es más: hasta creo que no te merezco — trata de suavizar la muchacha —. Pero lo he pensado mucho y cada vez veo más turbio dentro de mí. Creo que te aprecio muchísimo como un amigo, pero nunca podré sentirme enamorada de ti. Perdona.

—No empieces con disquisiciones ridículas, María Antonia. Tú te has insinuado muchísimas veces y me has dado a entender que yo te gustaba. ¿Qué pasa ahora?

— Simplemente, que voy sentando la cabeza y que mis chiquilladas me parecen ya fuera de lugar. Te diré. Creo que le he tomado miedo al matrimonio, y ya sabes tú que, para mí, decir relaciones equivale a decir matrimonio. Ni contigo ni con nadie estoy dispuesta a perder el tiempo en *flirts* que a nada conducen. Cuando tenga novio, me he dicho siempre, ha de ser para casarme pronto. Y de ninguna forma he pensado nunca en aceptar a un hombre si no me satisface plenamente.

— Todo eso me parece muy bien, y estamos de acuerdo; pero no veo qué tengo yo que ver en todo ello...

— Gumersindo, siento decirte que no me encuentro con ánimos para comprometerme por ahora ni contigo ni con nadie.

¿Será cierto? Ese «nadie», ¿no será cualquier buen mozo que ande entreteniéndole el veraneo? Gumersindo tasca la palanca del dominio... Le diría... ¡Dios, si le diría! Coqueta, falsa, fresca... Pero no. Brías está esperando y él anda más limpio que una patena.

— ¿Debo entender que más adelante...?

— Sería mucho mejor que no entendieras nada.

— De manera que la calabaza es definitiva...

— No lo tomes así, Gumersindo, que yo quiero seguir siendo tu amiga. Comprende, hombre, que estas cosas del amor no pueden imponerse forzando. ¿Qué quisiera yo sino estar enamorada de ti? Yo no te rechazo por ninguna causa. Te he tratado íntimamente, te estimo, te quiero mucho como a un buen amigo...

— ¿Por qué no pruebas a... a...?

— ¿A qué?

— A enamorarte. No me despidas. Hazte a la idea de mirarme como novio, y quizá tus sentimientos cambien, pues dicen que el amor llama al amor, María Antonia.

— No digas tontadas.

María Antonia, los ojos entornados ahora, revive en su interior la atrayente figura de Luis Alfonso Cárdenas. Ve su cara contristada mirándola con un reproche en cada ojo la tarde de la romería, cuando el Toñino les ha estorbado el plan. Se lo imagina hoy en la playa, esperando impaciente y ansioso. El recuerdo del muchacho actúa como eficaz revulsivo, y así corta la nueva demanda que intenta formular Gumersindo.

— No, no te empeñes. No insistas, hombre, por favor. Me vas a dar un disgusto inútil.

— De acuerdo. No insisto. Pero aquí ha habido un cambio, y por fuerza debe haber también alguna razón para él. Dos días antes de salir de Z..., yo estaba seguro de que ibas a decirme que «sí». Me querías o estabas a punto de quererme de amor. Dime la verdad. ¿Hay otro hombre?

— No. — Rápida —. No hay otro hombre.

— Es que, si lo hubiese, nos veríamos las caras... — amenaza él.

— No fanfarronees, querido, ni trastrueques las cosas. Seamos claros, que es lo mejor. Entre tú y yo no puede haber nadie, por la sencilla razón de que nunca hemos estado ni estaremos comprometidos. Somos amigos, pero esa amistad no te da derecho a pensar que cualquier hombre que me quiera y a quien yo corresponda te quita algo, ¿estamos? Porque ese «algo» nunca lo has tenido.

Un rojo subido empurpura la cara de Gumersindo. ¡De qué buena gana le soltaría dos bofetadas a la niñita! Nuevamente aprieta el freno.

— Pero, María Antonia, querida, comprende que yo me había hecho ilusiones... Que yo te quiero como nadie podrá quererte, más y mejor... Yo..., la verdad, creía tener ciertos derechos a tu cariño...

Fríamente, ella corta:

— Mal hecho. Te equivocabas. Además, todo hay que decirlo: mi abuelo no tiene en absoluto ninguna simpatía por ti, y yo me he prometido a mí misma que, el día en que me case, mi marido ha de caerle en gracia a mi abuelo, por lo menos, tanto como a mí.

— ¡Está bueno! ¿Entonces habrá que adorar al santo por la peana? ¿Habrá que enamorar también a tu abuelo?

— Pudiera ser que algún día me prendara yo de alguien a quien mi abuelo estimara como hombre, sin llegar por eso a admitirle como marido mío...

— ¿Algún día? ¿Qué especie de novela habrá forjado esa cabecita loca? ¿Conque «alguien»? ¿Es que ya lo hay?

—Tú estás peor. No, no. ¡Qué disparate! ¿De quién quieres que me haya enamorado? ¿De los hijos del masovero? ¿De los chavales de la masía? ¿De cualquier medio señoritingo del pueblo o de un veraneante desconocido?

Miente María Antonia, porque en este preciso momento se está dando perfecta cuenta de que siente hacia Cárdenas algo sin nombre todavía pero que le llena el alma.

—Vaya, vaya, chiquita... No te conocía tan romántica. ¿Y qué ocurriría si algún día te enamorases de ese «alguien» que no iba a ser del gusto de tu abuelo?

—Pues si creyese que en ese matrimonio iba mi felicidad, es muy posible que me pasara sin la aquiescencia del abuelo.

—Pues ése es mi caso, María Antonia. Prueba a intentar una reacción en ese sentido y dime que «sí».

—Te diré... que ya hemos discutido bastante y que te estás poniendo muy pesado. Eso es.

—Tú mandas — concede Gumersindo con voz ronca y talante fosco —. De manera que voy a llevarme unas calabazas espléndidas como recuerdo de mi visita.

—Te las voy a suavizar invitándote a comer. ¿Hace? Porque no te vas a ir con este sol de justicia a pie hasta el pueblo... Anda, ven a la terraza. Es una especie de mirador entre los pinos. Se ve la playa, y te aseguro que es muy divertido. Voy a darle órdenes a doña Vicenta y de paso te traeré los prismáticos.

29

Es una hermosísima miranda. Está emplazada en un calvero del pinar, y a sus pies la meseta declina hacia la playa en suave descenso.

María Antonia se sienta sobre el pretil donde crecen, en ventrudos tiestos, los geranios que amorosamente cultivan las hijas del masovero. Geranios de mariposa parecidos a enormes pensamientos en todos los colores imaginables. Arriba, un sol radiante dora las copas de los pinos y la blancura de las masías tendidas sobre la campiña.

Enfrente, la intensidad de la luz transparenta la azulada lámina infinita del mar apacible. Es una mañana luminosa, cálida, que invita a tenderse en la arena sobre la toalla de baño o el albornoz. Piensa ella en lo larguísimo que le va a parecer este día aciago que no debió haber amanecido nunca. Un día perdido. Ni el baño, ni la compañía de Luis Alfonso, ni el paseo al atardecer, ni la sabrosa cita en el cruce de la carretera... Todo por culpa de este cretino de Gumersindo Belmonte. Cárdenas, ya un poco mosca por lo del día anterior —la gracia sin gracia del Toñino, mala sombra que tiene el pobre—, la estará esperando inútilmente, y Dios sabe lo que pensará de ella.

De su bolso de labor saca, perezosa, unos prismáticos y los enfoca hacia la dulce playa fronteriza. Allí está él, tendido cara al cielo, sobre la arena...

—¿Cómo está la playa? ¿Muy animada? —pregunta Gumersindo dejándose caer sobre el parapeto.

—Pues no: muy animada, no. Los indígenas no se bañan ni hacen caso de su pedacito de mar. Y veraneantes apenas han venido.

—¿Son barcas de pesca aquellos puntos blancos?

—La costera de la sardina, claro. Salen al apuntar el día, y a veces, cuando hay luna, por la noche. Toma, mira.

Gumersindo explora toda la playa ahincadamente con los prismáticos.

Le llama la atención, igual que a todo el mundo, la mancha blanca del chalé de los Toñinos.

—¿Qué casa es aquella situada sobre la roca, hacia la izquierda?

—Es el chalé de unos nuevos ricos. Le llaman el «chalé de merengue», por lo blanco que es.

En este momento, una figura apolínea se perfila a contraluz, resaltando perfecta sobre el azul del cielo y del mar, en la misma línea donde la arena se funde con el agua.

—Oye: ¿quién es ese tipo del bañador negro?

—¡Qué sé yo! —se encoge ella de hombros—. Algún veraneante.

—¿No le conoces?

— ¿Yo? ¿De qué? Casi no salgo de «El Romeral».

— ¿Por qué? ¿Hasta ese punto te restringe tu cura de reposo?

— No, no es por eso. Es que no me llama el tratar a nadie. Me encuentro mejor sola aquí.

— ¿Aburrida?

— Cansada.

— ¡Pues sí que son unas vacaciones! ¿Y de veras no tienes trato con nadie?

— Verás. Tanto como no tener trato con nadie, no. Tengo un ligero conocimiento con esas chicas del chalé. Y con su hermano. Y con algún otro veraneante, sobre todo con Paquito.

— ¡Vaya! ¿Y quién es Paquito? ¿El bañista del traje negro que está ahora nadando con tan buen estilo? — inquiere, ladino, Gumersindo.

— No: Paquito es un niño de diez años, muy gracioso y muy simpático. Míralo: aquel que está tan atareado levantando castillos de arena. El del *meyba* colorado. ¿Lo ves, lo ves? ¡Es más guapito!

Gumersindo se siente receloso y también desorientado. Nota en María Antonia algo singular, nuevo. Siente que entre los dos se interpone un muro de hielo, y se dice que para ello tiene que haber una causa.

— Estás rara, chiquita.

— ¿Sí?

— Te noto inquieta, como preocupada. ¿Te pasa algo?

— ¿A mí? ¡Bueno! ¿Qué me ha de pasar?

Cárdenas, muy ajeno a la inspección de que está siendo objeto, nada mar adentro hasta no ser más que un punto chiquito en la lejanía. Detrás de él va el balandrito de Toñino. Se juntan al fin, y el último debe de invitar al nadador, porque éste ágilmente se encarama en la borda, escorando un poco la diminuta embarcación. Y es ahora otra vez una figura escultórica sobre el raso azul del cielo y del mar.

— Es mono ese balandro...

— Sí: es una anduriña.

Nuevo silencio. Gumersindo sigue explorando la playa y sus alrededores con meritoria constancia. ¿Qué piensa descubrir?, se dice ella.

—¿Te vas a quedar en el pueblo? —se vuelve María Antonia de pronto.

—Sí, eso pensaba, claro; pero, después de lo que acabas de decirme hace un rato, ya ves... ¿Qué hago yo aquí? Ahora, que si tú me dices que me quede... —insinúa, terco.

¿Estará ella loca para decirle que se quede? ¡Vamos! ¡Pues si desde que llegó está deseando perderle de vista! Hace como quien no lo ha oído y dice:

—No te imagino quedándote. Esto es de una sosería que mata, ya lo ves. Yo estoy aquí porque Peñaclara y el abuelo me obligaron a venir, que, de no ser así..., ¡a cualquier hora me quita nadie mi veraneo en la Costa Brava!

—Me hace muy extraño que tu abuelo, que siempre te ha dejado hacer todo lo que te ha venido en gana, se haya puesto farruco ahora y te haya obligado a enterrarte en este desierto.

—Ya estoy cansada de decirte que fue prescripción facultativa. Y la verdad es que el doctor tenía razón, ¿sabes?, porque me encontraba muy cansada... Últimamente había tirado un poco demasiado de la cuerda y llevado una vida exageradamente agitada... Además, mi abuelo anda muy fastidiado del corazón, y no era cosa de comenzar a discutir con él y darle disgustos... Por eso me conformé, porque, si no, ¿de dónde?

—Sí, sí, hiciste bien. Tu abuelo ha sido para ti padre y madre y no debes darle ningún sofocón...

Gumersindo besaría en este momento a don Miguel Aguirre. ¿El corazón fastidiado? ¿Expuesto a un ataque por cualquier emoción? ¡Dios santo, llévatelo al cielo cuanto antes, porque será de la única forma que esta condenada chiquilla pueda decirle que «sí»! Bien intuye él que el abuelo anda por medio en todo aquel lío y que acaso sea el responsable de las calabazas que María Antonia acaba de colocarle en las alforjas. ¡Ah, pero el pleito aún no está fallado! Ya se acabará el veraneo y ella volverá a Z..., y él continuará insistiendo, porfiando, y veremos lo que pasa, que pobre importuno saca mendrugo... Vuelve el silencio.

—¿Permites? —le tiende ella la mano reclamando los gemelos.

—Ah. sí, claro; perdona...

La playita está ahora en todo su apogeo. En el mar navega limpiamente el balandro. Dos figuras resaltan sobre su cubierta. Cárdenas lleva el timón, y el Toñino hace la maniobra. Piensa que ella tal vez hubiera podido ser de la partida y ocupar junto al palo y al amparo de la vela un buen sitio.

—Ha sido una pena.

Se le ha escapado. Ahora hubiera querido poder recoger su exclamación, retirarla, porque advierte que ha levantado las suspicacias de Gumersindo.

—¿Qué es una pena? —se vuelve rápido.

—Pues eso... La mañana perdida. Lo bien que hubiéramos podido navegar con esos dos mozos en la anduriña, tú y yo, si yo no hubiese estado con esta jaqueca tan espantosa...

—¿De cuál de los dos es el balandro?

—Del que navegaba primero. Del Toñino. Se llama Germán García.

—¿Y crees tú que me hubieran invitado... a mí?

—Yendo conmigo, sin discusión alguna.

—¿Muy amiga suya?

—No seas pesado. Ya te dije antes que no tengo amistades íntimas con nadie. Así que conocidos solamente. Pero Germán es un chico muy espléndido, muy generoso, muy... Estoy cierta de que si estuvieses aquí serías muy amigo suyo.

¿Ironía? ¿Intención? Gumersindo no rechista. Ella bosteza aburrida, sin disimulo alguno, y murmura que está muerta de sueño y con un desabrimiento mayor de edad que a viva fuerza disimula.

30

¿Cuándo se acaba el día, Señor? La comida ha sido excelente y ligera, cual conviene al estómago de una persona que está delicada como María Antonia. Serafina sirve sin quitar ojo a Gumersindo, al que desde siempre no ha podido ver ni en pintura. Porque la doncella es una chica seria y no le caen en gracia los piropos subidos de color y las frescuras del señorito.

Junto a la gran reja volada que cae sobre el pinar, Gumersindo ha tomado el café, y ahora está fumando con aire hosco y preocupado. Se está dando cuenta de que María Antonia se le escapa. Su otro «yo» le recuerda y afirma que hubo un tiempo en que esta muchacha indiferente de hoy le hubiera dicho «sí» en lugar del «no» que acaba de recibir. Se maldice a sí mismo por haber dejado escapar la oportunidad; pero como no ve muy claro lo que haya podido desviar de él el ánimo de María Antonia, se promete a sí mismo aclarar el motivo de tan inesperada mudanza. Y como haya en perspectiva otro noviazgo, que esté seguro quien sea de que él pondrá en juego todos los medios a su alcance para malograrlo. ¡Faltaba más!

María Antonia se retrepa soñolienta en su vieja y descolorida butaca (¡sabe Dios los años que tendrá y las señoras de Aguirre que se habrán sentado en ella!), que aún resulta cómoda. Y oye como en sueños la voz de Gumersindo, empapada de monotonía:

—Pues sí, querida... Yo traía el propósito de quedarme contigo unos días, y hasta le he preguntado al chófer del taxi por un sitio donde hospedarme decentemente. Pero en vista de tu actitud, has de comprender que lo mejor que puedo hacer es desaparecer de tu vista y dejarte tranquila.

—Sí, me hago cargo —acepta María Antonia—. Lo lamento, hijo... —miente, piadosa.

—De manera que hoy mismo me marcharé, si hay forma de hacerlo.

¡Qué respiro, Dios suyo! Sí, sí. Que se vaya. Hay que facilitarle los medios, con tal de verle desaparecer de su horizonte. Se apresura a confirmar:

—¿Medio? Sí que lo hay. Al caer de la tarde pasan hacia Valencia por lo menos dos autobuses de «La Unión».

Sonríe, mordaz y mortificado, el mozo.

—Ya entiendo que tienes ganas de perderme de vista...

—¡Por Dios, hombre, qué cosas piensas! Yo he contestado a lo que deseabas saber, y entiendo que estás también deseando irte a donde seguramente tendrás mejor plan que este desierto y mi compañía...

— No, querida. Yo no tengo plan en otro sitio. Lo que llevo es una desilusión y una pena tan grandes, que tardaré mucho tiempo en verme consolado.

— ¡Vaya por Dios!

— Tomaré uno de esos autobuses y haré noche en Valencia, para salir mañana hacia Peñíscola. ¿Quieres mandar que me recojan el maletín?

— Claro que sí. Y te acompañaré al pueblo hasta dejarte instalado en el autobús. Lo único que siento es que, por no haber podido esperarse el taxista, vamos a tener que ir en el caballito de San Fernando los dos.

— No queda demasiado lejos...

— Aguarda; ahora pienso que el hijo menor del masovero tiene una «bici». Puede dejártela, y yo llevaré la mía. Así será menos largo y menos penoso. Ya la recogerá después Desiderio.

Gumersindo oye la charla de María Antonia con un gestecillo irónico. Está seguro de que ella está deseando verle alejarse del horizonte de sus días. Unos días enigmáticos que serán la pesadilla del fracasado galán desde esta tarde en adelante.

31

Carretera adelante, anda que andarás, pedaleando sin mayores agobios... Declina la tarde. Quedan todavía cabrilleos de sol entre el ramaje de los pinos. De cuando en cuando pasa algún vehículo, dejando en pos espesos remolinos de asfixiante polvareda.

Están entrando en el pueblo cuando ella ve una silueta que ya le resulta familiar: pantalones grises y camisa granate de manga corta. Permanece en pie a la entrada del estanco y se ocupa en guardar en el bolsillo de la camisa el paquete de cigarrillos que acaba de comprar. Se le sube el pavo, más de contrariedad que de emoción. ¡Vaya encuentro inoportuno, madre mía! De cien personas, ésta es la última con quien hubiera querido toparse. Hay casualidades con mala sombra... Él la descubre cuando ya ha empezado a andar, casi a tres metros de distancia.

Se cruzan. En el saludo de él no hay, para un observador extraño — en este caso Gumersindo Belmonte —, otra cosa sino la más corriente y simple cortesía. Pero ella «sabe» que por dentro los demonios se llevan a Cárdenas, y éste se dice que ahora comprende por qué ella no acudió a la playa aquella mañana, como todas las otras mañanas de todos los días. Algo le duele muy adentro. Pero... ¿tiene derecho a exteriorizar una protesta? ¿A pedir unas explicaciones? Con cara hermética y gesto indescifrable, saluda secamente al pasar junto a la pareja.

— Buenas tardes.

Renegando de su mala suerte, ella murmura un oscuro:

— Adiós.

A Gumersindo se le ha entrado por los recelosos ojos la buena facha del joven y no logra contener una suspicaz pregunta:

— Oye..., ¿quién es ése?

— Pues uno..., ya lo ves. Uno que está veraneando aquí. — Lacónica y cortante.

— ¿Muy amigo?

— ¡Pchs! Me lo presentaron el otro día esas chicas del chalé y hemos ido de paseo con toda la camarilla un par de tardes.

— ¿Pero quién es? ¿Cómo se llama? ¿Qué hace? ¿En qué se ocupa?

— ¡Ay, hijo! Preguntas más que un comisario de policía. ¡Yo qué sé! No me interesa lo bastante para haberme documentado acerca de tales extremos.

— Me quiere parecer que es de los que tienen cartel con las chicas. Es guapo. Muy elegante.

— ¡Bah! Uno del montón.

Respira en sus adentros Gumersindo Belmonte. Menos mal, porque de momento ha creído que pudiera ser un posible rival. Desde este instante en que acaba de recibir unas calabazas, Gumersindo verá en todo hombre que se arrime a María Antonia el enemigo público número uno.

En la plaza principal tiene la parada el autobús, pero aún no ha llegado, y, en el bar situado allí, Gumersindo invita a María Antonia a tomar un refresco. No le seduce permanecer plantado en la acera y ser el blanco de las curiosidades pueblerinas. Entran. Hay una penumbra discreta y sedante, sin calor y sin moscas. Al pronto, María Antonia no le descubre, pero cuando sus pupilas se acostumbran a la oscuridad le ve con otros compinches jugando al dominó en el fondo de la sala. Germán, dejando el juego encomendado a un amigo, se acerca sonriendo con talante frívolo y fanfarrón para saludar a la joven. Ella le presenta brevemente:

— Germán García; Gumersindo Belmonte.

¡Ah, caramba! ¿Estará aquí el peligro? Tampoco anda mal de facha Germán García, alias «Toñino». Pero ¿puede imaginarse a la exigente, exquisita y depurada nieta de don Miguel Aguirre cargando por vitalicio con un rico de nueva estampa... y todas sus consecuencias?

La entrevista no promete ser muy cordial pese a las sonrisas y la evidente satisfacción de Germán García, y suerte es, y no poca, que el autobús haga su entrada en la plaza y Gumersindo tenga que darse prisa en subir a él, porque allí apenas tiene algunos minutos de parada. Se despide de María Antonia con frases melosas. Ella se contenta con sonreírle un poquito boba, con cara de inocente. Lo mejor es hablar poco, porque el que mucho habla, mucho yerra.

Al fin, el cocharrón arranca, y ella respira con alivio viendo que la pesadilla se aleja, a Dios gracias. Deja la bicicleta del hijo del masovero en el casino, pidiéndole al encargado que la guarde hasta que vengan por ella, y monta en la suya, poniendo proa a «El Romeral».

32

El mal humor de Luis Alfonso puede más que él, y, como no se encuentra con ánimos de disimular y es la hora en que las Toñinas suelen salir a dar su paseo, decide escabullirse antes de que se topen con él y le inviten a acompañarlas. Instintivamente, toma el camino de la costa. Es un trozo de litoral de magníficas quebraduras. Por el caminejo que sigue a pasos largos, pasos de gimnasta, se agrupan casitas aisladas que parecen asomarse al mar desde un maravilloso balcón. Más lejos, el Faro se yergue majestuoso como un castillo roquero sobre la altura de vértigo de un imponente cortado.

Lo que menos se imagina la muchacha que pedalea por la misma senda, detrás de él, es que va a encontrárselo cara a cara en el final de su paseo. Y así es. Porque, sentado en la fresca oquedad de un enorme peñasco, con los pies metidos en los charquitos que dejan las olas, un poco picadas esta tarde, fumando abstraído, está Cárdenas mirando al mar. Cuando le divisa, María Antonia casi se encuentra encima de él, pues la sendeja pasa rozando la oquedad y no tiene tiempo de volver atrás. Además, como viene una curva, la chica ha tocado el timbre, y Luis Alonso, conocedor de este sonido, ha identificado al punto la bicicleta de María Antonia. Casi da un brinco de alegre sorpresa. Es un sentimiento más poderoso que todos sus malhumores, todos sus recelos y todas sus contrariedades aquel que le hace ponerse en pie y adelantarse hacia ella.

También la muchacha, sin disimular su alegría, ha descendido de su máquina y está adelantándose hacia él con las manos tendidas en franco ademán de cordialidad. Luis Alfonso realiza inauditos esfuerzos por velar de algún modo este gozo que le invade, y así su cara se muestra impenetrable como la de una bella estatua tallada en ruda piedra. Se dice que es necesario que ella ignore todos los violentos sentimientos que le han estado azotando desde un rato antes; sobre todo, que no sospeche esos celos atroces que se lo hacen ver todo negro y que a ella — muchachita del día — pueden parecerle ridículo.

— Hola. ¡Qué feliz encuentro, chico! ¿Cómo se te ha ocurrido venir, precisamente aquí y precisamente ahora? — ríe, contenta.

— Ahí verás, querida — contesta, frío, el joven. Esta frialdad le cuesta un esfuerzo enorme. La verdad es que siente una euforia que le llevaría a abrazarla y besarla si no se dominara —. Ya pensaba que iba a ser una tarde perdida, como lo fue la mañana — reprocha, adusto.

— ¿A qué llamas perdida?

— A no verte. A no estar contigo, María Antonia.

— ¿Te doy las gracias? Porque suena a cumplido.

— Haz lo que quieras; pero te digo que las horas me parecieron pesadas como un plomo. Dieron las diez, las once, las doce... Volvieron las barcas de la pesca. Se fue la gente a comer... Y nada. Para acabar de estropear las cosas, allá a la una asomaron las Toñinas (mala sombra que tienen las criaturas) y me acapararon. Con el hermanito, naturalmente. Y con el obligado crucero a bordo del balandro...

—Hombre, no creí que mi ausencia iba a ser tan sentida...

—Pues lo ha sido. Tanto más cuanto que no le encuentro explicación.

—Pues la tiene, hijo, la tiene. Y muy cumplida.

—La explicación ¿es ese tipo que te acompañaba hace un rato?

—Sí.

—Pues no lamentes nada, porque bien feliz se te veía llevándole cosido a tus faldas — rompen al fin los rabiosos celos de Luis Alfonso.

—Si tú lo crees así...

—¿Es que no es?

Ella se encoge de hombros.

—Voy viendo que es pura tontería perder el tiempo en darte explicaciones.

—¿Para qué has de dármelas? Al fin y al cabo, ni yo tengo ningún derecho ni tú tienes por qué dejar de ser muy dueña de hacer lo que te venga en gana... — gruñe Cárdenas, contrariadísimo.

¡Caramba, y cómo saca el genio su señoría! Y parecía tan mansito... La reacción de María Antonia es rápida. Se halla todavía en pie, con la mano en el sillín de la bicicleta.

—Bueno, me voy.

Él se revuelve. Ahora le duele haberle hablado así. Querría retirar sus palabras, pero ya no puede. Ha sido brusco, injusto tal vez... Se arrepiente de sus celos, que muy bien pueden ser inmotivados.

—¿Quieres que te acompañe? — ofrece, lleno de humildad.

—Haz lo que quieras. Si no te molesta... — responde ella, indiferente.

—Ya sabes de siempre que no me molesta; pero si te molesta a ti...

—A mí me es indiferente.

Él suspira. Ella empieza a andar llevando por el manillar la bicicleta. Se la coge él, y ella calla. Se miran los dos de reojo. Al fin, el joven rompe el maleficio del silencio cargado de recelos y reproches.

—Como te dije, estuve esperándote hasta casi las dos.

—No pude bajar. Estaba ya a punto de salir hacia la playa cuando se presentó Gumersindo Belmonte.

—¡El sinvergüenza de Gumersindo Belmonte! ¿Y desde cuándo es amigo tuyo?

—¡Ah! Pues desde que andábamos a gatas, hijo. Es una amistad viejísima.

—Ya. ¿Y qué se le ha perdido aquí a ese fresco?

—Venía..., sí, eso es: venía a verme. Venía a recoger una contestación.

—¿Sobre qué?

—Me había pedido relaciones antes de salir de Z...

—Mira, muchacha, ándate con ojo. Tú eres una chica decente, pero no te imagines que la familia de Gumersindo, que se han tragado el palo del molinillo, porque son de los de «después de Dios, la casa de Quirós», te van a recibir como mujer legítima de su retoño, ¿comprendes? Y tú eres demasiado, y estás muy alta, para servir de entretenimiento o de burla a un caradura. Espero que en bien tuyo, no te habrás dejado deslumbrar y le habrás contestado un «no» como una casa.

Hay angustia en la voz de Cárdenas. María Antonia se siente emocionada por el pequeño sermón, que, al fin y al cabo, es un exponente del afecto y del respeto que el muchacho parece sentir por ella, aunque la cree una simple muchacha del pueblo que se está ganando el pan de cada día con su trabajo.

—¿Cómo lo sabes?

—¿He adivinado?

—Claro. Yo me he forrado de finuras para decirle que le he agradecido muchísimo que se haya fijado en mi humilde persona, pero que soy demasiado joven todavía para pensar en casarme, y que en amoríos largos no hay ni que pensar, porque ni me parecen convenientes ni me gustan. Como ha venido justo a la hora del mediodía y mi familia tiene que agradecerle a la suya, me he creído obligada, por educación, a invitarle a comer, sin **contar** con que el taxi que le trajo se lo dejó en «El Romeral» porque tenía, al parecer, otro viaje urgente, y no **era cosa** de dejarlo ir a pie, bajo un sol de justicia y cargado con las calabazas, que pesan lo suyo. Como tenía mis dudas de que se reenganchara y se quedara a dormir en la masía, me tomé buen trabajo en informarle de que los autobuses pasaban por el pueblo hacia Valencia a eso de las cinco y media o las seis de la tarde. Y le acompañé hasta dejarlo instalado, como pudiste ver...

—No lo vi.

—Bueno, lo vieron otros. Germán García, por ejemplo. Él puede dar fe.

—Me basta y sobra con tu palabra. —Completamente suavizado nuestro hombre.

—Vaya, menos mal que mejoras tus horas, hijo.

33

—Oye, María Antonia...

—¿Qué?

—Eso de que no te gustan los noviazgos largos ¿es en serio?

—Pues depende de las circunstancias, ¿sabes? Porque si a mí me gustase un hombre y no se pudiera casar en seguida, creo, creo que me apearía del burro y transigiría con esperarle el tiempo que fuere menester. Sólo que a Gumersindo no iba a hacerle esta confesión, ¿no crees? Algo tenía que decirle para quitarle un poco el mal sabor de boca de la negativa.

—De todas maneras, sospecho que le habrá caído muy mal.

Ahora ríen los dos, alborozados como dos chiquillos. Todos los malentendidos han desaparecido. Son felices. El mar y el cielo, la tierra y el pinar, las barcas de la playa, las blancas casitas, el Faro, que comienza a parpadear guiñando como un ojo gigante...

Él lleva dentro de las alforjas íntimas algo que se desborda. ¿Podrá contenerse mucho tiempo? ¿Y si habla y se lleva un revolcón? Porque ella se le muestra asequible, simpática, pero eso no quiere decir que se sienta enamorada. Luis Alfonso no es hombre de aventuras. Conoce lo suficiente a las mujeres para saber que no basta que a la muchacha le complazca su compañía y le venga bien su amistad para atreverse a exigir otra cosa. Cárdenas es un chico serio y no se lanzará nunca a una declaración sin llevar aunado el propósito de acabar honestamente su noviazgo en la vicaría. Lleva el ceño fruncido y camina callado y muy metido en sí, hasta el punto de que a ella le llama la atención.

—¿Qué te pasa, muchacho? Te encuentro huraño. ¿Aún te dura el berrinche?

—No es por ahí. Estaba pensando..., bueno, en mis cosas.

—¿No puedo saberlas?

Vacila Cárdenas. ¿Ahora? ¿Es el momento? ¡Dios, y qué angustia! ¿Cómo cuesta tanto declararse a una muñeca?

—Claro está que puedes. Algún día...

—¡Algún día! ¿Y por qué no ahora?

—Porque no es el momento. Todos los instantes de la vida tienen su hora. Y no es ésta la que está marcada para que yo diga... lo que tengo que decir.

María Antonia se estremece. El corazón le golpea el pecho. En el aire se palpan esas palabras maravillosas que ella ha estado esperando desde que se convirtió de niña en mujer. Las palabras que la han asustado siempre, pensando en que, por obra y gracia de sus millones, puedan ser falsas y que ahora van a llegar de labios de un hombre que ni siquiera sospecha su identidad, esto es: que la quiere por ella misma. Una muchachita pobre y honesta que se gana la vida.

—Vamos, aprisa, Luis Alfonso. Se está haciendo de noche...

—Sí, vamos. No me gustaría que en la masía, si nos ven juntos a estas horas, pudieran hacer comentarios... —accede él.

La sombra va envolviendo el pinar y, por contraste, resalta más la blancura de las casas tendidas en las laderas cuando los dos llegan hasta el poste de la bifurcación donde él la suele esperar los días que salen juntos. Un pastor baja de un cabezo con su rebaño de avispadas cabras. Suena música monocorde de esquilas...

—¿Hasta mañana, nena?

—Hasta mañana, sí.

Ni un apretón de manos, ni un ligero roce, ni una aproximación. Y, con todo, evocando al poeta..., «el alma que hablar puede con los ojos, también puede besar con la mirada», los dos sienten el inconfundible escalofrío de una absoluta fusión de alma y cuerpo.

«¡Amor, eterno Amor, alma del mundo!»

34

—¡Atiende cómo viene éste! ¿Qué te pasa, Germán?

—¡Digo! ¡Si estás colorado como un tomate! ¿Te has pegado con alguien?

—Peor.

—¿Cómo?

—Que hemos metido todos la pata hasta la ingle.

—¡Jesús, qué lenguaje!

—No estoy para primores de palabras, chiquitas. Os digo que hemos..., mejor dicho, que habéis hecho el ridículo por todo lo alto.

—¿Nosotras?

—¿Cuándo, querido?

—Hacerlo, bueno, estáis haciéndolo a todas horas, pero en esta ocasión a que me refiero lo hicisteis el día en que fuisteis a «El Romeral» a pedirle a esa chica forastera que le cosiera a no sé cuál de vosotras unos camisones.

Y la risa de Germán tiene una nota histérica. Ríe desordenado ante los desorbitados ojos de sus hermanas, que se muestran atónitas.

—Pues no veo el ridículo por ninguna parte... —comenta la mayor—. ¿Qué hay de malo en llevarle a una costurera ciertas prendas para que las confeccione, vamos a ver?

—Pues hay que la costurera no es tal costurera, sino

una señorita de la mejor sociedad de Z... Una chica de alto copete.

—¡Bah!

—Sí, señora. Nieta nada menos que de un señor al que llaman don Miguel Aguirre y es una firma calificada en el mundo de los negocios. Un hombre que no sabe lo que tiene y que menea medio mundo, según cuentan. Y en cuanto a ella, he averiguado que tiene el dinero a espuertas por sus padres, por un tío, por otro pariente, por una prima solterona, por...

—¡Basta, basta! Todo eso me suena a cuento. ¿De dónde lo averiguaste, hermano, que todo te lo encuentras?

—Me lo dijo Gorriones, el taxista que fue a llevar ayer a un forastero a «El Romeral».

—¿Y eso qué?

—Que el forastero, apenas llegó, le preguntó a un hijo del masovero, que estaba por allí, si encontraría en la masía a la señorita María Antonia Velázquez. Y el chiquillo, porque era un chiquillo, fue fácil y cantó de plano.

—¿Sí?

—¿Qué dijo?

—Que, por Dios, que se callara y no dijera que era una señorita, porque ella quería que dijesen que era una costurera y había venido a pasar sus vacaciones...

—¿Y eso qué? ¿No puede ser una costurera y venir a «El Romeral»?

—Y traerse con ella dos criadas de esas que sólo se ven en las casas de los millonarios. Y, en fin, que el chófer aguzó el oído y supo «cosas».

—Por ejemplo...

—Que el tipo ese que vino a visitarla o era su novio o traía pretensiones de serlo, y que es nada más ni nada menos que el hijo mayor del conde de Aureaga, es decir, un fulano que, un día, cuando su padre pase a mejor vida, será conde.

—¡Madre de Dios! ¡Pues como todo eso sea verdad, la hemos hecho buena!

—Habrá que recoger los camisones.

—¿Y qué excusa damos? Porque decirle que hemos averiguado lo que ella no quiere que se sepa me parece muy poco diplomático.

—Yo de vosotras, si no fueseis tontas de remate, haría otro plan.

—Dilo, tú que eres tan sabio.

—Pues me pegaría tres puntos en boca y, sin tratar de tirar de la manta, ¿para qué?, pondría todo mi empeño en afianzar una amistad. Con lo cual mataríais dos pájaros de un tiro.

—No te comprendo, Germán.

—¡Y está tan claro, hija! Torpe que eres.

—Oye, tú, no insultes.

—El primer pájaro sería que yo me dejara esa novia que no es del gusto de nadie en la familia, porque, para diversión veraniega, ya está bien y me voy sintiendo harto, ésa es la verdad. Conque yo me dejaría la novia y pondría los puntos a la señorita millonaria. Creo que eso sí os caería bien a todos, ¿no?

—¡Huy...! Pero tú tienes poca categoría para una cosa así.

—Esas chicas de la alta sociedad están tan curtidas en el *flirt,* son tan expertas...

—¿Y el segundo pájaro?

—El segundo se mataría en tu honor, Dora; porque nadie estamos ciegos ni tontos para no habernos dado cuenta de que andas haciendo números por Luis Alfonso Cárdenas.

—¿Y eso qué? —enrojece la Toñina hasta las orejas.

—Pues eso es que Cárdenas va derecho a hacerse con la señorita forastera... y con sus millones. La chica es una deidad, desde luego, pero a nadie le amarga un dulce, y el amigo Cárdenas es largo... Bueno, pues, siendo yo una especie de cuña entre él y ella, estorbando un posible amorío, la que gana eres tú, Dora, porque muchos amores se dieron de rechazo, y no me extrañaría que, si yo consigo trabajármela a ella, él, en una rabotada de despecho, se acoja a tu puerto.

—¡Eres maquiavélico, Germán!

—¿Hace?

—Claro. ¡Hace!

35

Cárdenas parece haberle tomado un especial cariño al cruce de la carretera con el caminito de «El Romeral». Ya es cotidiano verle allí, apoyado contra el poste indicador, con la bicicleta al lado, mirando atento hacia el boscaje que oculta la masía, en espera de ver aparecer la esbelta y grácil figura de María Antonia. Hoy viene vestida de color de rosa. Si Elena la viera, podría decirle a su hermano el precio exorbitante que don Miguel Aguirre debe de haber pagado a madame Aurora por aquel vestidito al parecer insignificante, pero que para un ojo experto rezuma elegancia y firma de alta costura y calidad por los cuatro costados. Mas Luis Alfonso no entiende de trapos. Es un muchacho sencillo, sin dobleces. No se cuida de disfrazar sus sentimientos.

— ¿Dónde vamos esta tarde, nena?

— Donde quieras tú.

— ¿Al molino de Sento?

— Bueno. La vista es buena desde allí, y en aquel lugar no creo que nos localicen los Toñinos. ¡Estoy de Toñinos y de nuevos ricos hasta más arriba de la cresta, muchacho!

— Germán te hace el amor.

— Germán está haciendo oposiciones a unas calabazas que no podrá arrastrarlas con un quinal. Anda, vámonos antes de que aparezcan, pues yo diría que tienen parte con el diablo y adivinan nuestros pasos.

— Sí, vamos, antes de que nos pase lo de ayer.

— ¿Lo de ayer? ¡Lo de casi todos los días a partir de unos quince hacia acá...! ¿Te has dado cuenta, Luis Alfonso?

— Sí, me la he dado. Germán y Dora parecen formalmente empeñados en separarnos a ti y a mí. Eso es lo que andan buscando. Todo ese hacerte el amor él, y ese insinuarse conmigo Dora, no tiene otra finalidad que ésa: separarnos. Poner barreras entre nosotros. Él va por ti, y yo le estorbo. Y tú estorbas a la feúcia de la Toñina, que, modestia aparte, está encaprichada por mí.

— Y aún te quejas, hijo...

Los dos han adivinado el juego de los Toñinos. María Antonia se siente asqueada y le duele pensar en la pobre muchacha del pueblo que estará pasándose un destete de amor, abandonada sin motivo por el veleta de Germán.

El paisaje es bellísimo. Están cruzando la meseta entre pinares. Se divisan casas diseminadas por la llanada, y en una altiplanicie se yergue el molino que evoca estampas del Quijote y de La Mancha. Extraño molino en estos lugares, donde resulta sorprendente y exótico. Las aspas giran al impulso del viento de levante, y se adivina el chorro del agua desbordando de los arcaduces de la noria para caer en una gran balsa redonda. María Antonia lleva el ceño fruncido.

—Indudablemente, esa gente se trae un plan; pero yo te prometo que, sea lo que fuere, por lo que a mí me toca, no se van a salir con la suya... — estalla al fin la muchacha.

— ¿De veras, querida? ¿En serio? — se derrite como unas mieles el galán.

— ¡Y tan serio, hijo!

—Muchas noches me desvelo pensando en todo esto, nena. No acabo de entender este lío, porque soy hombre de situaciones claras y de franqueza absoluta. Y esto es algo turbio, incomprensible, ¿no crees? El cambiazo de Germán ha sido en redondo. Tenía novia contra viento y marea de toda la familia. Parecía estar muy enamorado...

—Parecía...

—Bueno, a lo mejor era sólo que pasaba el tiempo, que se divertía. Él es hombre de pocos escrúpulos, ya sabes... Y ahora te corteja a ti con una frescura que asombra. Te monopoliza, te obliga a aguantarle a todas horas, sin parecer darse cuenta de la poquísima gracia que te hace ese cortejo.

— Así es.

— A mí, ya lo ves, no me deja acercarme a ti. Si lo hago, ha de ser teniéndole a él pegado a las perneras del pantalón, como un bicho molesto al que se sacude inútilmente. La playa está acaparada por ellos. A la hora que lleguemos, están toda la cuadrilla de los Toñinos esperándonos para fastidiarnos el baño y la mañana. Parece suya esa faja de arena que es de todos. Y si te das cuenta, verás como entre Germán y su hermana Elisa existe como un acuerdo de no dejarnos solos a ti y a mí un solo momento.

—Tienes razón. Es como un secuestro. Y a mí se me ponen los nervios tan tirantes, que cualquier día romperán la tensión y lo echaré todo a rodar.

—Calma, nena... Hay que seguirles el aire hasta que llegue el momento oportuno para darles el palo que merecen.

—Pero esto de tener que andar escondiéndonos y huyendo como si estuviésemos cometiendo un crimen es un poco pesado, Luis Alfonso.

—No lo tomes así. Tómalo a risa. No han de conseguir lo que traman, y uno se desternilla viendo sus maniobras. Ya ves: tenía novia y en tres días como quien dice se ha dado cuenta de que no la quería y se ha enamorado de ti. Un flechazo, ¿no?

—Una poca vergüenza. Un capricho. A lo mejor, él se cree que va a divertirse conmigo como se ha divertido con esa pobre novia pueblerina... Yo soy una chica que dicen que no está mal del todo. Soy forastera; cuando acabe el verano me iré, y si te he visto no me acuerdo. Soy la novedad. Lo que se sale de lo corriente, y como estos burros con dinero creen que todo lo pueden comprar, pues es fácil que haya pensado lucirse y lucirme, pagar después con un regalo y darme el pasaporte como se lo ha dado a esa infeliz.

—¡Sinvergüenza! ¡Pobre novia!

—La compadezco, Luis Alfonso. Es una chica decente. Una buena chica. Y mira qué faenita más canallesca le ha hecho el muy pinta...

—Bueno, dejemos esta plática y no nos amarguemos esta tarde que tenemos por nuestra, María Antonia. ¡El chasco que se van a llevar cuando nos busquen por todos los lugares de costumbre y no nos encuentren! ¿No te da risa?

Sí, a ella le da risa, y ésta es ahora clara, alegre, limpia como ella misma. Una risa juvenil y deliciosa. Él la recoge con fruición, como si fuese un regalo que ella le brindara. Y a compás de su rítmico pedaleo van acercándose al molino.

Anochece cuando vuelven al cruce de la carretera con el camino de «El Romeral». Ahora van a pie, llevando las máquinas por el manillar, muy juntos, hablando de mil tonterías, pero tan felices... Contentísimos porque han fastidiado los planes a Dora y a Germán; porque han estado juntos toda la tarde; porque se han contado sus cosas; porque hay luna en el cielo y el mar se riza en espumitas blancas, y porque una atadura invisible está uniendo sus almas suave, dulcemente, intensamente...

36

A Dora le gusta Luis Alfonso. La verdad es que se está enamorando de él con fervor digno de sus quince años, ya lejanos.

Realmente, Dora sufre. Elisa hace todo lo que puede para procurarle apartes con Cárdenas, pero éste los rehúye si puede, y si no puede los acepta con una actitud cortés y aburrida muy elocuente. En cuanto a Germán, no lleva mucho más adelantados sus proyectos. María Antonia es escurridiza y hábil. No le desaira, mas no le consiente un avance.

Hoy está la mañana esplendorosa y el agua tibia. Germán sale al encuentro de María Antonia, que viene acompañada de Luis Alfonso y llevando de la mano al simpático Paquito. El chiquillo viste su *meyba* colorado y arrastra la red que encierra su enorme pelotón. Aún se relame los labios con su roja lengüecita. Y es que María Antonia siempre se acuerda de traerle alguna golosina. Hoy han sido unos bombones originarios de un establecimiento de lujo de Z... Cárdenas sospecha que los trajo el calabaceado Gumersindo Belmonte.

Germán, que ve pasar los días sin conseguir nada práctico, ha decidido coger al toro por los cuernos esta mañana sin más dilación. Se encara con María Antonia, ignorando la presencia de Luis Alfonso deliberadamente.

— ¿Te apetece un paseo en el balandro, monada?

— Hombre, pues sí: encantada —accede la muchacha.

Guiña un ojo a Cárdenas, y éste, que comprende lo

que quiere decirle, responde con una sonrisa socarrona. ¡Apañado va el Toñino si piensa declararse! Y se alegra. Sí, se alegra de que le den lo suyo, porque ha estado una temporada fastidiándole a él a todas horas y en todas ocasiones.

El mar está de azul igual que el cielo. Hay olitas juguetonas que se rizan para deshacerse en espumas. El horizonte se dibuja limpio. Las barcas pesqueras quedaron tendidas en el recodo que actúa de puerto, después de haber descargado la pesca cosechada durante su crucero. Brilla al sol con reflejos de plata el lomo de las sardinas. Unas mujerucas llenan sus cestos. Hay dimes y diretes en la subasta.

María Antonia se ha encerrado en una torre de silencio que encabrita los nervios de Germán. Se halla decidida a no ayudarle lo más mínimo. Que pase el mal rato. Que rompa como pueda.

Si Dora aguarda que la ausencia de María Antonia le lleve de rechazo a Luis Alfonso para acompañar su soledad, está equivocada. Las hermanas se han emparejado cada cual por su cuenta, y allí está ella, tendida sobre el albornoz, a la sombra del rayado toldo, en una espera inútil.

Cárdenas se ha sentado cara al mar y tranquilamente ha encendido un cigarrillo mientras contempla muy atento los manejos de Paquito, ocupado ahora en levantar uno de sus acostumbrados edificios de arena. Hoy parece ser una fortaleza.

Cansado al fin del silencio, el Toñino se lanza a la palestra. Antes ha maniobrado en el velamen y comprueba que el balandro navega a todo trapo bajo la dirección que él le imprime... Contempla a su pasajera, perezosamente tendida en la proa, jugando con la espuma que levanta el barquito al cortar la serena lámina del mar con su quilla.

—Hija, estás callada como un muerto... —reprocha el muchacho.

—¿Qué quieres que diga? Estoy soñolienta. Este sol me ataranta...

—Y te aburres conmigo, no lo niegues.

—¡Hombre, por Dios! Eso no. ¡Qué cosas se te ocurren!

—¡Con lo a gusto que yo me encuentro cuando te tengo cerca, querida! ¿Es que no te has dado cuenta todavía de que me gustas una burrada? Me gustas horrores y..., bueno, la verdad es que te quiero, que me he enamorado hasta las orejas.

Hay incomprensión en la expresión impasible de María Antonia. Y en sus pupilas danzan lucecitas de burla cuando se clavan en la cara de Germán.

—Pero... ¿tú no tienes novia?

—¿Yo...?

—Claro. Todo el mundo decía que en tu casa había una guerra civil por causa de ese noviazgo, y a mí me aseguraron formalmente que ibas a casarte muy pronto, para que al fin se acabara todo ese desacuerdo.

—¡Vaya! La gente del pueblo no pierde el tiempo. Ya veo que te han informado de todo el espiritual parentesco. Pero lo que no te han dicho, porque seguramente no lo han oliscado, es que todo ese noviazgo dio finiquito.

—¿Sí? ¿Desde cuándo?

—Desde que te conocí, monada.

—Muy amable...

—No lo tomes a chunga, que estoy hablando en serio.

—Pues mira, hijo, lo siento en el alma por ella y por ti. Principalmente por ella, pobre chica. Porque un desengaño debe de ser terrible... Y lo siento por ti porque estás perdiendo el tiempo de una manera lastimosa.

—¿Tú crees?

—No creo. Estoy segura de mis sentimientos, y te afirmo que ni te quiero de amor ni te podré querer nunca.

—¿Por qué?

—Porque no eres mi tipo.

—¡Vaya! ¿Es que tú eres también de las que se inventan ideales románticos?

—Lo que yo me invente no es de tu incumbencia, Germán —agrega, muy seria—. Pero te diré que tu conducta respecto a tu novia me ha producido mucha desilusión. Te creí más hombre que todo eso. Pensé que aguantarías el tipo y desembocarías en la vicaría como los buenos. Después de esa faena que le has hecho a tu novia, ¿cómo esperas que yo crea en ti?

—Yo te juro...

—No, por Dios, no te pongas cursi, hombre. Nada de juramentos.

—Pero óyeme, mujer...

—Sobre este asunto, ni una palabra.

—Pues te hablaré de otro, María Antonia Velázquez. Palidece la muchacha. ¡Su incógnito descubierto! ¿Cómo ha podido saber este demonio...?

—Ya veo que acusas el impacto, monada. ¿Es que te creías que no sabía yo quién eras tú? ¡La nieta de don Miguel Aguirre, la primera firma comercial de la provincia, millonario no sé cuántas veces, y millonaria tú por tu cuenta, aparte la herencia que te llegue de él un día u otro! Querías hacerte pasar por una obrerita modesta, ¿no? Y estás en «El Romeral» con el ama de llaves y una doncella, como si fueses una infanta. ¡Si lo sabe ya todo el pueblo!

María Antonia se angustia. Entonces..., ¿lo sabe también Luis Alfonso? ¡No! No se atreve a creerlo. Él es demasiado franco para no haber abordado más de cuanto ha el asunto. Cárdenas no sabe nada. Está cierta. Y el despechado pretendiente sigue clavando la espina en el ánimo conturbado de la muchacha.

—Tú sabrás lo que pretendías al esconder tu personalidad, María Antonia. Yo me recelo que el principal objetivo era el de encontrar a un hombre que te quisiera por ti misma, ¿no?

Ceñuda, sin hablar, María Antonia le está mirando con rencor.

—Y el plan te ha salido fallido, porque ¿crees tú que Cárdenas no busca tu dote?

—¿Como tú?

—A nadie le amarga un caramelo, y si me gustas, y te quiero, y eres rica, miel sobre hojuelas.

—Lo cual no te autoriza a pensar que Cárdenas persiga mi dinero.

—Mira, niña: tú eres preciosa. De verdad. Una de las mujeres más bonitas que he conocido, y cuenta que he conocido muchas. Pero tienes demasiado dinero para darte el lujo de casarte por amor, para que te quiera un hombre exclusivamente por ti misma. Piensa que, por encima de tu cara preciosa, de tu cuerpo perfecto, de tu inteligencia y de tu gracia, de tu distinción y de tu simpatía, estarán siempre tus millones. Y los de tu abuelo. Y nunca, nunca podrás estar segura del amor que te ofrezcan. Métete bien esto en la cabeza, monada. Aunque el hombre en cuestión se llame Luis Alfonso Cárdenas y para llegar a él hayas tenido que fingirte una pobre costurera.

—Si lo que tratas es de meterme la duda en el alma, no te esfuerces, hombre, porque desde que comenzaron a mirarme los hombres y a piropearme, quedé enterada de que los caudales de los Aguirre pesaban más que mis buenas cualidades. Estoy hecha, Germán.

—Conmigo tendrías la ventaja de que tampoco voy desnudo al matrimonio y que aunque tu dinero me atraiga, o no ser hombre práctico, hay en ti otras cosas que me enamoran. Ya te dije que te quiero y que me gustas. Podríamos ser muy felices. Tolerarnos uno al otro. Llenarnos de comprensión. Por mi parte, todos tus caprichos y todas tus exigencias quedarían cumplidamente satisfechos sin la menor cortapisa.

—Muy generoso. Pero yo no me casaré nunca así, como tú me ofreces. No me casaré si no estoy enamorada. Y no lo estoy de ti. Perdona.

—Pero lo estás de Cárdenas, que es un pobre empleado y seguramente ha hecho muchas más cuentas que yo con respecto a tu dote.

—Si estoy o no enamorada de Cárdenas es sólo cuenta mía, Germán. Ni a ti te importa ni yo tengo por qué hacerte confidencias.

—Bueno, como quieras, monada. Pero déjame decirte que eres una ilusa.

—¿Y a ti qué?

En la punta de la lengua le baila la pregunta: «¿Lo sabe de verdad Luis Alfonso Cárdenas?», pero piensa que es mejor callar y vigilar por su cuenta al empleado de su abuelo hasta desmenuzar sus sentimientos. Poco ha de poder ella si no descubre lo que haya en el alma del muchacho. ¿Un amor? ¿Un cálculo? ¿Una conveniencia? Ya lo descubrirá, no faltaba más.

La duda se instala ya en su interior, royendo con ahínco. Si era eso lo que el despecho del Toñino buscaba, lo ha conseguido plenamente.

37

Luis Alfonso está nadando. Germán no hace nada por recogerlo a bordo, como otras veces. María Antonia sigue sentada en la proa, ahora cara al pueblo, en viaje de regreso.

Cárdenas, cuando se une a ella, vestidos ya los dos y dispuesto él a acompañarla hasta «El Romeral», advierte en los francos ojos de la muchacha cierta preocupación y en el rictus de su boca una señal de amargura. ¿Qué ha pasado? ¿Qué le ha dicho el Toñino?

Discreto, el muchacho no pregunta. Las dos bicicletas avanzan al unísono en rítmico pedaleo. El sol abrasa. Por fortuna, pronto los pinos tienden el toldo de su ramaje sobre sus cabezas. Ella duda, mirando a Luis Alfonso de reojo. Su expresión es sincera. Sus ojos rebosan franqueza y su aire es noble y viril. ¡No! Este muchacho no está representando la comedia de mostrar que la ignora, que no sabe que es la nieta de su jefe. La cree — ella está segura — la modesta obrerita que María Antonia dijo ser. Y así la ha querido, por sí misma, como ella deseaba.

El Toñino ha escupido todo el veneno de su envidia, eso es todo. ¡Y ella está enamorada como una tonta! ¿Cómo ha sido tan atrevida? ¡El secretario de su abuelo! ¿Qué dirán tía Clara y don Miguel cuando se enteren? Ni en broma se le ocurre pensar que su abuelo vaya a autorizar unas relaciones semejantes... Han llegado al cruce con la carretera. Cárdenas se enjuga el sudor.

— Bueno, hijita, se acabó lo que se daba. Me voy. Ándate para tu casa, que no me moveré de aquí hasta que te vea doblar la curva. Adiós, cariño... Vendré a esperarte aquí esta tarde sobre las cinco y media, como todos los días. ¿Hace?

— Hace.

Contesta seria, lejana, hasta casi vacilante. Él lo nota y se estremece pensando en lo difícil que va a ser pedirle... lo que está decidido a pedirle. Eso es.

Vuelve grupas Cárdenas después de verla perderse detrás del recodo, a poca distancia del blanco caserío de la masía, y pedaleando sin demasiada prisa, hundido en sus aprensiones, se encamina hacia el pueblo. Ciertamente ha llegado al límite de sus resistencias y está determinado a aprovechar la primera ocasión que se le brinde para espetar a la muchacha una declaración en regla. La tercera que habría oído María Antonia desde que vino a «El Romeral». ¡Y eso que «El Romeral» es un desierto! La tercera, sí. No le cabe duda de que Gumersindo Belmonte se llevó unas calabazas formidables y de que el Toñino se acaba de llevar otras semejantes esta misma mañana. ¡Vaya con la niña! ¿Irá también a darle a él unas soberbias cucurbitáceas?

En su posada, se desviste, se ducha, come desganado y nervioso y se tiende sobre la cama para intentar dormir la siesta. No la duerme. Fuma cigarrillo tras cigarrillo y devana la madeja.

¿Por qué les habrá dicho que no a Gumersindo y a Germán? Gumersindo vino desde Z... expresamente para recabar una respuesta definitiva. El de hoy también estaba pregonando al desembarcar, con su cara mustia y su talante hosco, el revolcón que indudablemente acababa de propinarle María Antonia. ¿Cómo tiene esta chica tantos pretendientes, y todos ellos ricos, de familia principal uno y procedente de gentes honestas el otro? ¿Y por qué los rechaza? ¿Exigente? ¿Romántica? ¿Novelera?

38

Reflexiones de María Antonia: Gumersindo la busca por su dote, eso es una incontrovertible verdad. Germán no tiene inconveniente en confesar que su dinero es un aliciente. ¿Y el otro? Una incógnita. ¿Lo sabe? ¿No lo sabe?... Daría media vida porque ignorase su verdadera personalidad. ¿Y puede ser que lo sepa y esté haciendo una farsa? ¡Y qué bien hecha! ¡Lástima de actor que se ha perdido el mundo! ¿No lo hará para atraparla mejor? No lo soportaría.

Presa por estas dudas y reconcomida por tales inquietudes, María Antonia se viste y se compone con detenimiento, deseando parecer bonita. Y lo está hasta marear, eso es lo cierto.

En el consabido cruce la espera ya una figura alta y elegante, que mantiene la bicicleta por el manillar, los ojos clavados en el camino.

Maneras francas. Sonrisa sincera. Amor en los ojos... Todo esto es Luis Alfonso. Con una sonrisa cordial se saludan ambos. Y caminan carretera adelante hasta entrar en el camino que lleva al Faro.

El ama de llaves les ha preparado una sabrosa merienda, que saborean bajo un pino, al borde mismo del cortado que cae sobre el mar, erizado allí de cantiles. La vista es de ensueño. Los bocadillos de jamón, las empanadas de pescado, las clásicas tortillas de patatas. El pan cocido en el horno de la masía y las pastas de confección casera... El racimo de uvas de moscatel, que a él le parece demasiado dulce. Los melocotones aterciopelados, las ciruelas jugosas... Y el termo lleno de un café aromático y exquisito.

—Esto es un banquete, chiquita...

—No digas.

—¿Se celebra algo?

—¿No te lo dije esta mañana? Se me olvidaría. Cumplo años hoy.

—¿Cuántos?

—Diecinueve.

—¡Qué pocos! Eres un bebé.

—Un bebé que sabe de emociones de persona mayor.

—¿Hubo alguna muy fuerte esta mañana?

—Muy fuerte, no. Pero la hubo. Siempre es desagradable decirle a un sujeto que se vaya con la música a otra parte.

—Pero tú ya estás acostumbrada, ¿no? En pocos días llevas dos.

El mar está a sus pies. El sol poniente proyecta su sombra sobre él, y hay una franja negra producida por el reflejo del cortado peñascoso. Después, bruscamente, se convierte en azul. Y sobre sus olas el sol marca destellos de oro. El Faro se yergue altivo, adentrándose en la llanura mediterránea. El silencio parece unirlos. Hay paz y serenidad en torno a ellos. Se miran hondamente, intensamente.

—Escucha, María Antonia...

—¿Qué?

—Tengo que decirte una cosa.

—¿Sí?

María Antonia se estremece. Sabe lo que él va a decirle, y se le desgarra el alma pensando si él, a quien ella ha elegido, a quien está queriendo locamente, será otro calculista ruin como Gumersindo o Germán.

—Quisiera ser elocuente y encontrar palabras que tuvieran siquiera algo de originalidad — explica suavemente Cárdenas —. Pero lo que voy a decirte es tan antiguo como el mundo, y todos los hombres pienso yo que debieron decirlo igual: te quiero, María Antonia.

Ella vuelve la cara. Está ahora mirando el Faro. Y su expresión es turbada y encendido el color de sus mejillas. Muchas veces ha oído decir junto a ella estas mismas o parecidas palabras, pero jamás le han levantado una emoción como la que siente ahora. El amor que desde hacía días era una llamita incipiente se acaba de convertir en este momento en una hoguera que amenaza consumirlo todo: dudas, recelos, vacilaciones...

—¿Por qué vuelves la cara, nena? ¿Es que no me has oído? — murmura él, acercándose.

Se vuelve ella lentamente. Las manos pequeñas quedan aprisionadas por las manos varoniles y finas del secretario de su abuelo. Y al leve roce desaparece todo, para no quedar sino una felicidad que, por lo limpia y pura, no parece de este mundo.

—Te he dicho que te quiero, María Antonia...

—Sí, ya lo he oído.

—¿Y tú?

—Pues yo... También yo te quiero, Luis Alfonso — contesta ella, vencida.

Su voz es un susurro. Él adivina más que oye. Le besa las manos y murmura Dios sabe qué embarulladas palabras, tan viejas como el tiempo, que antes que él susurraron legiones de hombres enamorados. Se miran como dos bobos uno al otro, como si no se hubiesen visto nunca. No hay nada detrás de ellos. Todo quedó borrado. Y tampoco hay futuro, sino presente. Un presente maravilloso.

119

39

Suben la suave rampa que desde el Faro conduce hasta el punto de la meseta cubierto de pinos laricios. En el centro de la planicie se halla el casalicio de «El Romeral», blanco, anchuroso, señero, con sus tejados rojos y su cinturón de arboledas. El silencio los envuelve como un manto, siendo más elocuente que todas las frases que en su ventura pudieran pronunciar.

Ella va pensando que a su abuelo le parecerá un disparate este noviazgo, que la muchacha, de momento, piensa ocultarle hasta que consulte con tía Clara y ella le prepare el terreno. ¡La tía Clara, que conoció el amor! Pero aunque su abuelo se ponga como un basilisco, ella no piensa cejar. Por encima de todo, se casará con el secretario. La batalla promete ser reñida, porque don Miguel es autoritario y está harto de afirmar que su nieta se casará con quien él disponga. ¡Ni que viviésemos en la Edad Media, Señor! En su indignación, ¿no se le ocurrirá despedir al muchacho? Pero no, eso no lo cree ella de su abuelo. Es un hombre que tiene un alto sentido de la justicia, y eso no sería justo... Ahora queda otro rabito por desollar y no es ciertamente el menor. ¿Cómo tomará «él» la revelación cuando le diga, lisa y llanamente, que ella es nada más y nada menos que la nieta de su jefe? ¿Cómo podrá justificar el haberle engañado? ¿Se ofenderá o comprenderá? Ponga Dios su santa mano.

Por de pronto, María Antonia es dichosa, y todas estas cosas se borran y esfuman junto a esta felicidad insospechada y nueva. Las reacciones del abuelo y de Luis Alfonso, de momento, no la inquietan. Tiempo al tiempo.

Se vuelve hacia él, quebrándosele en la dulce cara el primer rayo de una luna asomando espléndida en el lleno por detrás de un macizo de rocas lejanas.

—Escucha, querido...

—Sí...

—Voy a pedirte un favor... No le digas nada a nadie todavía. Ni a tu madre, ¿quieres?

—Pero yo no deseo noviazgos largos, nena. Y pienso

casarme lo antes posible. Quizás antes de un año, puesto que gano ya lo suficiente para mantener con decoro una casa...

— ¿Y eso qué?

— ¿No piensas que mi madre habrá de visitar a tu familia, a tu tutor, a..., bueno, a quien sea, y la cosa se ha de alborotar? Habrán de pedir tu mano como mandan los cánones... Comprende que por lo menos mi madre y dos o tres personas más deben saberlo con la necesaria antelación. Además, parecería, con respecto a mi madre, una falta de confianza.

María Antonia está muy apurada. No le gustan las precipitaciones, y eso de tirar de la manta así, de golpe y porrazo, la verdad, la asusta un tanto.

— ¡Si lo sabrán, descuida, hombre! Pero, por favor, unos días tan sólo en que el secreto sea exclusivamente nuestro, Luis Alfonso. ¡Tuyo... y mío! ¿No te suena bien? Después lo echaremos a volar.

— Bueno, si es empeño tuyo...

— Comprende... No hay aún necesidad de darle dos cuartos al pregonero. Los Toñinos moverían la lengua y nos harían la vida imposible. Acabemos de pasar tranquilos las vacaciones. Mira, dentro de poco serán las fiestas mayores del pueblo, y, cuando acaben, tú te marcharás a incorporarte a tu destino y yo quizá no tarde más de quince días en seguirte.

Luis Alfonso se aviene a todo. No acaba de comprender este capricho de la que ya puede llamar «su novia» con un regodeo íntimo que pone emoción en todo su ser. Pero como no le cuesta nada darle gusto, accede. Vuelven juntos, arrastrando las bicicletas, con paso perezoso, deseando que el paseo no tenga fin, aunque lo tiene, mal que les pese. Esta tarde no la deja en el cruce de la carretera. Tiene «ya» el derecho de acompañarla hasta la misma puerta de la casa, y allí, bajo el venerable olmo secular, hay todavía un cambio de ternezas, de miradas, de apretones de manos... Y si la escena no dura un poco más no es por voluntad de los actores, sino porque la masovera, que es algo fisgona, ha salido a curiosear con achaque de recoger a los polluelos y a la clueca...

Están sentados en la arena después de un baño accidentado, durante el cual él ha tenido que soportar a Dora, que se le pega como una lapa, y ella a Germán, que no la deja ni a sol ni a sombra. Por fin, ahora logran verse un instante a solas, mientras los honorables Toñinos de ambos sexos se encuentran en su caseta vistiéndose.

— He tenido carta de don Miguel Aguirre — dice ella.

— ¿Tú?

— No te sorprendas. Don Miguel me quiere como si fuera algo suyo. Él me ofreció esta cura de reposo en «El Romeral», y como yo le escribí días pasados diciéndole lo bien que me encontraba y lo hermoso que era esto, y dándole las gracias y todo eso... Pues me contesta anunciándome que se le ha removido, con mi carta, el deseo de darse una vuelta por la masía que tantos recuerdos guarda para él. Vendrá con su hija Clara.

— Habrás de contarle lo nuestro, me parece...

— Sí. Y pienso que no le caerá muy bien. No por ti, que ya sé cómo te estima, sino porque él tenía otros planes con respecto a mí. ¿Tú conoces a Pepe Roca, su chófer?

— De vista.

— Un buen chico. Y no está mal de facha.

— ¿Y es con él con quien don Miguel te quisiera arreglar?

— Pues sí: con él.

— ¡Bueno! ¿Qué harás si te aprieta para que eso sea un hecho?

— Plantarme en mis trece. ¡A ver! ¿Crees que voy a dejarme coaccionar? ¡Estaría bueno! Ni aunque don Miguel fuera mi padre, ¡vamos! Agradecida, y mucho, a sus favores, pero lo demás, aparte. ¿Feliz? ¿Tranquilo?

— Tranquilísimo y felicísimo.

— ¿Te fías de mí?

— ¿Cómo no?

— Pues te pido por Dios que no pierdas nunca esa bendita confianza, pase lo que pase y veas lo que veas.

— ¡Oye, que me estás asustando! ¿Qué quieres decir con todo eso?

— Nada, hombre. Se habla por hablar... — evade ella.

Tardan los Toñinos. Y Dios quiera que tarden una hora más, porque al cabo del día son tan breves los ratos que pueden sentirse solos y a su gusto...

— Diecisiete días, María Antonia. Diecisiete días me quedan nada más de estar a tu lado — rumia Cárdenas con tristeza —. La licencia se me acaba. Un relámpago me parecieron los dos meses. Luego tú regresarás a Z... Te darás por entero a tu trabajo, y sólo nos veremos cuando, al salir de él, yo te aguarde en la calle para acompañarte a tu casa.

— Las tardes del domingo iremos al cine.

— Claro. Y por la mañana te acompañaré a misa.

— Yo la oigo temprano. Casi siempre misa de ocho.

— Yo me levantaré a las siete para ir contigo.

— ¡Justo un día en que puedes dormir...!

— Me privaré muy a gusto por el placer de estar contigo. Y luego de desayunarnos en cualquier cafetería, podremos ir al parque a oír el concierto de la Banda Municipal...

Ella se siente emocionada. La vida humilde de los que trabajan para vivir. Unas horas felices llenas de simplicidad, sin artificios ni complicaciones. Luego, el piso pequeño y nuevecito, cuidado con esmero. La compra diaria. El aseo de la casa. La ilusión de esperarle asomada al balcón para verle llegar, con su aire elegante y su paso ágil, por la calzada.

— ¿Me vas a querer siempre, Luis Alfonso?

La mira atento. Parece como si guardase un secreto, como si temiese algo que un día pudiera separarlos.

— Pero ¿qué es lo que te pasa, criatura? ¿Otra vez andas a vueltas con el futuro como un pájaro de mal agüero? ¿Qué temes?

— ¡Qué sé yo! Presiento una lucha con don Miguel, y me sabría muy mal perder su apoyo y la amistad de Clara Aguirre.

— ¿Por qué has de perderlos? No seas boba y déjate de imaginaciones. «Bástele al día su trabajo», dice la Sagrada Escritura. No te preocupes antes de tiempo por lo que a lo mejor ni siquiera pasa.

—Tienes razón.

—Y punto en boca, que salen los Toñinos.

—Pues yo no los aguanto ni un minuto más. Vamos al agua antes de que nos cojan otra vez por su cuenta. ¡¡Pelmazos.!

Dos chapuzones desde una peñita cercana y un bracear impetuoso y un alejarse sin querer dar oído a los requerimientos de Dora y Elisa, que los están citando para una excursión con merienda en el parador de turismo más inmediato.

Luego dirán que con el ruido del oleaje no oyeron nada...

41

—A ver. Sepáreme la correspondençia particular, haga el favor...

La señorita, repintada y compuesta, que ocupa interinamente el lugar de Cárdenas obedece sin comentarios y va colocando sobre la placa de cristal de la gran mesa de despacho de su principal un breve montoncito de cartas.

Con un bonito puñal veneciano que ha llegado a sus manos como venerable reliquia familiar, don Miguel rasga los sobres y va dejando los plieguecillos sobre la carpeta.

Uno de ellos atrae su atención, porque le salta a la vista la letra grande, desigual y un poco cursiva de su ama de llaves.

«... y, cumpliendo el encargo que el señor me hizo, les he seguido los pasos como un policía, valiéndome de todas las astucias y de todas las mañas. Y sí, señor, tengo que decirle que las cosas se han enredado. Y no es que servidora sepa nada directamente por ninguno de ellos dos; pero una no es tonta y tiene ojos y oídos.

»No voy a extenderme, porque una carta es una carta y yo no sé escribir como fuera menester para contarlo ce por be. Pero si lo que pretendía el señor al colocarlos juntos en un sitio adecuado era que se conocieran y se entendieran, puede decirse que lo ha logrado, porque o servidora no se llama Vicenta ni es hija de su padre, o don Luis Alfonso y la señorita María Antonia son novios desde hace unos días. Justo a los muy pocos de haber estado en "El Romeral" ese botarate de Gumersindo Belmonte, que vino a pedirle relaciones.

»Así que eso es lo que salta a la vista, y todo el mundo queda al cabo de la calle en el pueblo. Ahora, Dios dirá. El señor queda enterado.

»En espera de la próxima venida del señor y de la señorita Clara, le saluda muy respetuosamente su segura servidora...»

Y don Miguel se frotó las manos, y puso una conferencia a Clara, que estaba en Llanes, con unos amigos, para que viniera a escape, a fin de acompañarle a «El Romeral» algunos días, porque se le había despertado el deseo de revivir tiempos de infancia y adolescencia en el viejo escenario. Y mandó a su ayuda de cámara que preparase el equipaje y se dispusiera a acompañarlos.

42

Junto al bamboleante autobús, rumbo a Alicante, los novios se dicen adiós. Este adiós, bajo las miradas de los Toñinos, que han querido salir a despedir a Cárdenas, resulta violento, cohibido... Pero ya anoche se despidieron en el cruce de la carretera sin más testigos que la luna en el lleno, las estrellas y el perro de la masía.

Cuando el autobús arranca, María Antonia siente como si tuviese el corazón amarrado con una soga y Cárdenas tirara de él... Las palabras del muchacho, anoche, junto al poste..., palabras encendidas de amor, todavía vibran en el alma de María Antonia. Ahora se está dando cuenta de cuán intensamente se le ha metido en el corazón este cariño. No se le ha ocurrido tratar de arrancárselo, pero aunque lo intentara no podría.

Se despide de los Toñinos y recoge la bicicleta, que ha dejado en el bar. Sin prisa sube hacia la masía. ¿Prisa?... ¿Para qué? Ya no la tiene. Sus horas han quedado vacías. Tiene todo un día para añorar, para darse a la dulce memoranza del viajero..., tumbada en el ancestral mirador, sobre una hamaca desvencijada que ya ocupó su abuela.

Es feliz. Ampliamente feliz. Se da toda entera al hermoso sentimiento que llena todo su ser. El abuelo, tía Clara, Gumersindo, Germán... Figuras borrosas junto a la absorbente personalidad de Luis Alfonso Cárdenas. No se acuerda de que tiene millones ni de que ha estado representando una comedia vistiéndose con una falsa profesión. Todo eso no tiene importancia. Él la quiere con apasionada ceguera. He aquí lo primordial, lo importante. Y la quiere pensando que es una humilde costurera de blanco que se gana su jornal cosiendo por las casas. La quiere por ella misma, como siempre soñó. ¡Qué maravilla!

43

Unos días después recalaron en «El Romeral» don Miguel y Clara. Traían el servicio y les acompañaba la perra. *Pola* era el ojito derecho de Clara, y por nada del mundo se la hubiera dejado abandonada en el caserón de Z..., bajo la custodia no muy solícita de los porteros. Tanto más en esta ocasión, porque *Pola* era madre de dos cachorritos monísimos, a los que criaba toda esta familia con el mimo debido a tan estimada perra y a tan depurada prole. Dentro de un cesto realizaron el viaje, y, como eran dos perrillos bien educados, no se permitieron ni siquiera gruñir. La madre se había acomodado a los pies de Clara, y desde allí, enroscada como un gusano, levantaba de cuando en cuando los ojos, llenos de una ternura completamente canina, para posarlos en el semblante amigo de su ama.

Ocho días habían pasado apenas desde la partida de Luis Alfonso. María Antonia le suponía trabajando en su puesto. Su primera carta fue un poema. Cuatro líneas pregonando el amor que le llenaba el alma. Pocas, ciertamente, pero tan ahítas de ternura, que valían por un infolio. ¿Qué más hubiera podido decirle de lo que en ellas le decía?

Bien hubiera querido ella preguntarle al abuelo por él, mas no se atrevió, por si sospechaba algo.

Clara ha salido rumbo al Faro con un libro entre manos y la perra pisándole los talones con los dos cachorrillos saltando y enredando junto a ellas. Se siente avara de admirar el casi olvidado paisaje. El abuelo, en cambio, se dirige hacia el anchuroso mirador y se sienta cara al mar. Unos minutos solamente, y la nieta viene a hacerle compañía.

—Hola, abuelo... ¿Desenterrando recuerdos?

—Pues ya ves... ¡Tengo tantos y tan buenos de mis años de chiquillo! Yo lo pasaba muy bien en la masía cuando, en vacaciones, me traían mis padres... ¿Y tú? ¿Cómo lo has pasado tú, muñeca? ¿Te has aburrido mucho?

—En absoluto, abuelo. Siempre creí que me moriría de asco en un pueblo tan chico, y no ha sido así. Lo he pasado estupendo.

—Ya. En la cara lo llevas. Estás saludable, muchacha. Creo que cuando te vea Peñaclara se va a felicitar por su acierto al recomendarte esta cura de reposo. Cuéntame, cuéntame...

—¿Qué voy a contarte?

Y María Antonia hace un relato conciso y exacto de su vida en la masía. El baño por la mañana, las excursiones por la tarde, el baile de los domingos en la plaza principal y, finalmente, las recientes fiestas.

—¿Has hecho amigos? Porque, claro, supongo que todo ese discreto divertirte no habrá sido a solas como un hongo...

—Naturalmente, abuelo. Conocí a los Toñinos...

Aquí, una descripción minuciosa de los pintorescos personajes. Por cierto que el abuelo siente un leve recelo cuando la nieta le habla de Germán. ¿Será posible que se haya interesado por ese botarate? Pero no, no... Doña Vicenta le afirmaba en su carta que el secretario y la nieta...

—También he conocido a algunas chicas del pueblo, muy agradables y no tan pollinas como creen los de las ciudades. Y al veterinario de Laguart, que es un solterón muy divertido. ¿No sabes? Me hizo el amor.

—Ya. ¿Ha habido veraneantes? En mis tiempos sólo venía alguno que otro.

—Pues sí. Ha habido bastantes.

—¿Sí? ¿Simpáticos?

—¡Pchs!

—¿Cuál de tus pretendientes te ha gustado más? La verdad. ¿No será ese Germán?

—¡Huy, abuelo! ¡Si lo tengo atravesado!

—¡Pobre muchacho! ¿Qué te ha hecho?

—Hacerme no me ha hecho nada, pero me cortejaba con una insistencia de mosca molesta.

—Eso no es motivo para odiar a un chico, hijita...

—Si me hubiese cortejado por mí misma...; pero ya estoy hasta el cabo de la calle de que Germán García, alias el «Toñino», si me busca es por mi dinero y no por mis cualidades. Y eso resulta humillante, porque yo puedo valer poco, pero no tan poco que no merezca que un hombre me quiera por mí misma. Es un asco, abuelito.

—Supongo que le habrás puesto en su sitio de una sentada, ¿no?

—Desde luego, pero te digo que estoy desilusionada y harta, abuelo, porque eso de que nadie se fije en mi bondad, ni en mi cara, ni en mi figura, ni en otras cualidades que, modestia aparte, yo sé que poseo, y que solamente vean, cuando se acercan a mí, los millones que tengo y lo que heredaré el día en que tú faltes, que Dios quiera que sea dentro de mil años...

—Es que el oro brilla tanto, muñeca, que deslumbra...

—¿Y no hay manera de arreglar eso?

—Como no te deshérede o me las arregle de forma que tú y yo seamos víctimas de una quiebra ruinosa...

—Pero eso son extremos heroicos, abuelo.

Los dos se ríen de muy buena gana. Son felices. Ella porque se sabe querida como siempre deseó, y él, astuto, porque ve por las reticencias de ella que sus manejos están dando resultado. El abuelo espera algo más que este floreo de impresiones de la nieta, y al fin lo que espera llega.

—No podrás adivinar nunca a quién he tropezado en este desierto, abuelo —se lanza.

—¿A quién?

—A Luis Alfonso Cárdenas, tu secretario, el que sustituyó a Carlos Seoane.

—¿Qué me dices?

—Sí, sí, lo que oyes.

—¿Y ha estado aquí?

—Con su familia, sí.

—¡Vaya!

—Se ha tirado casi sus dos meses. Cuando yo llegué, ya estaba él aquí.

—Buen muchacho. ¿Por qué no me escribiste diciéndomelo, hijita? Me hubiera alegrado de saberlo.

—No lo pensé.

—¿Lo has tratado mucho?

—Un poco — se repliega, prudente.

—¿Y qué te parece?

—Bien... — responde con simulada indiferencia.

Y esta misma indiferencia hace sonreír al abuelo, ladino, porque sabe que la nieta sólo la despliega para encubrir la realidad de los hechos.

—Supongo que él se habrá alegrado de conocer a la nita de su jefe, ¿no?

—No se lo dije.

—¿El qué no le dijiste?

—Que era tu nieta.

—Y eso ¿por qué?

—Me seducía la idea de mantener mi independencia, y ello no podía conseguirlo más que envolviéndome en el incógnito. ¿Hice mal?

—No. ¿Por qué? Fue una tontería, simplemente.

—Además, como te dije antes, estoy harta de que se me busque por mi dinero y el tuyo, y en mi venida a «El Romeral» he querido hacer una prueba: la de ocultar mi verdadera personalidad para contrastar mis nuevas amistades. Ahora sé que quienes me han llamado su amiga lo han hecho por mera simpatía, sencillamente, y no deslumbrados por los reflejos de ese oro aborrecido.

—¡Qué chiquilla novelera eres, muñeca! No creo que tuvieras necesidad de hacer nada de eso. Pudiste ahorrarte la comedia, porque la gente del pueblo no cuenta. Los Toñinos son unos ricachos con los que nunca creo que cometieras la tontería ridícula de emparentar, y en cuanto

129

a mi secretario, pues, ya ves... Es un chico que no es de tu clase social, ni pertenece a tu círculo, ni creo que vuelvas a encontrártelo ya nunca más en plan de camaradería. Eso han sido... cosas del veraneo. Después, cada uno a su sitio.

—¿Dices que no me lo voy a encontrar nunca más, abuelo? — se inquieta María Antonia.

—Digo yo...

—¡Ah! Y a ti, ¿qué te parece Cárdenas?

—Pues me parece un muchacho bonísimo, bien educado, honrado, inteligente y, sobre todo, muy capacitado para los negocios, hábil, prudente. ¡Ah! Y con carácter. Ya ves tú lo que son las cosas. Me gustaría haber tenido un hijo que se le pareciera... Y no te digo que algún día, cuando ya me sienta más viejo, no me decida a ofrecerle la dirección general de la empresa. ¿Te parecería bien?

—A mí sí.

—Bien... — responde el abuelo —. Lo tendré en cuenta.

Director general de la empresa... Bonito cargo. Bien retribuido. Con importancia social. Una posición destacada en el mundo financiero... Luis Alfonso Cárdenas. ¿Se lo dirá al abuelo? Tiene un impulso y dice vivamente:

—Oye, abuelito...

El abuelo se nota soñoliento. Ha cerrado los ojos y disimula un desperezo. Distraído. Cansado.

—¿Eh? — pide entre dientes, sin abrir los ojos.

—¡...! — No se atreve.

Sobreviene un silencio cuajado de desagradables pensamientos. Don Miguel acaba de afirmar que ella, María Antonia Velázquez y Aguirre, no volverá a encontrarse ya nunca más en un plano de igualdad y camaradería con su secretario; que éste vive en otro ambiente social completamente distinto. La verdad se escapa, muy amarga, de entre estas consideraciones del abuelo. Y la verdad quiere decir que don Miguel sostiene que entre un empleado suyo, por muy distinguido y bien pagado que esté dentro de la empresa, y su nieta y heredera existe una muralla tan grande como la de Jericó. Se encrespa la muchacha y, venciendo su miedo, vuelve a abrir la boca, tirando de la manga al endormiscado abuelito.

—¿Decías algo, niña? — runrunea el anciano.

—No, abuelito. Aún no he dicho nada. Pero... ¿y ese sueño? ¿Es que no te sientes bien?

—Estoy cansado, muy cansado. El verano, sin Cárdenas, ha sido pesadísimo. Me trajeron una señorita remilgada que se pasaba el día retocándose los labios como una mona y leyendo novelitas de a duro en cuanto yo volvía la espalda. No quieras saber. Y estoy hecho polvo. Lo peor que hay es no poder uno confiar en sus subalternos. Así es que te digo la verdad. Estaba contando los días que le faltaban a Cárdenas para incorporarse a la oficina para entregarle aquello y venirme a descansar a tu lado unos días.

El abuelo está fatigado, y ella sabe por el doctor que su corazón necesita cuidados y solicitudes. Nada de emociones, nada de disgustos, nada de sobresaltos, ni siquiera de alegrías y cuanto menos de penas o contrariedades. ¿Qué hacer? ¿Se lo dice ahora? ¿Y si le perjudica? Esperará unos días. Entre tanto, ella irá preparando el ánimo del anciano para que no le sorprenda demasiado la revelación.

Llega Clara Aguirre, fresca, sonriente, juvenil... Siempre con su aire de optimismo. La sigue la perra, llevando a la zaga, saltando, los dos cachorros. Trae una sombrilla de seda blanca con encajes que evoca estampas ochocentistas. La encontró en el fondo de un ropero y debió de pertenecer a su madre o tal vez a su abuela...

—¿No bajas a bañarte, María Antonia?

—Hola, tía Clara... Sí, me bañaré. ¿Bajas conmigo?

—Voy con vosotras.

El abuelo se sacude el sueño como quien espanta a un moscardón y, todavía ágil, las sigue sin ayuda del bastón, formando parte del simpático grupo: una chiquilla bonita como una flor, una mujer en todo el esplendor de su belleza, un viejo lleno de ánimos, una perra mansurrona y dos cachorrillos retozones.

44

Y como «de la abundancia del corazón hablan los labios», el nombre de Luis Alfonso Cárdenas va brotando a cada instante de la charla.

—¿Y ese patín?

—Se lo prestó a Cárdenas un pescador. Muchos días hemos ido juntos en él, mar adentro.

—¿Y aquel balandro?

—¡Ah! Ese es de Germán García, el «Toñino». Un ricachón advenedizo... También hemos ido a bordo muchos ratos los tres: Germán, Luis Alfonso y yo.

—¿Quién es Luis Alfonso?

Pregunta tía Clara, ladina, porque ella bien sabe de quién se trata.

—El secretario del abuelo.

—¿De veras? ¿Y qué hacía aquí ese sujeto?

—Veraneaba.

—¡Vaya!

El padre y la hija cambian una breve mirada. María Antonia está agachada acariciando a uno de los perrillos.

A la vuelta bordean siguiendo un sendero que se encarama sobre las rocas.

—¡Qué bonito sendero! —opina tía Clara.

—Me lo descubrió Luis Alfonso. Él iba escudriñando toda la costa...

Luis Alfonso esto, Luis Alfonso aquello... Y la hija y el padre vuelven a mirarse y en sus ojos resplandece una luz de travesura.

De vuelta a la masía, tumbados Clara y don Miguel sobre las mecedoras del comedor, junto a la alta reja abierta sobre la pinada, mecidos por la brisita que sube del mar, tamizada la luz por una recia persiana pintada de verde.

—¿Dónde está tu sobrina?

—Fue a cambiarse, papá.

—Ya. ¿Y qué te parece el cotarro?

—Papaíto, eres un genio. Un verdadero genio de la intriga. ¡Qué gran hombre se ha perdido la diplomacia!

—Búrlate lo que quieras, Clarita, pero yo me estoy saliendo con la mía. Ya te dije que o conseguía lo que quería o me podíais llamar inútil y tonto. Eso es. Y lo estoy consiguiendo, bien lo ves, porque este baile acaba en casorio, y si no al tiempo.

—Dios te oiga, papá, porque el solo pensar que María Antonia fuera a parar a las manos de un Gumersindo Belmonte era cosa que me ponía carne de gallina. Y, fortuna a un lado (que, al fin y al cabo, más vale hombre que hacienda y dinero no hace felices), el muchacho es un hallazgo. Porque ahí es nada encontrar, en los tiempos que corremos, un hombre decente y cabal que sepa quererla y haya conseguido enamorarla. Que la pobrecita está hasta las orejas, eso se ve en seguida.

—¡Ja, ja, ja! ¿Pues y el enredo que se ha armado callándose quién es?

—Tanto mejor, papá. Así tiene la seguridad de que él la quiere por ella misma.

—Pero siempre es un engaño, y eso no me gusta mucho.

—Descuida, que ya se enterará antes y con tiempo.

—Cállate, que viene María Antonia.

45

Los últimos días en «El Romeral» le han parecido muy largos a María Antonia. Ya nada es igual, pese a la compañía del abuelo y de tía Clara. Todo le rememora al ausente, y la nostalgia adquiere caracteres violentos, hasta parecerle los días insoportables. Los cuenta minuciosamente. Ya son pocos. Se acaba septiembre, y la playa comienza a verse casi desierta. El mar toma a menudo coloraciones grises, y por las noches el fresco obliga a encender la chimenea del comedor. El otoño se anuncia ventoso y desapacible.

Al fin el abuelo da la orden de marcha, y, un buen día, María Antonia dice adiós a los lugares que vieron el alborear de su amor.

Llegan a Z... un atardecer lluvioso que envuelve en

tristes halos la ancestral casona de los Aguirre. Recias paredes de sillería. Escudo en el portal. Balconajes corridos de primorosa forja. Un patio revestido de azulejos, donde un surtidor derrama cantando la sinfonía de sus aguas sobre las begonias, hortensias, calas y geranios.

El mayordomo, apenas la saluda, le participa que don Gumersindo Belmonte ha estado llamando por teléfono todos los días para saber cuándo era la llegada. Y, creyando hacer una gracia, el buen hombre añade:

—Le dije al señorito que los señores estaban para llegar de un momento a otro.

—¿Sí? — gruñe María Antonia, contrariada —. Pues si vuelve a llamar, va usted a decirle que sí, que hemos venido, pero que me he vuelto a ir y que usted no sabe adónde. ¿Comprendido?

—Sí, señorita — se desconcierta el viejo servidor. Y al alejarse murmura —: ¡Estas chiquillas! ¡Cualquiera las entiende!

¡Para aguantar a Gumersindo está María Antonia! Ella misma, sin esperar a Serafina, que anda deshaciendo el equipaje, se viste en dos puñados. Está lloviendo moderadamente. Sobre el traje de chaqueta *beige* se pone el impermeable. Calza sus katiuskas y requiere guantes y bolso. Un leve retoque. Está preciosa. Una llama interior la embellece. Va a verle. Dentro de unos momentos estará con él. Por carta le citó en aquella parada del tranvía de la plaza del Ángel Gabriel. Y en el sitio convenido, al volver de la esquina, alto, erguido, la cabeza enhiesta, oteando a diestra y siniestra en ansia de verla aparecer, está Luis Alfonso. Ella cruza la calzada y él insinúa el mismo movimiento. El guardia casi les toca el pito, porque durante un momento están interrumpiendo el tráfico. ¡Estos novios siempre en la luna! Las manos juntas, mirándose embobados, se quitan de en medio y, acera adelante, comienzan a caminar sin saber siquiera adónde se dirigen. ¿Qué más da? Lo importante es verse de nuevo, estar juntos, mirarse a los ojos... Él la encuentra guapísima, pero ni palabras le vienen a mano para decirlo. La alegría le vuelve torpe y silencioso. Pero los ojos hablan, y ella sabe que todo él está adorándola.

—¿Adónde me llevas, hombre?

—Ni lo sé, nena. A donde tú digas.

—¿Al cine?

—Bueno.

—Al *Español*.

—¿Por qué? Es un cine de barrio.

—¡Ah, pues a un cine elegante no! Un cine de estreno cuesta mucho dinero, y no quiero que te gastes tanto.

—¡Pero, chica, qué económica vas a resultarme! Anda, no digas tonterías. Vamos al *Regis*.

—¿Al *Regis*? Ni que lo pienses. Allí va toda la gente bien de Z...

—¿Y eso qué? ¿Es que nosotros no somos también de esa clase?

—No, no, por favor, no me lleves allí; no me es simpático ese cine. Vamos al *Español*, donde estaré más en mi ambiente.

¡Si él pudiera pensar que lo que quiere es no tropezarse con gente conocida en alguno de esos cines caros de estreno!

—Bueno, como quieras.

46

—¿Sabes que voy a dejar de coser por las casas?

—Me alegro.

—La señorita Clara me ha buscado una colocación en un taller muy bueno. Habló con la maestra y me admitieron. Voy de primera oficiala a la sección de blanco. Ropa interior de señora y de niños...

—Me alegro — vuelve a decir —, pero no te durará mucho.

—¿Por...?

—Porque pienso que nos casemos cuanto antes.

—¡Pero, hombre! ¡Vaya unas prisas!

—¿Es que tú no las sientes iguales? Estoy en pleno estado de memez. No, no te rías. Yo había oído hablar a otros novios, y, la verdad, me daba risa. Aquello de estar pensando en la novia a todas horas me parecía un disparate, no lo comprendía. Y ahora me está ocurriendo a mí.

Te digo que estoy trastornado. Hasta me distraigo en mi trabajo y...

— Oye, pues eso es grave.

— ¿Cómo que si es grave? Como que me estoy jugando la colocación.

— ¡Luis Alfonso, por Dios!

— Tengo que revisar todo lo que hago, porque nunca estoy seguro de no haberme equivocado. Ya ves. Doble trabajo. Algún día se me escapa tu nombre en cualquier carta o en cualquier escrito, y don Miguel me pone de patitas en la calle.

— ¡No, por favor, ten conocimiento, hombre!

47

Son unos días maravillosos, radiantes, plenos de una sencilla felicidad a tono con sus espíritus nada complicados. Los dos saborean intensamente la dicha de este noviazgo feliz. Son las esperas de Luis Alfonso metido en un portal fronterizo al edificio donde tiene su trabajo María Antonia.

Una sobrina de doña Vicenta tiene un acreditado taller de costura, con especialidad para niños, y, apenas acaba de comer, María Antonia dice adiós a su abuelo y a su tía y se marcha a pie o en el autobús hasta la lejana y tranquila calle situada en la parte más céntrica de lo que fue antigua ciudad. María Antonia dice que quiere perfeccionarse en esta modalidad del corte y la confección, en su concepto altamente necesarios en todo hogar. Tía Clara aprueba. El abuelo sonríe y hace el bobo, porque bien sabe él por dónde va el agua al río.

Cuando sale ella, rodeada por las compañeras, y el grupo se disgrega entre conversaciones y algazara, Luis Alfonso cruza la calzada y se emparejan. Y es el paseo interminable por las alamedas del parque, charlando incansables de esas mil nonadas sin importancia, que no tienen otra finalidad sino la de sentirse juntos y a solas. Y es el cine de barrio, donde los dos son desconocidos, o la lejana cafetería, sita en los ensanches de la ciudad, con su rinconcito acogedor, a salvo de indiscretas miradas... Luego Luis Alfonso acompaña a María Antonia hasta la esquina de una calle — él no sabe que el caserón de los Aguirre se halla muy cerca —, y, con achaque de que a su familia no le viene bien que la acompañen chicos, le obliga a no dar un paso adelante. Los domingos, el programa se amplía, y María Antonia va de excursión con Luis Alfonso. Paisajes espléndidos, variados. Un parador de turismo. Cumbres de montañas... El gran autobús de una empresa de viajes vuelca su carga, y entre los viajeros ávidos de sacudirse el polvo ciudadano y aspirar aires puros se encuentra la pareja. A la noche vuelven pletóricos, cansados, pero satisfechos y felices. Todo un largo día han permanecido juntos.

Don Miguel se admira de lo bien que su nieta sabe soslayar la compañía de sus amigos. Como si para ellos dos — él y ella — se hubiesen creado un mundo aparte en el que nadie tuviera entrada, viven completamente solos. Las amistades de María Antonia se extrañan del retraimiento que guarda desde su regreso de «El Romeral». No se la ve por ninguna parte. ¿Dónde diablos se meterá la chiquilla jaranera y alegre, siempre la primera en los alboroques y las juerguecitas? María Antonia excusa sus ausencias y deniega las invitaciones. Serafina la ayuda. Suena el teléfono.

—¿La señorita María Antonia?

—Sí, señorita, pero no está en casa.

—Pues dígale, cuando vuelva, que la esperamos esta tarde en el bar *Estrella*. Tenemos una fiestecita de cumpleaños de un amigo, ¿sabe?

—Bien, señorita, se lo diré, pero me temo que no va a poder asistir, porque precisamente no está en casa debido a que ha ido a la consulta del doctor Peñaclara. No se encuentra bien desde hace unos días...

Vuelve a sonar el teléfono. Otro día. Esta vez es Gumersindo Belmonte.

—Dígale a la señorita que se ponga.

—¡Cuánto lo siento, señorito! La señorita salió ayer tarde para Barcelona. A casa de sus tíos, los señores de Puyas. ¿Que no los conoce el señorito? Pues parientes por parte de su padre. Puyas y Velázquez creo que son.

Bien, le diré cuando venga que e señorito ha llamado.

Gumersindo tiene la mosca en la oreja. Y está muy apurado. Ya la casa le retiró el coche por falta de pago, y Brías le apremia en vista de que lo de su compromiso con la nieta de Aguirre se retrasa más de lo que a sus intereses conviene. Platica y cotorrea con las amigas de María Antonia. Ninguna de ellas — ni él, por supuesto — se creen esa versión, también muy difundida por la interesada y por el servicio que toma las llamadas telefónicas, de que si se encierra en casa es por cuidar de don Miguel, que ha tenido uno más de sus frecuentes tropiezos. Tampoco se convencen de que esté tan delicada como para que el doctor Peñaclara insista en mantenerla en el ostracismo impuesto por un tratamiento de reposo. ¿Es que no hubo bastante con la estancia en el desierto de «El Romeral» sus buenos tres meses? No hay explicación para ese recluirse en casa y no sacar el coche para realizar aquellas famosas correrías que la encantaban tiempo atrás, ni asistir a las reuniones y las fiestas de su camarilla. Y una de las amigas, peor intencionada que sus compañeras, insinúa la idea de que tal vez María Antonia lleva entre manos un amorío oculto con alguien impresentable.

Josita Pardo siempre le tuvo envidia. Desde que, siendo dos gorgojos, se encontraron en el internado de las Madres Irlandesas. Las notas de conducta, el cuadro de honor, las medallas y las bandas, las menciones encomiásticas y las calificaciones meritísimas de fin de curso. Eso fue lo primero. Luego fueron sus modelos de alta costura, sus joyas, sus coches, su casona, su servidumbre, su privilegiada posición social y, al fin, su propia persona, aquel ser bonita sin artificios. Bonita por la gracia de Dios Y simpática, dulce, amable y cariñosa, tanto cuanto ella — Josita — era áspera y antipática.

Gumersindo recoge toda esta palabrería cargada de veneno y la almacena en su alforja interior. Va atando cabos... Y como se ve acorralado, dícese que necesita darle un empujoncito al destino. Ha de explorar, ha de saber.

Todos los días, y a horas diferentes, hace sonar el teléfono. Invariablemente le contestan Serafina o el mayordomo, ambos bien aleccionados. Sus pretextos son siempre los mismos: quería invitar a la señorita al té de las cinco en el *Palace*. Es un té *dansant* al que acudirá todo lo mejor de Z..., y él ha pensado en acompañar a la señorita. Otro día es el *debut* de una compañía de opereta en el *Principal*. Toda la camarilla tiene un palco, y le han encargado que invite a María Antonia. Más adelante es una excursión a la Laguna Negra, a Marbella o a Sierra Nevada... Siempre las dos voces, grave y sin matices la del mayordomo, breve y seca la de Serafina, responden lo mismo: la señorita no está en casa. Le pasarán el recado cualdo vuelva.

Por fin, un día, Gumersindo sorprende la buena fe de aquella misma imprudente chiquilla que en el verano le descubrió el retiro de «El Romeral», y mediante unos cuantos chicoleos y una entrada para el cine, la infeliz canta, diciendo que su señorita no puede contestar nunca a las llamadas telefónicas por la mañana porque se levanta muy tarde, se desayuna en la cama y hace todo el reposo que puede, lo cual es verdad. Luego oye misa de doce en la catedral y, después de comer, se va al taller. Porque la señorita está aprendiendo corte y confección y da clase en uno de esos establecimientos. ¿Cuál? El de la sobrina de doña Vicenta, el ama de llaves. ¿Que dónde está ese taller? ¡Ah! Ella no lo sabe.

Gumersindo Belmonte se halla en las últimas, y todo puede esperarse de la desesperación. Ésta le pone en la cabeza la idea de seguir a María Antonia hasta descubrir el misterio de su vida.

Al día siguiente se guarece en un portal fronterizo y espera con meritoria paciencia a ver aparecer a María Antonia. Mucho le sorprende verla caminar a pie, vestida sencillamente con un sastre *beige* y llevando al brazo un gran bolso. ¿Cómo no usa el coche? Con paso ligero da vuelta a la esquina y, con gran contrariedad, él la ve subir a un autobús que hace el recorrido de circunvalación por toda la periferia de la ciudad. ¡Averigüe Vargas en dónde desciende y qué vericuetos sigue!

Con un humor de todos los diablos, Gumersindo desiste por el momento, pero vuelve a la carga al día siguiente a la misma hora. Hoy toma un taxi y le ordena seguir al autobús. Al fin la ve bajar en una parada, y lo hace él también. La ve seguir una de esas calles antiguas, donde se alinean, amplias y señeras, las casas de abolengo con escudos sobre las portaladas, y anchurosos patios donde los coches dejan a sus señores al pie mismo de las majestuosas escaleras.

En uno de estos caserones existen diversas oficinas: dos médicos, un dentista, un agente de la Inmobiliaria, un sastre y una modista. La portera le aclara que allí lo que más cosen son prendas interiores de señora y de niño, principalmente ropitas de bebé, y que, además de las oficialas, van algunas chicas a aprender.

— ¿Usted las conoce?

— Usté verá: de vista. Todos los días están saliendo y entrando.

— Ya. ¿Y no viene una muchacha rubia, finita, muy avispada y elegante?

— No sé, la verdá... Casi todas son rubias... Es decir, se pintan el pelo. No sé...

— Ésta debe de ser de las últimas que han venido. Lleva un sastre *beige* y un bolso muy grande... Haga usted memoria, por favor.

— ¡Sí! Ahora caigo. La última que ha venido, sí, señor. Ya sé. Es guapísima, pero no se enfade usté si le digo una cosa.

— ¿Cuál?

— Que pierde usté el tiempo si quiere algo de ella. ¿Usté me comprende? Porque a esa chica la espera todos los días a la salida del taller un chico alto, muy guapo, un chico estupendo, que debe de ser su novio. ¡Vamos, me parece a mí! Y se ve que están muy, pero muy enamorados...

La inquietud y el despecho de Gumersindo corren parejas. Ya llegó lo que él se estaba maliciando desde que estuvo en «El Romeral».

Pero, o poco tenía que poder él, o iba a espantarle la caza a María Antonia. Y desde este punto y hora, el granuja urde un asqueroso enredo en el que estaban destinadas a hundirse la reputación y la fama de María Antonia Velázquez y Aguirre.

48

Falta ahora saber quién es el galán, aunque él se dejaría cortar una oreja y apostar ciento contra uno a que se trataba de un veraneante de la playita de «El Romeral».

Con una paciencia digna de mejor causa, Gumersindo aguarda sus tres horas largas metido en un reducido bar situado casi enfrente, y allí consume innumerables cigarrillos y degusta tres tazas de café.

Las primeras luces brillan, derramando sus luminarias sobre el asfalto de la calzada, cuando como un torrente desbordado salen las modistillas, riendo y charlando. Casi todas ellas se emparejan con muchachos que las aguardan y que han salido nadie sabe de dónde en el momento preciso.

El tipo que con el cuello del gabán subido y el ala del flexible graciosamente ladeada sobre la frente está cruzando la calle para salir al encuentro de María Antonia no se le despinta a Gumersindo. Es, ni más ni menos, que el muchacho de la playa que ya allí le llamó la atención por su apostura y bizarría. Él coge por el brazo a la muchacha y se van calle adelante, charlando muy animados, muy juntos y completamente ajenos a todo cuanto les rodea.

Gumersindo adivina que sólo viven para ellos mismos en un mundo especial que su ilusión y su amor ha creado para su exclusivo regalo. Pensamientos filosóficos — de una amarga filosofía — invaden la mente de Gumersindo, y a su ritmo les sigue con paso que se acomoda al de la pareja. Desde luego, el tipo no demuestra ser tonto, porque con sus manejos se pondrá las botas, es decir, se hará con el santo y la limosna, léase con la niña y su dinero. ¡Maldita sea! ¿Cómo ha estado él — Gumersindo Belmonte, el audaz — tan torpe·como para dejar llegar las cosas a este extremo? Ahora habrá que emprender una campaña de recuperación. Y, entre tanto, Brías le apretará el dogal sin consideraciones.

Siguiéndolos, llega a un cine de barrio, donde hay una cola imponente. Luis Alfonso se llega a la taquilla y pide dos entradas que estaban reservadas. Luego entran ambos, y cuando Gumersindo puede conseguir su butaca ya comenzó el *Nodo* y la sala se halla a oscuras, por lo cual tarda bastante en localizarlos. La sesión se le hace interminable, pese a que la película es buena, pero no es inútil, porque al fin, caminando tras ellos, deja a María Antonia en la esquina de su casona y a buen paso sigue al galán, que se dirige a cierto barrio moderno, a pie y silbando en voz baja como un hombre feliz.

Gumersindo se convence de que el hombre en cuestión es quien él sospechaba. Un chico del montón. Por eso ella mantiene en secreto el noviazgo y no se lo presenta a los de su camarilla.

Otra cosa que lleva intrigado a Gumersindo es este nuevo capricho de María Antonia. Aprender un oficio, ¿para qué? Y por atender a estas clases hurtarse a su vida social, ella, tan comunicativa, tan comodona, tan enemiga de todo esfuerzo. Desde luego, el novio es un fresco y un caradura, que pasa por todas las situaciones más o menos ridículas — es Gumersindo quien habla y a él se lo parece —, con tal de recoger algún día el «gato» de don Miguel. Y ella está jugando... ¿a qué?

Gumersindo no lo ve claro. A menos que trate de engañar al muchacho haciéndose pasar por una muchachita pobre que necesita trabajar para vivir, en cuyo caso «él» no va por el «gato», sino por ella misma. Y María Antonia no es, para su novio, la chica moderna, caprichosa, mimada y malcriada, sino una de tantas niñas de la clase media que trata de asegurar su porvenir aprendiendo un oficio. Así... ella ¿le está haciendo a él una comedia? Todo esto le parece muy turbio y es necesario aclararlo, se dice el despechado ex pretendiente.

Y con el «honrado» propósito de soplonearle a don Miguel todo lo que ocurre, Gumersindo se dirige a su casa. Allí le espera un disgusto de órdago, porque, apenas pone los pies en el zaguán, el portero se le acerca renqueando y le dice que por dos veces le han llamado al teléfono.

—¿Quién?

—Pues no lo sé, señorito. Como sabía que usté había salido, pasé la comunicación arriba, por si era algo urgente.

Subió al piso. La servidumbre cada día se renovaba. Las penurias económicas de los Aureaga y las exigencias de los criados modernos creaban un ambiente de inestabilidad en la casona, donde antaño los sirvientes duraban toda la vida. Entre los señores, que regateaban el sueldo, y los criados, que exigían cada vez más, el resultado era que cada tres meses se renovaba el cuadro de servidores. Por eso, la doncellita pizpireta —muy del agrado de Gumersindo— que acudió a recibirle no le supo aclarar quién era aquel señor Brías que por dos veces le había llamado.

—¿No te dijo para qué me quería?

—No, señor, señorito. Lo que me insistió mucho es en que no se me olvidara decirle al señorito que, en cuanto llegase a casa, le llamara.

Gumersindo, con el ceño fruncido, cogió el listín y buscó el número, mientras la doncellita, comida de curiosidad, le vio frotarse las manos muy nervioso y prometer que en cuanto acabase de cenar iría.

Y fue. Bien sabía él para qué se le llamaba. Y estaba limpio. Ni por la salvación de su alma hubiera podido agenciar lo necesario para devolverle a aquel hombre lo que le adeudaba. Y Brías estaba ya harto. Aparte de que muy en verdad necesitaba su dinero.

—Bueno, está bien. De esto se va a enterar tu padre, y va a ser por el Juzgado, porque, como Gumersindo te llamas, si mañana a mediodía no me has pagado, te llevo a los tribunales y se da el escándalo. ¿Entendido?

Ni lamentaciones, ni ruegos, ni súplicas, ni hasta unas lagrimitas muy bien logradas consiguieron quebrantar la firmeza del escocido Brías.

Y Gumersindo salió de la casa maldiciendo de María Antonia, de don Miguel y del aprovechado galán. Porque nadie sino ellos tenían la culpa de que él se encontrase en tan desesperado apuro. Aquella noche no durmió y durante ella urdió el plan infame.

49

Se frotaba las manos de puro gusto cuando lo pensaba. ¡Menudo escándalo iba a armarse! Z... era una capital de provincia, pero lo bastante chica para que todos se conociesen. Es decir, todos los de su correspondiente clase.

María Antonia Velázquez y Aguirre, nada menos, como quien dice, la primera figura de la alta sociedad de Z..., en relaciones con un empleado de su abuelo, con un sujeto de tres al cuarto, sin caudales, sin porvenir, con un apellido oscuro... ¿Qué diría el soberano señor de Aguirre cuando lo supiera?

Hay que obrar rápidamente, antes de que Brías cumpla su amenaza, y, para lograrlo bien, Gumersindo sabe que no hay que andar ya con paños calientes, porque súplicas y amenazas resbalan, como el agua sobre una placa de cristal, por encima del receloso espíritu del viejo mayordomo. ¿Entonces? ¡Ah! Pues, entonces, el señorito principal, el caballero impecable, ha removido como un ladrón en el joyero de su madre y, sin escrúpulos, coge aquel collar de perlas que la dama heredó de sus abuelas, una tras otra a partir de cierta fecha lejanísima. Joya inapreciable por su valor intrínseco y por su valor histórico. Los tres maravillosos hilos de perlas de limpísimo oriente tientan al joyero a quien se lo ofrece, y, con su precio, Gumersindo acalla los ladridos del viejo perro, como él llama a Brías. Y, momentáneamente tranquilo, se dedica a perfilar sin prisas su diabólico plan. Paga a un detective y no tarda mucho en saber que el novio de María Antonia es el secretario de su abuelo.

Durante una semana es la sombra de Luis Alfonso y de María Antonia. Los sigue a todas partes con una habilidad policíaca. Hoy está en el mismo salón de té donde entran ellos. Él se ha deslizado como una culebra y ha esfumado su persona detrás de las palmeras y ficus de cierto discreto rinconcito. Ha pedido un café al camarero y se ha agazapado como un gato que no pierde de vista a un ratón. Los dos novios están por completo ajenos a su presencia. Descuidados y felices, bailan, ríen, disfrutan honestamente del placer de verse solos y reunidos en esta tarde de semana inglesa. Brillan los ojos de acero de Cárdenas con una luz nueva que sorprende y preocupa a la muchacha.

—No sé cómo te veo, chico... ¿Te pasa algo?

—¿Quieres decir?

—Clero que digo. Anda, cuéntame lo que sea. ¿Te han subido el sueldo?

—¿Cómo lo has acertado, nena? Pues sí, me han subido el sueldo. ¡Ha estado más célebre! Verás. Tú sabrás que la empresa ha construido, acabándolas están, unas casitas muy monas en el barrio de Santa Águeda... Bueno, pues entre ellas hay tres viviendas que son una maravilla. Todo pequeño, pero tan bonito, tan moderno, tan bien acabado... Con su jardín y todo. Y su garaje. Y a la espalda, entre pinos, una piscina que parece de juguete. Te digo que son una monada. Y se le ocurre a don Miguel preguntarme: «¿Cuándo se casa usted, Cárdenas?» Debí de ponerme colorado hasta las mismísimas orejas. Me sorprendió la pregunta y, la verdad, creí que sabía algo de esto nuestro, que aquí entre los dos es ya casi un agravio para él que se lo esté ocultando. Le dije, naturalmente, que no lo sabía..., que la vida estaba muy difícil, y mucho más aún el asunto de encontrar un piso decente por un precio asequible... «Pero tiene usted novia, ¿no?» «Sí, señor, la tengo.» «Pues si desea usted casarse, va a poder hacerlo pronto, porque le voy a subir el sueldo y, en cuanto se termine de pintar el chaletito que mira a la carretera, le daré las llaves...»

—¡Luis Alfonso! ¿Pero es posible?

—Lo que me estoy temiendo es que, en cuanto sepa que la novia eres tú, con lo que, según dices, tienes que agradecerle, y que le hemos ido con ocultaciones y comedias, a mí me plante en lo ancho de la calle y a ti te dé un meneo como para que no vuelvas a mirarme en lo que te quede de vida.

—¡Ni lo pienses! Con la venia o sin ella, te quiero y me casaré contigo contra viento y marea. ¡Faltaba más! Al fin y al cabo, él no es nada mío... —miente María Antonia con toda tranquilidad.

—¡Querida!

145

—¿Y es sólo ésa la novedad? ¿O hay otra? No sé, parece como si hubieses hecho algo así…, vamos, así…, algo que pienses que puede contrariarme.

Él vacila, se llena de timideces como un chiquillo que ha de confesar una travesura, y Gumersindo le ve sacar del bolsillo interior de su bien cortada chaqueta oscura un paquetito. Adivina que contiene una joya. Y así es, porque, aunque desde su rincón no puede apreciarla, por el gesto de sorpresa feliz de María Antonia, sabe que se siente deslumbrada.

—¡Muchacho, qué locura!

—¿No te gusta?

—Es una maravilla. Pero estás loco. Esto debe de haberte costado un dineral.

—¡Es para ti! ¿Acaso no mereces esto y mucho más?

Gumersindo la ve sonreír y extender su mano. Adivina que está muy emocionada y que no encuentra palabras. Las palabras que quisiera decir. Él coloca una pulsera en su brazo, y las piedras brillan, lanzando cambiantes destellos.

—Tengo que reñirte, Luis Alfonso. Esto es un disparate… ¿De cuántas cosas necesarias te has privado para regalarme esto?

Palpita ternura la pregunta y los ojos acarician suaves, levantando escalofríos de emoción en el alma del muchacho.

—Tenía algunos ahorros… — explica.

—Verás, hijo: la conciencia casi me remuerde por todos esos sacrificios que adivino.

—¿Sacrificio llamas a privarme, caso de que me haya privado, de cualquier cosa inútil para darte esta alegría de ahora? ¡Si es pura delicia saberte contenta y verte adornada por este brazalete, que, al fin, es un símbolo de unión entre los dos!

Coge entre sus manos, sensitivas y nerviosas, largas y cuidadas, la muñeca temblorosa donde las piedras refulgen y la besa una y otra vez, buscando efectos de luz que hacen brillar al aire aquellas gemas engarzadas al aro de platino. Ella le deja hacer. Y de pronto da un respingo y retira el brazo.

—¿Eh? ¿Qué te pasa, nena?

María Antonia acaba de atisbar entre las palmeras y los ficus la cara mefistofélica de Gumersindo. Adivina que no está allí por casualidad, y un íntimo miedo se apodera de ella. Una voz interior le está diciendo a gritos que su farsa entra ya en el último acto, porque Cárdenas no tardará mucho en saber quién es ella. De eso está muy cierta de que se encargará el indeseable de Gumersindo Belmonte. ¡Descubierto su amado secreto! Y como una puñalada atraviesa su mente un pensamiento desconsolador. ¿Cómo va a juzgar su conducta Luis Alfonso Cárdenas? ¿Qué interpretación dará a esta ocultación de su personalidad? ¡Ha sido todo tan simple, tan sin bajas miras! Y, sin embargo, las interpretaciones pueden tergiversarlo todo. ¡Dios santo!

Piensa en levantarse de la silla y salir con su novio del local, pero su orgullo se subleva. Eso sería una huida, y ella no ha hecho nada malo y, por tanto, no tiene por qué huir ni por qué ocultar sus actos. Basta ya de eso. Ha llegado la hora de la verdad. Pero, tratando de no producir un pequeño escándalo, responde a Cárdenas, todavía temblorosa la manecita que él aprieta otra vez:

—¿Pasarme...? No, no me pasa nada. Creo... creo que el aire viciado y el humo del tabaco me han mareado un poco.

—¿Quieres que nos vayamos?

—De ninguna manera. Ya estoy bien. Vamos a bailar.

Él se levanta, y ella también. La altiva cabecita se yergue desafiante sobre los hombros, y, por su gesto, Gumersindo, que la conoce bien, comprende que está decidida a dar la batalla. Y acepta el reto. Está bien. La darán los dos, y gane quien pueda.

Ya está Cárdenas a punto de enlazarla para lanzarse al vals de Straus que están preludiando, cuando la sombra de Gumersindo Belmonte se interpone entre ellos.

—Hola, encanto.

María Antonia domina un elocuente gesto de contrariedad.

—Hola.

—¡Qué afortunada casualidad esta de habernos encontrado aquí, querida!

A la melosidad de Gumersindo, ella sólo responde haciendo una breve y seca presentación de los dos hombres. Belmonte pone en juego toda su indiscutible práctica social para revestir de cortés cordialidad su actitud, pero Luis Alfonso, aunque menos curtido en estas lides, no le va en zaga, y los dos mantienen un verdadero torneo de atenciones y gentilezas. La orquesta sigue marcando los primeros compases del vals de Straus que tantas veces han bailado juntos Gumersindo y María Antonia.

—¿Bailamos, querida?

Cárdenas entiende que Belmonte debiera haberle pedido excusas por esta intromisión, ya que cuando les sorprendió estaban a punto de lanzarse a bailar, pero recurre a toda su fuerza de voluntad y mantiene una actitud fría, del todo indiferente. Echado hacia atrás en el respaldo de su silla, mira con los ojos entornados el panorama del salón de té, donde ya están danzando varias parejas. Nadie hubiera podido adivinar los furiosos celos que se estaban apoderando de él. Pero sus ojos se llenan de sombras cuando les observa bailar, sin ocuparse para nada de su presencia, metidos de hoz y de coz en una conversación que parece agradable a ambos. ¡Maldita sea!

—¡Vaya, chica! ¿Quién me hubiera dicho que te iba a encontrar aquí y en tan buena compañía! ¡Con lo amarrada que estás con ese estado delicado de tu abuelo! Las chicas se quejan de que no te ven hace un siglo y de que rehúyes todas sus invitaciones.

La rabia que siente María Antonia le cierra los labios como un candado. Además, ha hecho el propósito de no dar a Gumersindo pie para regodearse. Y él se lanza a la arena, incapaz de domeñar sus ímpetus.

—Conque «ésta» es la causa de mis calabazas, ¿eh? — casi muerde, envolviendo en una aviesa mirada a Luis Alfonso.

Salta María Antonia, sublevada al fin bajo esta burla suavona y maligna de Gumersindo.

—¿Qué te importa a ti? ¿Quién eres tú para pedirme cuentas?

—Nadie, hija, nadie. Cada cual hace de su capa un sayo, y si tú quieres hacer de la tuya una bufanda, eres muy dueña. Y si estás enamorada...

—¿Qué?

—Nada, encanto. Eso del amor es muy personal y muy respetable. Lo que me inquieta es pensar que en tu caso pueda ser solamente un capricho pasajero.

—Yo no soy de las que admiten esa clase de caprichos. Se quiere o no se quiere. Y si se quiere es para siempre.

—¿Y cómo se llama ese portento que ha conquistado de un golpe tu corazón y tus millones?

María Antonia acusa el impacto. Palidece, crispa los labios, la mano sobre el hombro de Gumersindo se aferra como una garra. Él sabe que la ha herido.

—Se llame como quiera, que ésa es una de las veintisiete cosas que a ti no te importan; es un hombre que no puede aspirar a mi dinero, sencillamente, porque no sabe quién soy.

—¡No me digas! Eso es de un romanticismo que asusta. ¿Y cuándo le conociste?

—Este verano. En «El Romeral».

—¡Mira tú, en aquel desierto y dar con el amor! ¡Qué cosas, mujer!

—Te advierto que tus ironías no me hacen mella.

—¿Y tu abuelo? ¿Y tu envaradísima tía Clara? ¿Qué dicen de este noviazgo?

María Antonia se encoge de hombros.

—Ninguno de los dos creo que lo sepan.

Bailan en silencio, con un mundo de rencor en el fondo de ambos. Él la abofetearía si pudiese. Ella le retorcería el gañote como vio hacer a la masovera de «El Romeral» con una gallina. Y él, consecuente con su postura de galán enamorado y desdeñado, comienza una larga perorata de lamentaciones, de protestas de cariño, de decisiones de espera y de actitudes constantes. La quiere, la quiere, y espera que algún día... Ella cierra la boca, y el baile concluye sin que Gumersindo haya sacado gran cosa en limpio, como no sea molestar a María Antonia y encelar a Luis Alfonso, que ya es bastante para un tipo malintencionado como él. La acompaña a la mesa, donde Cárdenas se entretiene fumando un cigarrillo tras otro, rezumando amargura e inquietud. Porque algo muy dentro de él le está advirtiendo de que se acerca un peligro y que éste procede sin duda de Gumersindo Belmonte.

—Aquí tiene usted a María Antonia... ¡Ha sido un vals maravilloso! ¿Cuánto tiempo hacía que no bailábamos juntos, chiquita? ¡Lo que nos hemos divertido, válgame...! Nuestras reuniones, nuestras juerguecitas, nuestras tardes en casa de Pepa Aguado... ¡Qué buenos tiempos! Ahora habéis tirado cada cual por un lado, y la camarilla se está deshaciendo...

El gesto y la actitud, la voz y las maneras de Gumersindo le están levantando ampolla a Cárdenas. No dicen nada sus palabras, pero dejan entender pasadas intimidades que solivantan al novio. María Antonia sabe que Belmonte está tratando de sembrar la cizaña de los celos en el ánimo de Luis Alfonso. Es un canalla, un...

Luis Alfonso escucha la cháchara inocua y vacía al parecer, conteniendo a duras penas sus deseos de arrimarle dos o tres directos bajo la barbilla en pleno salón de té a este sinvergüenza despechado y ruin; pero el freno de su innata educación y los ojos suplicantes de la novia le detienen. Tiempo habrá. Pero Gumersindo Belmonte sabrá en su día cómo pega él, ya lo creo que va a saberlo. Una manita suave, pero autoritaria a la vez, se crispa sobre su brazo.

—¿Vamos a bailar, Luis Alfonso? —pide María Antonia.

Cárdenas se entrega vencido, dócil, y, envuelto en olas de armonía, se lleva a María Antonia lejos del individuo retorcido, maligno, antipático, que acaba de arrojar un jarro de agua fría sobre la alegría de la tarde. Una arruga profunda marca la amplia frente de Luis Alfonso.

—¡Te has enfurruñado, hombre! —se lamenta ella.

—¿Quién? ¿Yo? —trata de disimular el mozo.

—Claro que tú. No me digas que estás contento.

—¿Cómo voy a estarlo, nena? Ese tipo es un infame. Ha dejado caer las palabras de una forma que cualquiera diría que ha sido bastante más que amigo tuyo.

—Y lo quiso ser, ya te lo dije. Me pidió relaciones.

—Y, por lo visto, no digiere las calabazas que le diste. Y viene a perturbar nuestra confianza mutua y nuestra paz, con la esperanza de que el noviazgo se deshaga y él vuelva a tener el campo libre.

—Eso no ha de conseguirlo, pero, por favor, no desconfíes de mí, que si los dos estamos muy unidos en una mutua fe, nada ni nadie nos ha de separar.

Luis Alfonso lee en la clara hondura de las bellas pupilas toda la sinceridad del alma noble de la muchacha, y todos sus recelos, todo su disgusto se evaporan como la niebla al contacto del sol. La estrecha suavemente y siguen bailando.

De momento, la situación parece liquidada, pero María Antonia se dice que habrá que llegar pronto a una franca explicación. Mañana. Pasado, tal vez. Sería desagradable que Luis Alfonso supiera por otro conducto la verdad que ella está ocultando en un juego pueril. Y se añade que la versión que llegue antes a oídos del mozo será la que se mantenga sobre todas las otras que le puedan llegar por otros conductos. Así, pues, nada de dilaciones y a hablar ella antes que nadie.

Gumersindo, como una avispa rabiosa que ha clavado su aguijón, se despide en cuanto la pareja vuelve a su mesa. Está contentísimo. Sabe que hay una nube tormentosa cuajándose entre los novios, hasta este momento tan felices. Mar de fondo. Celos. Inquietudes. Recelos y sospechas. Por hoy, basta.

50

El fuerte de Gumersindo no han sido nunca las letras. Por supuesto, ni tampoco las ciencias, ésa es la verdad.

Desde que ingresó en el Instituto fue un perfecto holgazán que no aprobó ni una sola asignatura en junio y que si las aprobó en septiembre fue porque su padre removió Roma con Santiago entre sus amistades para que le recomendaran. Pese a estas casi nulas disposiciones para la literatura, la redacción de las dos cartas que perfiló aquella noche le salió casi perfecta.

Eran las primeras horas de una mañana otoñal magnífica. En el patio de las oficinas, las plantas, recién lavadas por una fina lluvia que cayó durante la noche, brillaban como si fuesen de seda. Caía como polvillo de cristal el agua del surtidor, y, en el jardín, Clara Aguirre miró complacida al paso las variedades de crisantemos multicolores que decoraban los macizos.

Don Miguel se hallaba muy ocupado abriendo con Cárdenas su correspondencia. Como de costumbre, el joven iba poniendo a un lado las cartas comerciales y dejando a otro las puramente personales.

Cuando Clara entró, el anciano levantó la cabeza y se quedó mirándola sorprendido, porque su hija no ponía nunca los pies en las oficinas. Espontáneamente, don Miguel hizo las presentaciones, y luego, bajo los reflexivos ojos de Clara, el secretario volvió a su tarea de clasificar cartas. Entonces el padre y la hija se miraron. En los ojos del caballero brillaba una pregunta. Clara Aguirre, sin hablar palabra, sacó de su bolso un papel. Estaba arrugado y daba muestras de haber sido muy maltratado por una mano crispada.

—Toma, papá. Entérate de esto.

Don Miguel se afianzó los lentes, sentóse y leyó. Conforme lo iba haciendo, una sonrisita de picardía se iba perfilando en sus labios, y cuando hubo acabado y miró la firma, un encogimiento de hombros muy expresivo subrayó esta frase:

—¡Vaya! Un buen amigo.

—Un cobarde —apoyó Clara—. ¿Qué te parece?

—No hay nada que hacer. Quien sea, ha perdido el tiempo y el sello del correo interior.

—Sí, porque ni a ti ni a mí nos cuentan nada nuevo ni nada que nos pudiera ser más agradable. ¿No es así, papá?

—Sí, hija, así es. Pero vamos, es que hay gente para todo. ¡Y no dejar vivir al prójimo en paz!

Como movidos por un resorte se volvieron los dos hacia Cárdenas, quizá con el ánimo de pedirle una explicación, que se caía de su peso después de haber leído aquella carta en la cual el «buen amigo» descubría a la señorita de Aguirre, para que se lo participase a su señor padre, que María Antonia Velázquez y Aguirre se había puesto en relaciones con el secretario de don Miguel. Pero, con inaudito asombro, le vieron con los codos apoyados sobre la mesa y la cara hundida en las manos.

—¡Eh, Cárdenas! ¿Qué le pasa a usted?

—¿Se siente mal?

Volvió del mundo en que estaba sumido. Reacciona el secretario. Con dos dedos, como si fuese un insecto repugnante, coge el pliequecillo de papel rayado, de ese papel ordinario y corriente que venden en los estancos, y, sin disimular un expresivo gesto de asco, lo desliza en uno de sus bolsillos.

—Bueno, pero ¿le sucede algo? Se ha quedado usted amarillo, hombre de Dios.

—Una carta...

—¿Sí? ¿También a usted le escribe «un buen amigo»?

—No, a mí me escribe Gumersindo Belmonte.

—No sabía que se conocieran ustedes.

—Nos presentaron ayer.

Clara y don Miguel se miran. Están inquietos. Y de pronto se ponen de acuerdo en convencerse de que el que ha escrito el anónimo no es otro que el propio Gumersindo.

Ni Clara ni don Miguel insisten en averiguar nada más. Lo que le dicen al secretario debe de ser algo que levanta ampolla, a juzgar por el desastroso efecto que en él ha causado.

51

Jamás sabrá cómo pudo acabar de tomar nota taquigráficamente de todo lo que su jefe estuvo dictándole. Los pensamientos le atenazan, le envuelven, le torturan y, como son malos, se siente destrozarse en una lucha inmensa por ocultar su estado de ánimo.

Mientras teclea más tarde en la máquina bajo la comprensiva mirada de Clara, que está aguardando a su padre para salir con él, se va diciendo el mozo que la niña millonaria se ha burlado de él en toda la línea. Por lo visto, su abuelo la confinó en «El Romeral» como castigo por su conducta poco recomendable — dice Gumersindo sin rodeos —, y, como se aburría, se dispuso a vivir una bonita novela enamorándole como a un estudiantillo. Ideales, fe, proyectos, esperanzas, todo se ha derrumbado. Su desesperación es muy negra y muy honda. Algo se le desgarra en sus adentros cuando se dice que «ella» le tomó como un entretenimiento pasajero, como un juguete, como una manera de pasar el verano en el aburrimiento campestre. Sirvió de conejillo de Indias. Ella observó y estudió sus reacciones y se divirtió a cuenta de ellas. Estaba al cabo de la calle de quién era él, y, en contraste, ocultaba su verdadera personalidad bajo nombre supuesto. ¡Indigna burla la que hizo de su amor! Ella era la novia oficial de Gumersindo Belmonte — decía éste —, y había algo más en la maldita carta que le desgarraba el corazón como si se lo arrancasen a túrdigas: «Aquello» a que aludía Belmonte; «aquello» feo, repugnante, bajuno, que él no hubiera podido imaginar nunca de María Antonia, le enloquecía. ¡Para que Gumersindo afirmara bajo su firma que María Antonia no tenía más opción que casarse con él — Gumersindo — porque a ello la obligaban ciertas intimidades habidas entre ambos...! Y el desvergonzado Gumersindo apelaba a toda su honradez y a toda su caballerosidad para rogarle que no pusiera por su parte obstáculos a lo que era en justicia una reivindicación necesaria. Era preciso ir a la vicaría por la posta sin perder punto. ¡Dios bendito! ¿Cuándo se moría un hombre? Todo su ser se rebelaba contra estos asertos del hijo de Aureaga, incapaz de creer todo eso tan horrible de una muchacha tan recta, tan recatada y tan bien educada como siempre se había mostrado María Antonia. Pero lo cierto es que allí estaba la carta, firmada y todo...

Con la indignación desbordándole por todos los poros de su cuerpo, Luis Alfonso se encaminó a su casa. Hubo de recurrir a todo su sentido de las conveniencias para no dirigirse a la de María Antonia y arrojarle a la cara todo el inmundo lodazal que se le brindaba en la maldita carta. Luego, después de una terrible noche de rebeldía y de insomnio, concluyó por convencerse a sí mismo de que su mejor postura debía ser la de un absoluto y rotundo desprecio.

¡Señor! ¿Cómo pudo ser tan estúpido, tan facilón y tan infeliz como para que la niña rica se divirtiera jugando con lo mejor de su alma?

52

María Antonia estaba a cien leguas de suponer la tormenta que sobre ella había caído. Sí que la sorprendió mucho salir del taller y no ver a Luis Alfonso esperándola, y como el día antes se dijeron adiós un poco cuellivueltos gracias a la inoportuna presencia de Gumersindo y a los celos de Cárdenas, María Antonia se sintió muy inquieta, pensando si le estaría aguantando el rencor. Encogida como un gusano se la encontró tía Clara cuando, en vista de que tardaba en bajar de su cuarto, subió a buscarla.

—¡Niña! ¿Estás llorando?

Le contestó un hipo de sollozo más elocuente que todas las razones.

—¡Digo! Llorando y a toda orquesta. ¿Y por qué? ¿Puede saberse?

Nuevos gimoteos dando idea de un hondísimo pesar que conmueve a tía Clara.

—Ya me extrañaba a mí que te vinieras del taller a casa sin darte una vuelta por ahí o recalar en un cine. ¡Vaya!

—¡Ay, tía, tía de mi alma, si tú supieras...!

Y rompe el silencio, y descorre el cerrojo, y cuenta, cuenta toda su novela y toda su inquietud.

—Bueno. ¿Y sabes tú lo que yo me estoy temiendo? Pues que el abuelo se haya enterado de que tengo novio y de que este novio es precisamente su secretario; de que le haya caído mal y de que le haya dicho a él cualquier cosa desagradable, porque ya sabes tú muy bien que el abuelo se va como un punto de media cuando se enfada. Y a lo mejor lo ha despedido. ¡No quiero ni pensarlo! ¡Por culpa mía!

—Pues si no es más que eso lo que te atormenta, descansa de una vez, niña; porque el abuelo y yo estamos al cabo de la calle más de cuanto ha de tus relaciones con ese muchacho.

—¡No me digas!

—Desde que estabas en «El Romeral», hijita.

—¿Y el abuelo? ¡No es posible que le venga bien!

—Pues en verdad no le vino muy bien en el primer momento. Ya ves, él hubiera querido para ti otro hombre, con una carrera brillante, rico, de nuestra clase... Pero pensó que si te hacía la contra te iba a dar más fuerte, y se decidió a dar tiempo al tiempo.

—Lo cual quiere decir que espera a que un día u otro rompamos mi novio y yo, ¿verdad? ¿Y si no sucediera así? ¿Y si yo me empeñara en casarme?

—Entonces cerraría el pico; porque, al fin, papá sólo quiere que seas feliz, y parece que ese Cárdenas es un ave fénix.

—¡Es maravilloso! ¡Y estoy loca por él!

—Bueno, ¿y a qué se debe la morriña de hoy? Cuando el hombre no te esperó a la salida del taller será porque tendrá algún trabajo urgente.

—Puede ser.

—¿Tiene teléfono?

—Sí, claro.

—Llámale entonces, y sales de penas, mujer.

—Pues es verdad. Estoy idiota.

—¡Ay, Amor, cómo me has puesto!

—No te burles, tía Clara.

53

El timbre del teléfono resonó en el reducido vestíbulo del piso, y una de las gemelas acudió dando saltos por el corredor. Poco después, el hombre que, tendido sobre la cama, estaba fumando oyó repicar sobre su puerta, suavemente.

—¡Luis Alfonso! Te llaman al teléfono.

—¿Quién?

—¡Ah, no sé! Me pareció voz de mujer.

—Di que he salido.

—Ni que lo pienses. Acabo de decir a quien sea que estás en casa y que iba a llamarte.

—Pues otra vez te metes en lo que te importe, ¿entendido?

—¡Huy, mira éste, y qué rabo trae! ¿Pelea con la novia?

Cárdenas, malhumorado y casi furioso, se acerca al aparato.

—¿Quién llama?

—¿No me conoces? Soy yo, María Antonia. ¿Qué te ha pasado que no viniste a esperarme a la salida del taller?

—Lamento decirle a usted, señorita de Velázquez, que entre nosotros no cabe ya ninguna explicación.

—¡Pero, hombre...!

—Ya se ha divertido usted bastante a costa de mi memez, y todo tiene un fin. Lo nuestro lo ha tenido esta tarde. ¡Que usted lo pase bien!

María Antonia se vuelve a mirar a tía Clara con expresión idiota.

—¡Ha colgado! ¡Tiene algo muy gordo contra mí...! ¡Y yo voy a morirme, eso es! ¡A morirme! Pero ¿qué ha pasado aquí, Señor?

Clara Aguirre se acerca a ella, pensando «qué diría» la carta que recibió Cárdenas aquella mañana en la oficina; porque está segura de que aquella carta tiene la culpa de todo. La abraza estrechamente, ¡pobre chiquilla!, y la invita, cariñosa, a llorar sobre su hombro.

Cuando se entera, don Miguel se frota las manos. Las cosas están saliendo a pedir de boca. Él está seguro de que esto de ahora es la prueba a que Dios somete el amor de los dos muchachos y de que, como el oro en el crisol, saldrá purificado y limpio. El «buen amigo» que se tomó la molestia de escribir aquel papelucho indigno ha trabajado bien a favor de Cárdenas y de María Antonia. ¿La reacción? No tardará mucho en llegar. Don Miguel es viejo y ha vivido mucho. Y más sabe el diablo por viejo que por diablo.

54

Un paréntesis en la vida de María Antonia Velázquez. Se hunde completamente en su pena. No comete la vulgaridad de lanzarse a la vorágine de su anterior vida social, ni busca la compañía de sus antiguas amigas, ni la falsa triaca del devaneo. Consecuente consigo misma y respetuosa con sus convicciones, no se niega ni un momento que sigue enamorada de Luis Alfonso. De ese Luis Alfonso que le ha vuelto la espalda sin saber por qué y al que guarda luto igual que si se le hubiese muerto.

Con el alma vacía y rota prosigue su vida ordinaria durante los tiempos que siguieron a su vuelta de «El Romeral». Asiste a misa por la mañana y llora desconsolada en la acción de gracias de su comunión diaria. Y sigue yendo al taller por la tarde, haciendo de tripas corazón y destrozándosele cada vez que, al salir entre sus compañeras, las ve emparejarse con quienes las aguardan y comprueba, afligida, que a ella ya no la espera nadie...

Gumersindo la ha llamado por teléfono varias veces, para invitarla a bailar o ir al cine, pero Serafina, con la más áspera de sus voces — no lo puede ni oler —, ha respondido que la señorita no se halla en casa. Él se ha sonreído al otro lado del hilo, porque harto bien sabe dónde está, ya que no la ha perdido de vista ni un solo día.

Hoy, María Antonia se ha cruzado con tía Clara, que salía de la novena de Ánimas en aquella capillita recoleta y simpática del colegio que unas monjitas tienen en la misma calle.

—Hola.

—Hola.

—¿A casa, niña?

—Pues sí, a casa.

—¿Damos una vuelta por el parque? Han puesto unas fuentes luminosas que están muy bien. ¿No las has visto?

—No.

—Y la noche está templadísima... ¿Quieres que nos alarguemos?

—Bien. Si tú quieres, por mí...

—Claro, sí: ya sé que a ti te da todo igual. Y me da muchísima pena verte así, créetelo. ¿Estás segura de que él lo merece?

—¿Por qué no?

—El otro día, cuando intentaste hablarle por teléfono, no quiso ni oír tu explicación. Y digo yo: si hasta a un criminal se le da el derecho de defenderse, ¿cómo ese hombre, que decía estar tan enamorado, te lo niega?

—Precisamente por eso, tía Clara. Porque está muy enamorado y se sentía celoso. Digo yo. Fue, ¿cómo te diré?, una rabotada de chico malcriado.

—¿Sólo eso? Pues mira, yo, a mis solas, porque muchas noches me desvelo a cuenta tuya y de ese tonto, he llegado a otra conclusión.

—¿De veras?

—Aparte el derecho de pataleo, la rabieta y los celos (tú y él sabréis a santo de qué todo ello), se me ha llegado a ocurrir el pensamiento de que su conducta tan intransigente y tan sin explicación lógica puede obedecer a que alguien le haya dicho de ti alguna cosa mala. Tan mala y tan tremenda que justifique su postura.

—¡Bah! ¿Y qué habrán podido decirle?

—Lo que hayan querido, por grave que sea, por monstruoso. Hay lenguas para todo. La misma verdad matizada con comentarios cargados de veneno. Una calumnia.

—¿Y cómo él, queriéndome, no ha sabido poner su cariño por encima de toda esa basura, dado el caso de que sea todo como tú piensas, tía Clara? Yo no sé lo que le habrán dicho de mí, si no te equivocas tú y en realidad le han dicho algo; pero él no debió admitirlo como bueno sin oírme antes a mí, que nadie es buen juez sin oír a las dos partes.

—Un hombre se ofusca, querida, y ya no sabe lo que hace... —disculpa Clara—. Y yo estoy en eso, porque no se mueve la hoja del árbol sin la voluntad de Dios, hija. A ese chico le han calentado la cabeza. ¿Quién? ¿Cómo? ¿De qué forma? Habría que averiguarlo.

—¿Tú sospechas?

—¿Y tú no?

Las dos se miran largamente y no lo dicen, pero entre ellas está susurrando el nombre de Gumersindo Belmonte.

—Sea como fuere, a tu abuelo le has quitado un peso de encima, porque no habrás llegado a creer ni por un momento que una boda con su secretario colmara sus aspiraciones. Por mucho que le estime, y le estima, me consta, como empleado y como hombre.

—¿Quieres decir que se hubiera opuesto?

—Declaradamente, no. Ya sabes cómo es tu abuelo. Escándalos, no. Hubiera hecho su papel en la comedia. Te hubiese acompañado al pie del altar como un padre. No te habría faltado su bendición, pero, en el fondo, tú sabrías, y ello te haría desgraciada, que habías echado un jarro de agua fría sobre todas sus ilusiones. Y a él le amargaría el pensamiento de que su jefe le seguía mirando como lo que siempre fue, es decir, un empleado modelo, probo, pero sin llegar a quererle como tiene derecho a que se le quiera el marido de una nieta tan querida como tú, que más que nieta eres hija.

—Menos mal que de toda mi amargura ha salido un bien: el de que el abuelo cumpla sus anhelos.

—¿Qué quieres decir?

—Que cualquier día me presentará a un hombre, y, como yo adivine que es un candidato a mi blanca mano y a mis millones, me doblegaré a su gusto.

—¡No, María Antonia, por Dios, eso no! Casarte así, no. Ya te calmarás. Ahora la herida sangra y hablan tu desesperación y tu amargura. Pero eso pasará. Todo pasa. Lo que creo yo es que te has desgajado demasiado del árbol social. ¿Me comprendes? Y te aconsejo que vuelvas a tu círculo y hagas la vida que te corresponde como a quien eres. Si él te quiere y reconoce su error, o averigua lo que de cierto haya en lo que le hayan dicho, será que está de Dios, y entonces debes perdonar... y hasta darle al abuelo el disgusto de casarte con Cárdenas. Y si él no vuelve será porque tu destino te une a otro hombre, y este hombre surgirá en el momento más inesperado. Acaso también con él venga la felicidad que Dios da a las almas resignadas...

Clara suspira nostálgica. También a ella se la dio. En la paz, en la vida entregada a sus obras de caridad. En ese poder cuidar de su anciano padre y adorar a la chiquilla sin madre a la cual ha criado.

—¿Tú me aconsejas que vuelva a mezclarme con esa cuadrilla de locos y locas que eran mis amigos antes de conocer a Luis Alfonso?

—Con todos esos precisamente, no. Debes seleccionar. Hay otras camarillas mejor conceptuadas, más serias, más en consonancia con tu modo de ser y con tu formación. Gente joven que se divierte honestamente y que está rodeada de una aureola de consideración y de respeto. Pepita Ayuso, Carmiña Lozano, Jesusa Bendaña. Y los dos Carter, Paco y Benito. Y Fernando Cifuentes, Del Valdo, López Dantres... En fin, demasiado los conoces, y bien sabes que de ellos a un Gumersindo Belmonte existe una diferencia enorme. Y mira, a propósito de Gumersindo: ¿sabes lo que me ha dicho doña Vicenta?

María Antonia respinga.

—¿Que ha vuelto a llamarme? ¡Cuidado que es pelmazo!

—No, no es eso. Es una cosa muy gorda, pero que a mí no me ha sorprendido, porque mi sexto sentido me la estaba avisando desde tiempo ha.

—¿Qué es?

—El otro día, la casa que le vendió el coche se lo quitó por falta de pago. Recordarás un *Cadillac* charolado, largo, estupendo...

—Desde luego. Me ha llevado en él muchas veces.

—Lo compró a plazos, por lo visto, y, como fallaba, lo de siempre: la casa se quedó con los plazos entregados y se hizo con el coche. Dicen que le llegó al alma. Es natural. Por muchos embustes que hilvanara: que si era demasiado coche para un hombre solo, que si le gastaba una burrada, etcétera, la gente supo en seguida la verdad, y hubo los consiguientes comentarios y el inevitable chismorreo. Que si los Aureaga estaban a ruche, que si no era eso, sino que el conde le recortaba las riendas al hijo porque era un derrochón. En fin, cada cual lo suyo. Conque esta mañana vengo de misa y me encuentro a doña Vicenta y al mayordomo de cháchara en el vestíbulo. «¿Pasa algo en casa?» «No, señorita Clara, en casa no, a Dios gracias, pero pasa algo muy desagradable en casa de los señores de Aureaga.» El mayordomo acababa de enterarse. El collar de perlas de la condesa (ya sabes, ese collar que es una reliquia de familia, aparte el valor intrínseco, porque las perlas son auténticas y tienen un oriente de maravilla) ha desaparecido. Eso ocurrió ayer tarde, cuando la doncella de la condesa le preparaba la ropa y demás para vestirla. Ya sabes que hay ópera en el *Principal* y que los Aureaga tienen un palco que es propiedad suya. Se armó el alboroto consiguiente, llamaron a la policía, registraron toda la casa minuciosamente, y hasta el momento no han encontrado ni rastro del collar. Parece que Gumersindo estaba cazando un par de días con Joaquín Porres en el «Coto del Pingo» y cuando volvió y se lo dijeron se impresionó de tal manera que le cogió un soponcio y hubo que llamar al médico. Y ésta es la bendita hora en que los policías andan locos tratando de localizar al ladrón.

Las dos mujeres cambian una larga mirada. En el fondo de ambas, una voz acusadora está pronunciando el nombre de Gumersindo Belmonte. Sin querer admitirlo, Clara deniega dirigiéndose a ella misma como quien ahuyenta una fuerte tentación:

— ¡No, no! ¡No puedo creerlo!

— Sería demasiado fuerte... — murmura entre dientes María Antonia.

55

Un mes. Ha pasado un mes. Las Navidades están en puerta. ¿Ha vivido realmente María Antonia durante este mes interminable?

Siguiendo el sensato consejo de tía Clara, se ha incorporado a su vida social. Ha continuado yendo al taller todas las tardes, pero se reúne con sus amigas, las de esa camarilla más sosegada y honorable, que la ha acogido gozosa en su seno. Y al salir, tras un rápido cambio de vestido, va con todos ellos a cierto elegante salón de té, a un buen cine o teatro, o simplemente a dar una vuelta en coche hasta el próximo parador de turismo, donde toman un agradable refrigerio.

Cierta tarde recalan en aquel salón donde un buen día ella misma presentó a Cárdenas y a Gumersindo Belmonte, y lo primero que divisa al entrar es a éste sentado en un rincón, solo y cejijunto.

— Mira, ahí tienes a ése... — le susurra Pepita Ayuso.

— ¡Vámonos, por favor! ¡También ha sido casualidad, mujer! — suplica María Antonia, nerviosilla.

— Ya no es tiempo. Nos ha visto. Y mira como todos han tomado posiciones cada cual en su mesa... Anda, no te preocupes. Te lo sacudes con un desplante.

—¿Un desplante? ¡Vamos, mujer, tú no le conoces! Es el tío más fresco que come pan bajo la capa del sol. Tanto caso hace él de un desplante como un perro de una sinfonía.

—Sí, caradura sí que lo es. Porque, después de lo del robo del collar de su madre, si tuviese vergüenza se hubiera largado de Z... por una buena temporada. ¿Sabes que la policía encontró sus huellas en el joyero y localizó al fin las perlas en la joyería de Miranda? El buen hombre lo había comprado lleno de buena fe, y el sinvergonzón de Gumersindo le dio en seguida aire al dinero.

—¿Un piso a otra fulana, como la del invierno pasado?

—No, no... Parece que debía mucho dinero a un sujeto que en tiempos fue criado de su casa, y el hombre le apretaba porque lo necesitaba. Creo que llegó a amenazarle con demandarlo judicialmente, y Gumersindo se asustó...

—¡Qué asco!

—Ya viene.

56

Cualquiera que los hubiese visto bailando no dudara un punto de que eran una pareja de novios muy enamorados y muy bien avenidos.

Gumersindo la estrechaba en tanto se la comía con los ojos. ¿Quería dar la sensación de un compromiso de noviazgo, por ventura? ¿Convencer a quien mirase de que se trataba de un amor recíproco?

—Te encuentro triste, María Antonia.

—¿Sí?

—Como preocupada... Así, lejana... ¿Estás pensando en él?

—¿En quién?

—En tu novio, mujer.

—Yo no tengo novio.

—¿Se acabó aquello?

—Sí, se acabó.

—Has hecho bien. No era para ti. Únicamente para diversión en unas vacaciones, pero ni pensar en nada serio.

—¿Tú qué sabes ni qué te importa?

—¿Cómo que no me importa si estoy loco por ti? Te dije que, a pesar de las calabazas, seguiría esperándote, y ya ves que he cumplido mi palabra.

—Pues siéntate, hijo, porque si esperas de pie vas a cansarte, y sería una pena.

—¿Eso me dices?

—¿Qué quieres? ¿Que te bese? ¡Anda, que si haces cuentas con mi dote, vas a tener que volver a robarle el collar a tu madre!

Él se vuelve amarillo de rabia, pierde el compás, la pisa... Y si contesta algo, María Antonia no se entera, porque todo ha perdido relieve en torno a ella desde que en la escalerilla que baja hasta el salón ha divisado a un Cárdenas muy elegante, vestido de marrón oscuro, formando una estupenda pareja con cierta chica alta, buen tipo, guapa, rubia y con un aire inconfundible de hija de buena familia. Unos momentos no más, y la pareja se cruza con ellos al ritmo del baile. ¡Y este baile no es otro que aquel vals inolvidable que un día, en este mismo sitio, han bailado los dos! La tarde en que él le regaló la pulsera. La última tarde en que se vieron. Desde aquella tarde..., ¡Dios mío, qué calvario!

Luis Alfonso, aunque lo disimula, no pierde de vista a la pareja Gumersindo - María Antonia. Ciertos son los toros. No mintió Belmonte. Son novios y están muy enamorados. No hay sino verlos. (Claro que Gumersindo también ha visto a Cárdenas y expresa su postura de galán.) Luis Alfonso arde de celos y de rabia. ¡La muy falsa! Ahí está con él, con su prometido, con el hombre al que la une algo tan inconfesable que hace preciso el matrimonio. El hombre primitivo que hay en él como en todo hijo de vecino, le impulsa a ir hasta ellos y romperle la crisma de un puñetazo a Gumersindo. Reventarle en sangre las narices de un directo y atarantarlo con otro bajo la barbilla. Allí mismo, delante de todos, para que el escándalo sea mayor, para que «ella» vea la poco airosa postura en que le deja, porque él está seguro de dejarle como un trapo de aporrear moscas o como un pobre muñeco desarticulado. Y luego diría a gritos que aquella distinguida y exquisita señorita de Velázquez y Aguirre no era sino una colosal embustera, una comedianta con mala sombra y malas entrañas, que se había divertido con un chico decente, a falta de otro entretenimiento.

María Antonia, a cada vuelta, cuando se tropiezan, le mira con unos ojos casi desorbitados por lo abiertos. Le duele, ¿cómo no?, que se haya consolado tan pronto. Aproximadamente un mes. Y ella se ve una muchacha bien. Luego la cosa va en serio... ¡Dios santo, que sea muy feliz! Unas lágrimas se agolpan a sus ojos y finge un estornudo para podérselas enjugar sin que Gumersindo se dé cuenta.

Cuando el vals finaliza, cada pareja vuelve a su lugar. Desde donde se sitúa su mesa, María Antonia puede ver perfectamente a Luis Alfonso. Pero éste la ignora y ni por casualidad una sola vez ha intentado mirarla. Él está pensando, mientras da conversación a la rubia, que debe dominarse, tener calma y paciencia y no ponerse al nivel de un cualquiera como Gumersindo Belmonte.

— ¿Qué te pasa, hombre? Estás distraído... — reprocha su compañera.

— ¿Pasarme? Nada. Me duele la cabeza. Hoy don Miguel estaba imposible y he trabajado de firme...

— ¿Quieres que nos vayamos andando hasta el Viaducto? Hace buena noche...

— Bueno.

Sigue pensando mientras abandonan el salón y la ayuda a ponerse un buen abrigo de pieles. Lo suyo, «lo que fue», ya no tiene arreglo. María Antonia se casará cualquier día con Belmonte, pero, aunque ocurriera algo que rompiese aquella boda, siempre estaría entre ella — María Antonia Velázquez — y él — Luis Alfonso Cárdenas — aquel pasado irreparable. El pasado que obliga a María Antonia a casarse, le quiera o no, con Gumersindo Belmonte. Lo dice su carta. Se la sabe de memoria. ¡Maldita carta! Se rebela contra el contenido injurioso para la mujer que amó tan intensa y apasionadamente. María Antonia pudo haber estado muy enamorada de Gumersindo, como se enamoran las jovencitas en su despertar a la vida. Pero por muy niña y por muy enamorada que estuviera, no la cree capaz de llegar a «aquello» que en su carta insinúa el zopenco de Belmonte. La honradez es algo natural, instintivo, que está en la sangre de toda mujer de bien, y a él le consta que María Antonia lo es. Porque la conoce, porque tiene pruebas.

Con la boca llena de hiel, una hiel que le sube del fondo de su ser y que le envuelve en amargura, nuestro hombre sigue a su compañera y, hundido en una conversación trivial, de circunstancias, camina bajo las estrellas. ¿Cuándo se muere uno, Señor?

57

Se quita el amplio delantal de *vichy* rayado de rojo y blanco. Guarda en su costurero el metro, el dedal, las tijeras, unos patrones, las telas y los encajitos de *valenciennes* y entra en el cuarto de aseo.

Hay un alegre parloteo que tiene semejanza con la cantoría de algunos pájaros. Las muchachas se retocan y se peinan... Ella siente en torno a las sienes un apretón tenaz, como si un cerquillo de hierro la oprimiera. Le duele la cabeza intensamente, y van ya cuatro aspirinas desde que dieron las doce. Claro. No puede ser de otra manera después de una noche de dar vueltas y más vueltas en la cama sin conseguir pegar ojo, revolviéndose en un mar de sentimientos que la raspan y la hieren como púas. Celos. Despecho. Amargura. Él con otra. Y no una otra, así, de cualquier manera: una de esas muchachas frívolas con las que suelen consolarse los hombres de sus descalabros sentimentales, sino una chica bien, una chica decente, una señorita, en fin. ¿Algo serio? No le cabe duda, porque él quería casarse pronto, y si María Antonia no es, puede ser otra. La «otra».

Ha estado aguardando en vano que él diese muestras de verla, de conocerla, que se acercase a saludarla, que la invitase tal vez a bailar. Nada. Metido en una charla que por el gesto y la actitud se adivinaba agradable cuando no íntima, todo lo demás no parecía interesarle. Ella pensaba haberle dicho..., haber explicado los motivos de su ocultación de personalidad, decirle que fue una cosa pueril, ingenua; que nunca — como acaso pudo él imaginar —

se le ocurrió hilvanar una farsa para divertirse. **Pero,** con enorme despecho por su parte, Luis Alfonso **dejó** pasar el tiempo sin dar la menor muestra de haber **advertido** su presencia.

Bailó dos veces con Gumersindo y otra tercera con Pablito Ponte. Paso casi rozándolos en las vueltas de un vals, y nada. Él siguió ignorándola. Ni la miró siquiera. Siempre entusiasmado con la muchacha rubia y elegante que le acompañaba. Bailó con ella varias veces, y de pronto los vio salir muy cerca de las ocho y media. Con él pareció irse toda la luz y la animación del salón. Sintió un dolor agudo, algo inconsolable, matizado de una honda desesperación.

Apartó con rabia los pensamientos que revivían escenas veraniegas: los coloquios en el poste de la carretera, donde los dos se despedían; las charlas interminables, íntimas, tendidos a placer sobre los albornoces en la arena de la playa; las promesas de amor susurradas entre la sinfonía de las olas, dejándose llevar por ellas, suavemente, mar adentro; las excursiones en bicicleta, solos, juntos, unidos, un alma fundida en la otra, iguales en deseos, en anhelos, en quereres... Estrellas sobre el pinar, cantares de frondas al delicioso arrullo de la brisa... Y el adiós desgarrador de la despedida. El dolor torturante de aquellos días... ¡Dios! ¿Y qué fue aquello en comparación de esta noche cerrada que ahora la estaba envolviendo en tinieblas?

Toda la noche así, tejiendo y destejiendo la madeja de sus memoranzas. Y al día siguiente unas ojeras de a palmo, como le advirtió Serafina, y un lacio desmadejamiento de todo su cuerpo. El alma rota, la vida vacía, el pensamiento torturado.

Detrás de sus compañeras salió, silenciosa, dispuesta a coger el volante de su coche y a rodar un poco por las afueras, para serenarse y despejar de algún modo su cabeza, porque desde que acabó la farsa de su doble personalidad, desde que él desapareció de su horizonte, convino con ella misma en que no había razón para privarse de utilizar su automóvil. Estaba éste aparcado a la vuelta de la esquina, y para llegar hasta él era preciso atravesar toda la anchura de la calzada. Y es entonces cuando la clava en el sitio la sorpresa más grande de su vida, poniéndola en el peligro de interrumpir el tráfico urbano, porque la luz roja está a punto de encenderse y todavía ella se halla parada en medio del arroyo, bajo la mirada atónita y severa del guardia de la circulación. Ya no queda nadie por pasar, pero sí, él viene hacia ella y los dos se juntan en el centro de la calle, y allí vuelven a quedarse quietos hasta que los furiosos pitidos del silbato del guardia los vuelve a la realidad, obligándolos a cruzar en rápida carrera hasta alcanzar la acera.

— ¡Estos tipos de pueblo...! — gruñe el guardia.

Y un señor bien portado, que ha estado mirando toda la escena, se ríe para su capote, diciéndose que el buen guardia no distingue bien, porque ni el porte de Luis Alfonso ni el aire ciudadano de María Antonia evocan para nada la más lejana reminiscencia de la aldea. Ya en la acera y cuando algunas miradas burlonas resbalan sobre ellos — que no se enteran —, ambos se sienten cohibidos y desconcertados.

— Hola — murmuró él, visiblemente turbado.

— Hola — responde ella con notable falta de originalidad.

Instintivo es el gesto de Luis Alfonso al tomarla del brazo y echar a andar acera adelante. Y ella no protesta. Se deja conducir.

— ¿Adónde vamos? — pregunta él.

— ¿Adónde hemos de ir? A mi casa. Date la vuelta, hombre, por favor, que tengo mi coche ahí, al volver de la esquina...

— ¿El coche? Ya. Ahora no necesitas guardar el incógnito — subraya, mordaz.

— No, ya no necesito guardarlo. Y, si hubiese sospechado siquiera que aquella mi inocente manía de comprobar que un hombre me quería sólo por lo que soy, sólo por mí misma, iba a traer tan malas consecuencias, nunca en mis días lo intentara. Porque tú no quisiste oír mis explicaciones cuando te llamé por teléfono (y eso creo que no te lo perdonaré nunca, hijo), que si las hubieses admitido sabrías como todo ese cuento que me armé fue sólo eso: el afán de saber si se me podría querer dejando a un lado el aborrecido dinero.

—Pues ya lo viste. Y has debido convencerte de que todos no somos un Gumersindo Belmonte... o un tipo de esos que bailan contigo todas las tardes.

Él va pensando. Por lo visto, ella no sospecha la gravedad de las venenosas insinuaciones de su novio (porque a él no le cabe duda de que Belmonte es su novio) y cree que todo su enojo radica en el hecho de haber disfrazado su personalidad.

Cuando llegan junto al coche y ella requiere las llaves para abrir, él se siente un poco mareado por una sucesión de ideas raras y pensamientos contradictorios que le crean un clima de confusión.

—¿Te llevo a algún sitio? —ofrece fríamente María Antonia colocándose ante el volante.

—No, gracias. Iré a pie —deniega él con aspereza.

El motor comienza a roncar, cuando la mano de Luis Alfonso se posa sobre una de las de la muchacha.

—Espera, María Antonia.

—¿Por qué no subes? Si tienes que decirme algo... Creo que será mejor que te metas dentro del coche, porque ya ves que estamos llamando la atención. Estas cosas no se dilucidan en medio de la calle...

—Dices bien. Bueno: ya he subido. Echa hacia donde quieras.

58

El cinturón de la ciudad: barrios fabriles, casitas con jardines... Y luego el campo, por la carretera principal, buena pista con bastante tránsito.

—¿Por qué has venido a esperarme hoy después de tantos días? —se vuelve ella sin dejar de conducir, moderada y prudente.

—No lo sé. Fue un impulso... Quería preguntarte algo.

—¿Sí? ¿Y qué haces que no lo preguntas más de cuanto ha?

—¿Me vas a contestar?

—¡Claro que sí! Yo no soy tan... intransigente como lo fuiste tú, que ni quisiste oírme.

—¿Tú crees que yo, siendo un hombre digno, podía escucharte?

—¿Qué tiene que ver la dignidad con todo esto? ¿Es que el fingirse otra persona es una cosa tan grave como para mezclar a la dignidad en ello? Fue, en todo caso, una niñada, eso es, una chiquillada.

—¡Si fuera sólo eso...!

—¡Ah!, pero ¿hay más?

—María Antonia, vas a decirme la verdad, pero delante de Dios, que nos oye, y con un «sí» o un «no» rotundos, sin divagaciones, ¿estamos?

—Conformes.

Luis Alfonso está terriblemente serio. Su cara parece tallada en piedra y, por contraste, en su palidez relumbra una luz intensa en la hondura de sus ojos. Una luz de calentura.

Sin darse cuenta, María Antonia desvía el coche hacia la cuneta y lo para de un frenazo. Y él se le encara, severo como un juez.

—¿Tú no tienes relaciones con Belmonte?

—¿Yo? ¿Quién te ha contado ese cuento? ¡No, no las tengo! ¡Eso quisiera él, pero no lo verán sus ojos...!

Luis Alfonso le coge la barbilla con dos dedos y alza hasta él la cara de la muchacha.

—Así... Quiero ver hasta el fondo de esos ojos. Mírame, María Antonia.

—Te estoy mirando, hombre.

En las francas pupilas hay lealtad, una lealtad innegable. Y hay altivez, la altivez de la mujer honrada. Y hay también dolor: el dolor de saber que alguien a quien se quiere con toda el alma está dudando de ella.

—Y antes, antes de ahora, ¿tú no has sido nunca novia de Gumersindo Belmonte?

—¿Yo? ¿A santo de qué?

—Ya te dije que evasivas no. Sí o no, como reza el catecismo.

—No, no, no... Tres veces no.

—¡Entonces, eso quiere decir que todo es mentira...! — exclama gozosamente Luis Alfonso.

Hay una profunda emoción en esta voz viril, como la hay en el gesto con que la mano masculina se aprieta sobre el brazo de la muchacha.

—No entiendo una jota, hijo.

—¡Todo mentira! ¡Todo una calumnia! ¡Sí, queridísima, sí, una calumnia infame!

—No sé de qué me hablas, pero lo que sí entiendo es que tú, el hombre a quien yo me había prometido solemnemente, ha creído esa calumnia, sea la que fuere. Y explícate, por favor. ¿Qué te han dicho de mí? ¿Qué calumnia es ésa?

—Escucha, nena. No me enredes ahora, que estoy desenredando la madeja. ¡El muy canalla! ¿Tú no encargaste a una tercera persona que me dijera que lo nuestro se había acabado y que por favor me pedías que no volviera a acercarme a ti? ¿Que por tu parte había sido todo un divertimiento, porque la sosería de «El Romeral» podía más que tú y te estabas volviendo neurasténica? ¿Que tu abuelo no consentiría nunca en un noviazgo con un empleado de tres al cuarto y que tú andabas en relaciones con Belmonte desde que erais dos críos?

—¡Digo! ¿Y tú fuiste tan... memo como para tragarte toda esa sarta de mentiras? ¿Tú? Porque lo he palpado me lo creo, hijo, pero conste que es lo último que yo hubiera esperado de ti. ¡Y decías quererme! ¡Vamos, hombre! Que te conste que, si todo eso fuera cierto, yo no necesitaba de correveidiles, porque me basto y me sobro para decirlo yo misma. ¡Faltaba más!

—Sí, ya estoy comprendiendo... Toda esa sarta de embustes no tenía otra finalidad que la de separarnos. ¡Y a mí los celos me ofuscaron el juicio, maldita sea, y se han divertido conmigo como con un crío! ¡Pero por éstas, que son cruces, que al sujeto ese le voy a dar un metido como para que me recuerde toda su vida!

—¿Qué te contaron?

—Ya te lo dije.

—No: tiene que haber algo más. No es eso bastante para que tú hayas reaccionado dejándome en seco. Bien que te doliera el engaño y quisieras vengarte, pero romper así, no. Tiene que haber algo más.

—Pues sí, hay algo más, pero no me preguntes, porque no quiero mancharme los labios repitiéndolo.

—¿Una cosa fea?

—No me preguntes, por favor, nena.

—Bueno, como quieras. ¿Y quién fue el gracioso?

—Será mejor que no lo sepas.

—Eso sí que no. Necesito saber de quién he de guardarme. Además, tengo mis sospechas. Y muy fundadas. No es un juicio temerario.

Y como él rehúye el contestar, María Antonia declara:

—Te advierto que me da igual, porque, sin decírmelo tú, algo hay dentro de mí que me está gritando un nombre: Gumersindo Belmonte.

—¿Cómo lo sabes, nena?

—Mi sexto sentido, hijo... Gumersindo está a ruche. Ya te habrás enterado del asunto del collar. Lo han tapado a dos manos porque esas cosas son en desdoro de un nombre como el que ellos llevan, ya ves. Pero el que ha sido capaz de robarle a su madre una alhaja, también es capaz de enredar media humanidad para conseguir el «sí» de una mujer que con ella le trae una dote y la solución de todos sus problemas de dinero. Tú estorbabas sus planes, y había que quitarte de en medio a rajatabla. ¿Cómo? Diciendo de mí cualquier barbaridad, que a un chico como tú, con un alto concepto del honor, le levantase ampolla. ¿Y te estás dando cuenta de que ha estado a dos dedos de salirse con la suya? Todo por mor de tus celos idiotas y de tu credulidad absurda.

—Lo que más me desmoralizó fue el enterarme por el mismo individuo de que no eras quien aparentabas, sino la nieta de don Miguel Aguirre nada menos; y, después de leer que había servido de sujeto de risa y de juguete para tus vacaciones, ya se me ofuscó el entendimiento y me fue fácil creer todo lo demás que se me contaba de ti. ¿Por qué me engañaste, querida? ¿Por qué no me dijiste sencillamente quién eras desde el día que te conocí?

—Porque me agradaste, y si te hubiese dicho quién era te habrías alejado de mí corriendo como si tuviera lepra.

—Eso es verdad. Me hubiese enamorado de ti como un loco, como me enamoré, pero no lo hubieras sabido nunca, porque me habría reconcomido por dentro sin abrir la boca.

—Eso es orgullo.

—¿Sí? Yo diría mejor que es dignidad.

—¡Y dale vueltas a la dignidad! ¿Sabes lo que te digo?

Que todo eso son palabras huecas cuando junto a ellas se pronuncia una tercera: AMOR con letras mayúsculas. Yo te quiero y me quieres tú. Lo demás no cuenta nada.

—¿Pero tú no cuentas en la distancia tremenda que hay de ti a mí? Yo no soy más que un empleadillo corriente y no puedo aspirar a casarme con una chica que no sabe ella misma el dinero que tiene. ¡Y, para postres, nieta de mi jefe!

—Escucha, cabezota: no seas ridículo. El dinero no es lo principal en la vida, y sería una pena que por causa de él tú y yo fuésemos unos desdichados. Y si tanta pena te dan mis millones, yo renuncio a ellos y santas pascuas.

—No digas chiquilladas, María Antonia. Bien sabes tú que el dinero no puede tirarse y que estás en el deber de conservarlo, si no para ti, para los hijos que Dios te quiera dar algún día. Pero es que, aparte de eso, tu abuelo no consentiría nunca en que te casases conmigo.

—¿Y a mí qué? Me casaría sin su consentimiento.

Pasan, veloces, coches y más coches, camiones y motos en direcciones contrarias. Luis Alfonso mira el relojito del coche. Son las nueve.

—Volvamos, nena. Es tarde. Me han dicho que tu abuelo es un hombre muy exacto respecto a las horas de las comidas. Y que cena a las nueve.

—No te preocupes. Daré una excusa.

Limpiamente, María Antonia maniobra, pone el coche de cara a la ciudad y sin prisas lo desliza por la calzada. De repente, la voz acariciadora de Luis Alfonso, con un matiz de contrición, suena cerca de su oído.

—María Antonia, nena...

—¿Qué pasa ahora?

—Aún no te he dicho que he sido muy desgraciado todos estos días. Un infierno. Y que quisiera morirme antes que volverlo a pasar. No te digo que sigamos en relaciones, porque eso sé que no puede ser; pero sí quisiera que fuéramos amigos. Los mejores amigos del mundo... Y antes es menester que me perdones. ¡Perdóname todas las desconfianzas que he sentido y todas las amarguras que te he proporcionado!

—Perdóname tú también a mí.

—Sí, querida.

La carretera tiene reflejos acerados. Las luces de los coches deslumbran, charolando el asfalto con ráfagas cegadoras. María Antonia querría que el trayecto durase diez horas. Pero están a punto de llegar. Ya se vislumbra el cinturón de la ciudad, iluminado por los potentes focos del alumbrado.

— ¿Me vas a esperar mañana también? — pregunta la muchacha. Y en sus ojos asoma la angustia.

— Eso nuestro está condenado a muerte, María Antonia... — evade él.

— ¿Otra vez?

— Hay que enterar a tu abuelo de lo que pasa. Nunca debiste habérselo ocultado. Es preciso decírselo... y atenerse a las consecuencias.

— El abuelo está ya enterado. Recibió un anónimo de «un buen amigo», que debe de ser Gumersindo Belmonte.

— No me digas.

— Sí, le escribió a tía Clara. Hablé con él hace unos días sobre todo ello.

— Lo tomó muy fuerte, ¿no?

— Muy fuerte, no. Dijo que era un disparate y todas esas cosas que se dicen en casos parecidos. Y que se alegraba mucho de que todo hubiera concluido, porque habría sentido en el alma tener que despedirte.

— ¿Así lo dijo? Pues tenía razón, nena. Y como él no ha de consentir nunca y tú le debes obediencia y respeto, lo mejor será que quedemos en amigos y lo pasado, pasado.

— ¡Que te crees tú eso!

— ¿Pero es que te atreves a desafiarle?

— Me atrevo a todo, porque tengo derecho a escoger al compañero de mi vida, y nunca entró en mis cálculos el de plegarme en ese asunto al gusto de nadie. Y conste que quiero al abuelo más que si fuese mi padre. Pero eso no. Y no me asusta su reacción. Lo más que puede ocurrirme es que me deshere. ¿Te importaría a ti?

— Ni que lo preguntes, nena. Yo no soy un cazadotes como Gumersindo. Yo..., bueno, yo sigo queriéndote por ti misma, como tú querías, y tanto se me da de que tengas dinero como de que no lo tengas. A Dios gracias, soy joven y tengo muchísimas ganas de trabajar. Sólo que si tu abuelo te deshereda, yo no estoy dispuesto a disfrutar del resto de esa fortuna que dice la gente que tienes. Lo primero sería renunciar a ella. Ni siquiera manejarla. ¿Estamos? Y tú tendrías que arreglarte con mi sueldo.

—¡Que es precisamente lo que he estado soñando! Un pisito pequeño, que yo me lo pueda manejar, y una asistenta que venga un par de horas para echarme una mano en la limpieza.

—No sabes lo que te dices, criatura. Estás hecha a refinamientos y comodidades, a los que nadie renuncia tan fácilmente. Conmigo no tendrás doncella, ni criadas, ni mayordomo, ni ama de llaves..., ni coche, ni modelos de buenas firmas, ni pieles de precio, ni, en fin, todas esas cosas que proporciona una fortuna como la tuya.

—¡Valiente cosa todo eso para una mujer enamorada, hijo! ¡No creí nunca que fueses tan materialista! ¿O es que no me crees capaz de desenvolverme en ese hogar modesto que es el tuyo?

—No, mi vida, no: te creo capaz de todo, pero no quisiera imponerte sacrificios que sin ninguna duda yo no merezco.

—¡Jesús, hijo, qué pesado te pones!

—No seas insensata, María Antonia. Piensa que vas a enemistarte con tu abuelo, que quizá voy a perder mi colocación, que...

Y María Antonia rompió en un lloro que levantó túrdigas en el alma emocionada de Cárdenas. Lloraba con esa pena intensa, con ese desconsuelo patético con que suelen llorar los niños cuando sienten un dolor.

—¿Por qué lloras, vamos a ver? ¿Te he molestado en algo? —inquirió él.

—¡Me estás rechazando, y es una vergüenza! ¡Te estoy pidiendo que me quieras, y me sales con que tengo demasiado dinero y que no te casas conmigo si no renuncio a él, y te vas por las ramas con que si habré de vivir de tu sueldo, si no tendré esto, y lo otro, y lo de más allá... Hijo, en buen castellano, eso se llama plantarme. Y me plantas porque no me quieres, porque no me has querido nunca, y yo..., y yo...

—¡Por lo que más quieras, no llores así, María Antonia! —rogó él, rendida ya por completo toda su resistencia.

Pero el llanto arreciaba de tal manera, que el hombre hubo de recurrir a más convincentes medios de acabar con la torrentera de sollozos. Los ocupantes de los coches que se les cruzaban miraban la escena y sonreían comprensivos. Era cosa que solía verse con alguna frecuencia a aquellas horas por las carreteras... Arrullos de palomas y de tórtolas.

59

Con su pañuelo le enjugó las lágrimas y luego alzó hasta él la cara pálida, donde los ojos brillaban con una luz muy honda.

— ¿Contenta?

— Sí.

— Bueno, pues mañana, sin falta, me entrevistaré con don Miguel.

— ¿Cómo? ¿Qué estás diciendo?

— Que no estoy dispuesto a que esta falsa postura mía se prolongue ni un día más.

— ¡¡No lo hagas!! Se pondrá hecho una fiera.

— Pero ¿no hemos quedado en que tú me quieres? ¿En que eres feliz? ¿En que...?

— Pero el abuelo tiene un geniazo que da miedo, y a lo mejor te pone de patitas en la calle.

— Lo sentiría, pero hay que correr el riesgo, aunque no creo... Don Miguel es un hombre que tiene un alto sentido de la justicia. Bueno, mañana, a las cinco, cuando salgamos de la oficina, iré a tu casa a hablar con tu abuelo.

— ¿Y por qué a mi casa?

— Porque es un asunto personal y no debe ser tratado en el despacho de la empresa. No hay que confundir al hombre con el empleado.

— Entonces, hasta mañana. Estaré en casa esperándote, y sea lo que Dios quiera.

60

Está don Miguel asomado al mirador, distrayéndose observando el tráfago de la anchurosa calle, cuando ve llegar el coche de su nieta y parar limpiamente ante la puerta de la verja. ¿Por qué no entra hasta el pie de la escalinata? ¡Ah, ya! Es que trae un pasajero. Alguien que ha bajado del coche y ha dado la vuelta y está despidiéndose de ella arrimado a la ventanilla. ¿Gumersindo Belmonte? ¡Dios no lo haga! Mal le sabría que ese frescales la conquistara al fin, y más ahora, con el revuelo que hay en todo Z... a cuenta de él y del collar. Pero no, no es Gumersindo Belmonte. Se vuelve hacia tía Clara, que está en este momento tratando de situarse detrás.

—Oye, Clarita... Ese sujeto que está pegado como una lapa a la ventanilla del coche de tu sobrina, ¿quién es? ¿Le conoces? ¿No será Belmonte?

—¿A ver? No, no es Belmonte. Gumersindo no es tan alto. Yo le conozco poco, papá, pero diría que se trata de tu secretario.

—¿Seguro?

—Segurísimo. Ahora que se ha apartado le veo bien a la luz del farol. Es Cárdenas. ¿No se llama así?

—¿Conque Cárdenas...? ¡Caramba, caramba, querida! Esto marcha...

—Pero tú sosténte y hazte el contrariado, papá. Los obstáculos son un acicate, ya sabes.

—Desde luego, sí. No se me olvida.

La hija ríe. Doña Suavidades, con su risa linda y mansa como el fluir de un arroyo, y el viejo que ha rodado por el mundo y se sabe de memoria la psicología humana, se restriega las manos satisfecho porque todo va saliendo a pedir de boca.

61

Cómo pasó la mañana María Antonia fuera cosa imposible de descifrar. Los nervios de punta y el alma agobiada bajo recelos e inquietudes. Sin hacer nada fijo, tomando y dejando una labor, un libro, el estudio de una partitura, el paseo por el jardín, la emisión de radio, la acuarela empezada... ¿Vendrá? ¿No tomará miedo a última hora?

En el taller, distraída, metida en sí, ausente. Las bromas de las compañeras resbalan sobre ella sin inmutarla. El tiempo se le antoja unas veces largo y otras demasiado rápido, porque el corazón se le encoge pensando en el choque que irremediablemente van a tener su abuelo y su novio.

Cuando acaba su trabajo conduce rápidamente su coche hacia su casa. Es un verdadero milagro que no se rompa la crisma en el trayecto, porque sus desatados nervios la llevan a una velocidad endiablada, tan fuera de lo ordenado por el código de circulación, que un guardia le impone una multa. Casi atropella a un motocarro y por poco mata a un gato que se atreve a cruzar la calle. A ella no le son simpáticos los gatos, pero, de todas formas, le hubiera dolido matarlo.

Ya en casa, se viste con esmero uno de aquellos trajecitos que acaban de salir de un afamado taller madridil, cuyo coste apreciaría Belmonte, pero que Cárdenas ni sospecha siquiera. Bien vestida, bien peinada, prudentemente maquillada... Está preciosa, y el abuelo se lo dice.

—Chica, estás muy guapa esta tarde. ¿Adónde vas tan compuesta?

—¡Pchss!

—¿No sales con las amigas? ¿Cine o baile?

—Pues, mira, con el frío que hace por ahí fuera, estaba pensando en no moverme de casa.

—¡Qué raro!

—¿Por qué tan raro, abuelo?

Don Miguel no contesta. Es jueves y hay una sesión infantil en televisión. Se levanta y pone en marcha el televisor. Y después se arrellana en su butacón, con los pies sobre la plancha de la chimenea, donde arde un hermoso fuego de carrasca y olivo.

—¿No quieres ver esto, chiquilla?

—Sí, abuelo.

Se sienta, corre la butaca: más cerca, más lejos, ladeada... Vuelve a ponerse en pie.

que quieren ustedes casarse? Bien, me parece bien. El guisado de toda mujer es el casorio, o, en su defecto, el convento, y como María Antonia no tiene vocación de monja y usted me dice que los dos se quieren... Un día u otro se ha de casar la chica.

Un leve respiro afloja la tirantez de la atormentada cara de Luis Alfonso. Por lo menos, el señor Aguirre —Dios le bendiga— no se ha puesto furioso, y quizás así se lleguen a entender mejor.

—Sí, don Miguel, es cierto; pero yo tengo que hacerle presente a usted que entre su nieta y yo hay una gran distancia.

—Entre un hombre honrado y una mujer de bien nunca hubo distancias.

—Me refiero al aspecto económico de la cuestión, don Miguel. Yo soy un pobre. No tengo nada más que mi empleo...

Don Miguel, ante esta sencilla y humilde confesión, siente impulsos de ponerse en pie y, yéndose al muchacho, darle un abrazo apretadísimo. Un hombre. Eso es un hombre. Podría haber acabado así esta petición de mano ·bastante original, pero el caballero sabe que hay que mantener su postura de contradicción, a fin de avivar hasta el máximo el amor, no del joven, sino de la tornadiza, versátil y frívola chiquilla que siempre fue su nieta. Y, decidido a mantener los obstáculos, corta:

—Yo no veo que las riquezas que pueda tener María Antonia supongan un obstáculo entre ustedes dos.

—Entonces, ¿debo entender que no se opone usted? —se asombra Cárdenas.

—Piano, piano, muchacho. No me opongo porque, en verdad, no tengo derecho ninguno a oponerme; pero mentiría si le dijese a usted que esta boda va a ser de mi gusto. No, no me diga usted nada. Ya sé que son prejuicios, tonterías, cosas ridículas si usted quiere; pero siempre esperé que María Antonia hiciese un casamiento brillante con..., bueno, con otra clase de hombre. Y no se me enfade, porque no trato de ofenderle.

—No, no me enfado, don Miguel. Pero es que no le acabo de comprender a usted bien.

—Pues la cosa está clara. Mi nieta ha tenido una nube

de pretendientes, usted debe saberlo. Muchachos de su clase, que nada más buscaban en ella su dinero, darse buena vida con él y luego matarme en dos disgustos, para heredar lo mío. Como los veía venir, me preparé con tiempo. Hice testamento, y en él la desheredo. Conque ya lo sabe usted.

—Se olvida usted de que todavía queda la fortuna personal de su nieta... —advierte secamente Cárdenas—. ¿Qué haremos de ella?

—Renunciarla los dos ante quien corresponda. Renunciarla íntegramente. Capital e intereses en favor de los hijos que Dios les conceda.

—¡Pues conste que es lo mismísimo que yo había planeado, don Miguel! —exclama el muchacho, con la cara iluminada por una profunda alegría.

Y el anciano sigue comprobando el temple de aquel amor que ya le está pareciendo más que suficiente para despertar asombro. Y María Antonia se sentirá encantada.

—¿Está usted seguro?

—Segurísimo.

—Es que esa renuncia significa vivir del sueldo de usted, y, por mucho que yo se lo suba, siempre es un sueldo. Ella no está hecha a que se le restrinjan sus gastos, comprenda. Ahora, que eso puede arreglarse.

—¿A... rreglarse?

—Sí. A mí me serviría de veneno todo mi dinero si supiera que esa niña sufre privaciones, y he pensado en pasarle una renta mensual equivalente al sueldo que usted percibe en mi empresa. ¡No, no se alborote usted, hombre de Dios!

Rápido, empujando la silla hacia atrás y dejándola caer con estrépito, el secretario se pone en pie. Está amarillo de rabia, como si alguien le hubiese abofeteado y se tuviera que tragar el insulto. Es orgulloso, y todo este orgullo se le encabrita como un potro salvaje.

—¿No me he de alborotar si está usted tratando de gratificarme, como quien dice, para que me case con su nieta? ¿Por quién me ha tomado usted, don Miguel? Yo no necesito su dinero. Se lo guarda usted, y ojalá lo disfrute muchos años, que a mí me sobran juventud y salud y voluntad para sacar de donde sea menester todo lo que necesita su nieta, aunque sea escarbando la tierra, trabajando por las noches, matándome si es preciso, pero..., ¡todo!, antes que aceptar esa... limosna.

— ¡Oiga, oiga...! Creo que se ha subido usted a la parra sin motivo bastante, mi querido amigo. Sigamos hablando con calma, si gusta. Siéntese, hombre de Dios. También usted tiene su genio. ¡Caramba con el hombre!

Luis Alfonso reacciona inmediatamente. Se avergüenza de haberse dejado llevar de la indignación y haber perdido el autodominio. Colorado hasta las orejas, pide perdón con talante contrito.

— Perdóneme usted, don Miguel. Me he disparado sin poder dominarme.

— Sí que es usted súpito, hijo de mi alma. ¿Y a qué santo esa indignación? Porque yo no veo el motivo por ninguna parte.

— Me ha molestado eso de que usted crea que yo no podré ganar honradamente lo que haga falta para mantener mi casa. Claro que yo no podré poner a María Antonia en el mismo plano que está ahora. Eso, de su peso se cae. Pero sí le aseguro a usted que ni a ella ni a los hijos que Dios quiera darnos les ha de faltar lo más mínimo en la posición que corresponda a un hombre como yo, que trabaja para vivir. Con decoro. Y sin estrecheces. Claro está que su nieta tendrá que renunciar a todos los lujos que ha disfrutado siempre, pero ella lo sabe y está dispuesta a dejarlo todo en tal de casarse conmigo.

— ¡No me diga!

— Cree usted que no lo valgo, ¿verdad? En confianza, don Miguel, yo tampoco creo merecer un cariño así, de una persona como María Antonia; pero, sea como fuere y entendamos lo que entendamos, es así.

— Quisiera oírselo decir a ella — insistió el anciano.

— Llámela y pregúnteselo.

Él seguro de ella y de sí mismo y orgulloso de aquel amor. Y el caballero reventando de satisfacción, pero haciendo su comedia perfectamente.

Un timbre suena. Serafina hace su aparición, demasiado pronto para andar muy lejos — ya estaría escuchando detrás de la puerta, sospecha don Miguel —. Y le da orden de que venga la señorita María Antonia y la señorita Clara.

Entra María Antonia seguida de su tía, que es ahora más doña Suavidades que nunca.

— ¿Qué querías, abuelo? ¡Hola, Luis Alfonso!

— Mi hija Clara. El señor Cárdenas. Creo que se conocen ustedes, ¿no? Éste es mi secretario, que aspira a ser algo más, hija.

— Mucho gusto, señor. Sí, ya le conocía...

— Encantado de saludarla.

— Bueno, a mí no me gusta gastar la pólvora en salvas, y hace media hora que este señor y yo andamos dándole vueltas al mismo tema. Debes de estar al cabo de la calle del motivo que ha traído al señor Cárdenas a visitarme y, en su consecuencia, vas a contestarme a una pregunta, María Antonia... ¿Estás decidida a casarte con mi secretario?

— Lo estoy, abuelo.

— ¿Conoces las condiciones en que autorizaré este matrimonio?

— Me las figuro. Renuncia de todo mi dinero y del tuyo, ¿no?

— Algo muy parecido. La heredarán tus hijos, no vosotros.

— Entendido. Y conforme.

— ¿Estás oyendo, Clarita, hija? ¿No se habrán vuelto locos estos dos?

— Dichosa locura... ¡Quién pudiera sentirse como ellos! — murmura, emocionada, Clara Aguirre —. Encontrar un cariño limpio, sincero y generoso, al que nada le importan ni la fortuna, ni la posición social, ni tantas ventajas a las que renuncian...

— Quiere eso decir que te parece bien...

— Más que bien, papá.

— Pues no se hable más.

— Abuelito mono, eres la persona más sensata y de más sentido común que come pan bajo la capa del sol. Renunciamos a todo. No queremos que el dinero nos traiga rencillas y diferencias algún día. Nuestro amor y nuestra felicidad bien valen todo eso.

— Tú eres testigo, Clara. Ahora, que esa renta que quiero pasaros y que este mentecato no quiere admitir... ¡Como que se me ha puesto como un basilisco, que por poco me pega...! Esa renta, digo, habréis de admitirla o no contéis conmigo para nada, ni me llaméis abuelo, ni piséis esta casa.

— Como tú quieras, abuelo.

María Antonia advierte con un codazo a su novio de que debe ceder, y él la obedece a regañadientes.

— Bueno, pues traiga usted a un notario y que extienda la renuncia.

— Nada de notario. No es preciso. Conozco a mi nieta y sé que si dice «sí» no va a faltar nunca a su promesa. Y lo conozco a usted, Luis Alfonso, lo bastante para poner toda mi confianza en su palabra de honor.

— Gracias, don Miguel; pero, de todas maneras, por la muerte o por la vida, sería mejor que viniera el notario...

— No se preocupe. Cuando yo le digo que con la palabra de ustedes basta...

— Bien, pues ya todo está dicho, señor Aguirre. Si usted lo permite, mi madre vendrá a ratificar la petición de mano y a saludarle a usted y a su señora hija.

— ¡De ningún modo! Su señora madre recibirá nuestra visita uno de estos días — ataja, galante, don Miguel —. Y conste que será una cortesía que le rendimos muy a gusto. ¿Verdad, Clara?

— Verdad, papá.

— Gracias, señorita. Gracias, don Miguel. Mi madre se sentirá muy honrada. Y ahora déjeme que le diga que, en vista de que la boda no es a gusto de usted y para evitar situaciones violentas, pongo mi cargo en la empresa a su disposición.

Don Miguel siente un cosquilleo de emoción. No se engañó al juzgar a Cárdenas. En ningún momento se ha desmentido. Un poco turbado, tarda algunos segundos en contestar.

• — Mire usted, hijo; el muchacho que ha venido aquí a pedirme la mano de mi nieta es una persona completamente aparte del empleado que lleva mi secretaría. Yo no tengo por norma tratar de los asuntos de la empresa en mi domicilio particular, ¿entiende? ¿Qué le parece si dejáramos la solución de este asunto para solventarlo en la oficina?

—Como usted mande, don Miguel.

Se levanta Cárdenas. Va a despedirse, y el desconcertante anciano, después de cambiar una mirada cargada de travesura con su hija, le detiene.

—Oiga, mi joven amigo: de conocer yo previamente la hora y el día de esta petición de mano un poco rara, hubiese preparado las cosas para celebrarla como mandan los cánones. Usted me dispensará de que no haya sido así. Y me va a hacer la merced de cenar con nosotros, ¿eh?

—Pero don Miguel... —se embaraza Cárdenas. ¡Dios santo! ¿Quién entiende a este hombre?

—Ándate, Clarita, y dile a doña Vicenta que tenemos un invitado. Un cubierto más y lo que sea de cajón para celebrar una comida que va a ser de esponsales. Y tú, mocosa, tócale por teléfono a la madre de este chico y dile que su hijo se queda a cenar aquí. ¡Ah! Y en la mesa la mantelería de encaje, esa que nada más sale en las grandes solemnidades. ¿Estamos, Clara?

—Sí, papá, descansa, que todo estará en su punto.

—Pero, abuelito..., ¿a qué tanta ceremonia?

—¿Ceremonia? ¿Pues que es poca solemnidad eso de que se siente a nuestra mesa por primera vez el hombre que va a ser tu marido? ¡Es que yo no sé cómo sois las chicas de ahora, vamos!

62

Luis Alfonso Cárdenas llega a su casa con la sensación de que va por los aires flotando en una atmósfera desconocida y maravillosa. En su imaginación danzan en pintoresca zarabanda los encajes del mantel, los candelabros de plata con sus velas de cera color escarlata encendidas, el centro cuajado de rosas de otoño también rojas, el vestido azul pastel de Clara Aguirre y el blanco de María Antonia, la cofia de Serafina y el esmoquin del ayuda de cámara. Y la figura envarada y austera del viejo mayordomo, que ha visto celebrar a tres generaciones de señoritas de la casa de Aguirre esta comida de esponsales. Luego, sobre una vajilla principesca de auténtico Limoges y bajo el tintineo de los pesados cubiertos de plata, los manjares que ha degustado entre palabras amables y sonrisas gratas de Clara y don Miguel. Y bajo los ojos emocionados de María Antonia, prendidos en los suyos, llenos de honda y entrañable ternura. Ha comido exactamente igual que pudiera haber comido un espectro, sin saber lo que comía ni a qué sabían los primores de la cocinera. Era el día en que el espíritu triunfaba sin dejar sitio a las materialidades. Un sueño. Un maravilloso sueño.

María Antonia quísole llevar a su casa en el coche, pero de ninguna manera lo permitió el muchacho, y, tras una laboriosa despedida junto a la puerta del jardín, ella le vio perderse en la calzada con aquel paso elástico y ágil tan suyo: una elegante silueta, alta y varonil, perfilada a contraluz de los focos del alumbrado.

La madre escuchó todo el relato. Con íntima aprensión pidió a Dios que esta distancia que hasta hoy separó a los dos muchachos y que ahora acortaba el amor fuese perdurable y que el matrimonio entre tan dispares sujetos no trajese desavenencias en lo futuro. Como don Miguel, la madre de Cárdenas padecía a cuenta del porvenir de su hijo. Ella siempre esperó que un día le trajese a casa a una muchacha modesta, hecha al trabajo diario, conocedora de las estrecheces económicas, bien educada y dispuesta a soportar la disciplina del dolor en todas las formas que la vida se lo presentase. Y he aquí que se le entraba por las puertas una niña rica, seguramente malcriada, mimada en exceso y acostumbrada a la existencia fácil de las personas a quienes se lo dan todo hecho. Por no desalentar a su hijo, la señora sonrió aquiescente y simuló un gozo que no sentía...

Elena no. Elena estaba eufórica cuando su hermano le participó la nueva. Elena creía que Luis Alfonso merecía a María Antonia Velázquez y no ignoraba que ella estaba dispuesta a renunciar a todo por él. Y la creía. Creía en su sinceridad y en su amor, porque ella también hubiera hecho lo mismo. De mujer a mujer, las dos chicas se comprendían sin conocerse.

Luis Alfonso se duchó con agua fría como medio de despejarse un poco del atontamiento que sentía, y, después de fumarse un par de cigarrillos acodado a la baranda del balcón, se desnudó y se metió en la cama. ¿A dormir? Mejor dijéramos a prolongar aquel sueño que estaba viviendo desde hacía unas horas...

Se levantó después de una noche interrumpida por súbitos despertares. Los nervios permanecían tirantes, pese a todo. Y hasta que no diera remate a lo que llevaba entre manos sabía que no estaría tranquilo ni normal. Por tanto, marcó en el teléfono el número de la oficina y le dio el recado al vigilante de noche, porque suponía que a aquellas horas todavía el personal no habría hecho acto de presencia.

—Aquí el secretario de don Miguel.

— ...

—Dígale, por favor, en cuanto llegue, que hoy iré un poco más tarde a la oficina porque tengo entre manos un asunto urgente. ¿Comprendido? Bien, gracias.

Don Miguel conocía bastante a su empleado para estar seguro de que algo muy importante causaba su retraso. Y precisamente hoy, primer día de asistencia a su faena bajo el nuevo aspecto de futuro nieto político. Sabía que por nada del mundo el puntilloso Cárdenas hubiera faltado si algo de verdadera importancia no le retuviese fuera de su trabajo.

«Bueno, lo que sea sonará», se dijo el jefe alzándose de hombros.

Y comenzó a ordenar sus papeles y a preparar cosas para cuando viniera su secretario. El cual amaneció alrededor de las once. Le miró atentamente don Miguel, porque se le quiso antojar que en la voz de Cárdenas vibraba un matiz extraño, y entonces fue cuando se dio cuenta de que traía un ojo a la funerala...

Había sido en balde que tratase de borrar esta huella denunciadora de la reciente pelea. Ni la sesión de fregoteos con agua fría que se dio en el lavabo de los empleados en cuanto puso pie en las oficinas, ni las compresas también de agua fría consiguieron disimularlo. Con todo ello se le alivió el dolor, pero la moradura pareció aumentar de tamaño. ¡Maldita fuera! Luego el dolor volvió a intensificarse pasado el primer momentáneo alivio.

«Esto ha de pasar por mí», se dijo.

Y así fue como el señor Aguirre le vio aparecer en el

despacho con aire de niño bueno que ha sufrido un percance y que trata de no darle mayor importancia. Tan extraña era la catadura del muchacho, que el anciano no pudo contener una carcajada.

—¡Digo! ¿Cómo le han puesto a usted, criatura? ¿Dónde se ha metido?

—En la mismísima cueva del león, don Miguel. Ya puede usted ver la huella que me dejaron sus garras.

—Ya, ya lo veo. Y sospecho que debe tenerlas bien afiladas, por las muestras, ¿no?

—Mucho, don Miguel. Ahora, que yo no soy manco...

—Me gustaría ver al «otro».

—A estas horas temo que hayan llamado al médico. Se me fue la mano y me lo dejé echando sangre por boca y narices. En fin, por eso he tardado. Le ruego me excuse, don Miguel; pero era un asunto que había que liquidarlo y no era posible hacerlo a otra hora. Se trata de un pez muy escurridizo... Y había que cogerlo por sorpresa.

—Ya, ya... Pues me alegro de que le haya dado usted lo suyo... a quien sea. Cuando usted lo ha hecho, estoy seguro de que es porque le sobran motivos. Y si es quien yo me figuro, le diré, en confianza, que ha hecho usted muy requetebién, hijo. Yo lo hubiera hecho, no le quepa duda, si hubiese visto que usted se hacía atrás.

—¿Usted, don Miguel? — se asombró Luis Alfonso.

—Claro. ¿O es que me ha tomado usted por bobo? Yo no sabía, ni sé aún nada en concreto, ésa es la verdad; pero para algo tenemos las personas eso que se llama intuición. Y como había fundamentos para enjuiciar... Porque mire usted, hijo, en mi casa también se recibió una carta que firmaba «un buen amigo», es decir, un cobarde que no se atrevía a subrayar con su nombre sus insidias. Y como dio la casualidad de que el mismo día, aquí, en la oficina, a usted le dirigieron otra que no leí, pero cuyo contenido adiviné por el gesto que usted puso...

—Es verdad, don Miguel. La mía fue una calumnia indecente que le ha valido una paliza al que la envió. Pero la mía llevaba firma. Aquí la tiene usted. Léala, por favor.

63

La carta sale del bolsillo de Cárdenas. Está arrugada y grita a voces que ha sido maltratada por su destinatario muchas veces. Don Miguel la lee, la vuelve a leer, la relee por tercera vez...

— ¡Vaya! Gumersindo Belmonte. Conforme me lo estaba maliciando. ¿Y usted creyó esto?

— Pues entonaré el *mea culpa*. Sí, señor: si no lo creí del todo, estuve a punto de creerlo.

— Bueno..., ¿me cuenta lo de hoy con pelos y señales?

— En seguida, don Miguel.

El relato fue poco más o menos el que sigue.

A las diez de la mañana, Cárdenas se entró como Pedro por su casa en el vastísimo zaguán de los Aureaga. El coche de la condesa estaba dentro del patio, al pie de la majestuosa escalera doble de mármol blanco, que había conocido días de opulencia (aquellos polvos trajeron estos lodos), y de él salía la dama, tocada con un modesto velo de encaje y el misal en las manos. Cárdenas supuso que vendría de misa.

Dirigíase el joven hacia el portero, que le salía al encuentro, cuando la señora comenzaba a subir la escalera, y ello le valió, porque la orden de no recibir a nadie era a rajatabla y el servidor jamás hubiera dejado subir al visitante sin la oportuna y amable intervención de la señora.

— Buenos días... — saludó rendidamente Cárdenas al pasar por su lado la condesa.

— Hola, buenos días.

— Este joven... — comenzó a decir el portero.

Se paró la condesa ante el aludido y le miró de arriba abajo. Y el examen le debió de agradar, porque inquirió:

— ¿Qué desea este joven, Lauro?

— Pues quería ver al señorito, y la señora condesa sabe que el señorito tiene mandado que no se reciba absolutamente a nadie ni a ninguna hora.

Se dirigié sonriendo a Cárdenas:

— ¿Es muy preciso verle?

Se la veía recelosa. Desde el escándalo del collar veía policías por todas partes.

—Sí, señora, muy importante.

—¿Algún recado de alguien? — insistió, cauta.

—No, no, señora; vengo por mi cuenta. Es un asunto nuestro. De él a mí. Y sentiría tener que volver otro día, porque hoy, para hacerlo, he tenido que excusarme con mi jefe por faltar a la oficina.

La buena facha y el excelente aspecto de Cárdenas impresionan favorablemente a la buenaza de la condesa, la cual da orden al portero de que le introduzca en el piso y llame al mayordomo. Éste le lleva a un despacho cuya decoración se cuaja de recuerdos históricos. Cárdenas lo mira todo con veneración y se pregunta cómo aquel indeseable puede haber profanado un nombre tan ilustre. Sobre todo, le causan grandísimo respeto aquellos figurones cubiertos con ricas armaduras, abolladas unas, con manchas de orín otras. Manchas que algún día fueron de sangre. Escudos con blasones, largas espadas, plumas en las cimeras, que se pelan de puro viejas... Le quiere parecer que aquellos fantasmones son seres vivos y que van a asistir nuevamente a uno de tantos combates como deben de haber presenciado a lo largo de su existencia.

Gumersindo Belmonte aparece desgreñado, con la barba crecida, malhumorado, fosco, renegando. Sobre el pijama se ha endosado una rica bata de terciopelo azul oscuro, y todavía viene anudando sus cordones de seda cuando sus soñolientos ojos se clavan estupefactos en la cara de Luis Alfonso Cárdenas.

—Pero ¿qué es esto? ¿Cómo está usted aquí? ¿Por dónde entró?

—¿A usted le parece que puede haber sido por la ventana?

—Ese portero es un imbécil. Seguro que esto le va a costar el puesto. Y usted es un incorrecto que Dios sabe de qué medios se habrá valido para allanar esta casa.

—Yo voy a explicarle...

—Usted no tiene nada que explicarme, sino salir por donde haya entrado y olvidar que sabe quién soy.

—Eso es precisamente lo que pienso hacer, pero antes he venido a algo más.

—Le adelanto que tengo muy poco tiempo disponible —corta Belmonte, áspero.

—Menos tengo yo, que debía estar en mi oficina y estoy aquí perdiendo el tiempo.

Belmonte está un poco pálido, no sabemos si porque en sus adentros siente crecer cierto miedo o porque la noche de juerga le ha quitado el color.

—Pues, entonces, lo mejor que puede usted hacer es marcharse y dejarme tranquilo.

—Eso quisiera usted. Tendrá que oírme a buenas o a malas, quiera o no quiera.

Gumersindo ve brillar una chispa poco tranquilizadora en las grises pupilas del secretario de Aguirre, y, mal que le pese, adopta una actitud de sometimiento. A pesar de que se cae de sueño, no se sienta, precisamente para dar a entender a su visitante su deseo de que la entrevista sea lo más corta posible.

—Bueno, pues sepa usted que he venido, entre otras cosas, a acusarle recibo de la carta que me escribió a ruegos, según dice usted en ella, de María Antonia Velázquez. Antes hubiera querido venir, pero bien sabe usted que estoy muy ocupado y no me fue posible. Después, tengo que participarle que María Antonia y yo hemos vuelto a arreglarnos.

Un imperceptible estremecimiento recorre el cuerpo de Belmonte, y a Cárdenas no se le escapa.

—No me diga...

—Claro que le digo, sí, señor. Ayer tarde hice la petición de mano. Sí. Hablé con don Miguel. Todo ha sido explicado a satisfacción de unos y de otros, y todos estamos convencidos, porque ella así lo afirma, que María Antonia no ha sido nunca novia de usted. Lo niega, ¿verdad?

—No, señor, no lo niego. —Cínico y desafiante, engallándose dentro de su bata de terciopelo.

—Entonces, debemos admitir que la famosa carta no tenía más objeto que el de separarnos a ella y a mí.

—¿Se ha quedado usted calvo por el esfuerzo? — se mofa Belmonte —. No se necesita ser muy inteligente para comprender eso. Ya sabe usted que en guerra y en amor, todos los medios son lícitos, ¿no es así?

—Sobre todo, cuando en ese «amor» hay comprendidos una serie de millones, ¿no?

—Así es, o ¿es que creía usted que yo le iba a dejar alzarse tranquilamente, con sus manos lavadas, con el santo y la limosna? ¡Faltaba más! ¿Es que yo soy bobo?

—Muy inteligente no ha demostrado usted serlo, ésa es la verdad... —medio sonríe Cárdenas—. Ni siquiera ha disfrazado usted sus intenciones. Y así ocurrió que María Antonia se dio cuenta de que lo que le interesaba en ella no era la mujer, sino sus caudales.

—Pero... ¿es que a usted le interesa otra cosa?

—Tanto no me interesa su dinero, que hemos renunciado ella y yo, de común acuerdo, no sólo a su fortuna personal, sino a la que en su día haya de heredar de su abuelo y de su tía Clara.

—¡Está usted loco si eso es cierto!

—Tan cierto como el Evangelio, señor mío. Ella sabe así que yo la quiero por ella sola y con toda mi alma; y yo sé que ella me quiere de igual modo, porque la mujer que se aviene a descender de su altura para convivir en un medio modesto, como el que yo voy a ofrecerle, con el hombre que ama, es porque le quiere de verdad. Usted está pensando que somos dos románticos pasados de moda, ¿verdad? Desde luego, usted no hubiera sido capaz de hacer una cosa así, eso es obvio.

—Desde luego, claro. ¿Intentar ese sacrificio por el bonito palmito de una chica? Ni hablar, hombre.

—Es un punto de vista que yo respeto, porque cada cual tiene la libertad y el derecho de opinar como le dé la gana. Así que sobre este apartado pondremos punto y aparte. Y ahora vamos a otra cosa, porque si usted cree que yo he venido aquí sólo a darle las gracias por su «amable carta» y a participarle mi próximo enlace con la señorita de Velázquez y Aguirre, está usted en la inopia, mi señor amigo.

—¿Ah, sí? Entonces, ¿aún hay más?

—¿Cómo no? Le diré, señor mío. Dice usted que en amor y en guerra, todos los medios son lícitos. No sé de quién es el axioma ni voy a discutirlo. Es más, lo comprendo. Y le disculpo a usted si usó de un subterfugio siempre bajo el supuesto de que estuviera usted enamorado de María Antonia... Le perdono que intentase usted separarme de ella sembrando cizaña entre nosotros. Pero lo que no puedo perdonarle es la mentira con que ha querido usted manchar su honra. Esa canallesca calumnia que ha estado a punto de hacerme dudar de la muchacha, cosa que tampoco me perdonaré a mí mismo así viva cien años. Por tanto, vengo a cobrarme la infamia que ha escupido usted sobre ella y los dolores que a los dos nos ha proporcionado. En los tiempos románticos, yo le propondría un desafío, que no dudo de que su hombría y el honor del nombre que lleva le harían aceptar. Pero en esta época ya no se estila eso, y por tanto he decidido sacudirle a usted una paliza y darle una tanda de puñetazos como para dejarlo limpio de polvo durante una temporada. Ni más·ni menos que como si fuese usted una alfombra.

— ¡Oiga usted...!

— Aligérese de ropa y a ello.

— ¡Pero, señor mío...!

— Ya le dije que tengo poco tiempo y ne de aprovecharlo. Por tanto, no intente retrasar el encuentro, ni llame a sus criados, ni quiera escabullirse, porque sería peor. ¿Me comprende? Daríamos un escándalo, que a mí en nada me desdora pero que a usted no le iba a hacer ningún favor.

Luis Alfonso se había ido quitando primero la gabardina y muy luego la americana. Ahora estaba en mangas de camisa, remangándose los puños y con un·aspecto de firmeza y decisión que convencieron a Belmonte de que no había escape. Tenía que hacerle frente. No era manco, desde luego, y, como Cárdenas, tenía los puños duros y recios.

El brutal encuentro, henchido de rabia por ambas partes, tuvo lugar en un silencio opresor, dentro del cual se oía el resuello cansado y el jadeo apremiante de los dos hombres. Como una bola rodaron abrazados sobre la alfombra, arrastrando en su caída una mesita isabelina, sobre la cual había varios cachivaches. El estrépito fue imposible de evitar, y, al ruido, una doncella acudió asustada y comenzó a llamar a gritos al ayuda de cámara. Cuando entró el doméstico, los dos se habían puesto en pie y Cárdenas había enviado a Gumersindo de un directo bajo la

194

barbilla contra la gran mesa del despacho, empotrándolo
bajo ella de un empujón y dejándolo allí sentado en gro-
tesca postura, sin poderse alzar, porque tenía las piernas
cruzadas de forma que no podía incorporarse. El criado
se dio cuenta de que su amo tenía las narices manando
sangre y que uno de los labios debía de estar partido, a
juzgar por el rojo líquido que salía de la boca y le man-
chaba la preciosa solapa de la bata· de terciopelo...

«Le está bien empleado, por meterse en donde no le
llaman, el muy fantoche», comentaba para sus adentros el
sirviente, que, por lo visto, no sentía por su señor mayores simpatías.

Calmoso, da unos pasos para socorrerlo. La doncella
permanece muda, con la boca abierta por el asombro.

— ¡Ay, qué tío...! — admira.

Cárdenas se ha vuelto a enfilar la chaqueta, se arregla
el nudo de la corbata y se pone la gabardina, ante la admi·
ración pasmada del criado, que como un mudo parece
aplaudir su hombría. Y se vuelve hacia la doncella, son·
riente:

— Traiga usted alcohol o agua oxigenada y lávele la
cara a este prodigio.

A buen andar sale de la casona solariega de los Aureaga, ante la mirada atónita del portero y del chófer. Éste
se halla acabando de asear el coche pasándole minuciosamente el plumero y frotando con la gamuza los metales.

Tampoco ha salido de balde Luis Alfonso. Siente dolor
en la mandíbula y escupe también algo sanguinolento
pero lo que le inquieta no es eso, sino el pensar que debe
de llevar un ojo a la funerala. Como en efecto era así.

64

Se miran frente a frente. En los labios del anciano
danza la risa. Una, porque se alegra de que el aborrecido
mequetrefe de Belmonte haya llevado lo suyo, y otra
porque — los españoles somos así — le causa un regocijo
especial esto de ver a su secretario, hombre serio, con el
ojo hinchado y un círculo morado en derredor, semejante
a un grotesco payaso de circo.

Luis Alfonso se lleva la mano al ojo dolorido y hace un gesto de desolación que acaba con la continencia de don Miguel. La risa brota como un torrente.

—¡Ay, hijo, perdóneme estas risas, que no son burla, harto bien lo debe usted de saber!

—Ya, don Miguel, comprendo, no se excuse.

—Y venga, que quiero darle un abrazo. ¡Es usted todo un hombre!

Después de que se golpean amistosamente las espaldas, ruega el mozo:

—¿Será usted tan discreto que quiera ocultarle a su nieta el episodio?

—No debería hacerlo. Sería conveniente que ella supiera hasta dónde le ha llevado su querer. A las mujeres las encanta que los hombres se peguen por ellas. En ese aspecto, siguen siendo primitivas. Pero si usted me lo pide, callaré.

—Gracias, don Miguel. Y ahora volvamos sobre lo nuestro, aquello que anoche quedó sobre el tapete para ser discutido en la oficina.

—Si está usted hablándome de su dimisión, siento decirle que no la acepto. Es usted insustituible, hijo.

—Pero, don Miguel...

—Lo que le digo. Y si usted está satisfecho de su empleo...

—¡Claro que lo estoy!

—Entonces, no veo la necesidad de marcharse. Usted supone que la situación va a ser violenta para los dos, y en eso anda usted errado. Debe usted separar sus dos personalidades, como yo pienso separar las mías. Aquí sigue siendo mi secretario, y nada tiene usted que ver, ni yo tampoco, con ese Luis Alfonso Cárdenas que va a casarse con mi nieta. ¿No comprende usted, criatura, que ponerlo en lo ancho de la calle sería por mi parte una gran injusticia? ¡Y eso no! Miguel Aguirre no quiere cometerla.

—Bueno, si usted lo toma así...

—¿Pues cómo creía usted que iba a tomarlo? Ande, ande, vamos al trabajo, que con todas estas andanzas está muy atrasado.

65

Cinco años. Han pasado cinco años. En el pisito modesto, bonito, que el matrimonio Cárdenas tiene en una avenida moderna, corren, juegan, gritan y llenan la casa de alegría dos chiquillos casi iguales, uno moreno y otro rubio. El mayor se llama Miguel, como su bisabuelo y padrino, y el segundo, Luis Alfonso, como su padre. Lo que viene de camino esperan todos con ilusión que sea una nena, a la cual llamarán Clara, como doña Suavidades.

Decir que a María Antonia no le costó su trabajo el entrenarse en el manejo y gobierno de la casa fuera mentir, pero acometió el acoplamiento y los sacrificios que entrañaban con toda la decisión y el ánimo de una mujercita enamorada. Cárdenas no había escatimado nada para que dentro de su casita hallara la esposa todas las comodidades, y María Antonia sabía que ello había sido para su marido· fuente caudalosa de privaciones. Pero los dos eran felices.

Serafina no había querido dejar a su señorita, y la siguió a la nueva casa. Más que una sirvienta, llegó a ser una amiga. Serafina era una de esas muchachas a quienes la jugarreta de un novio dejó tan desengañada de los hombres y tan reacia al matrimonio como para no pensar en semejante cosa en el resto de su vida. Ganaba buen sueldo y estaba como en familia. Al fin y al cabo, ¿a qué más iba a aspirar? Sus padres habían muerto y sus hermanos estaban casados. Ella se había buscado una nueva familia, y allí estaba cuidando de los dos pequeños, a quienes adoraba y malcriaba, y ayudando a su señorita con eficiencia y lealtad, como las sirvientas de nuestras abuelas.

Este amanecer de un día de Reyes, el matrimonio se ha levantado de puntillas para no despertar a los dos peques, que duermen en un amplio dormitorio, uno a cada lado de la cama de Serafina, en dos cunitas metálicas. Serafina· ha entrado en esta habitación cargada de paquetes que llegaron la noche anterior en una camioneta de los talleres de la empresa de parte de don Miguel y de Clara. El abuelo se ha vuelto loco y ha gastado un dineral en los dos bisnietos. Tía Clara, por no ser menos, ha volcado el gusto y el bolsillo en los menudos *minicars,* en los dos trenes eléctricos, en los juegos de arquitectura y en los mecanos.

Los regalos de los padres no son de tanto precio. No pueden serlo, porque sus medios económicos son inferiores, y quizá, quizá sea ésta la única ocasión en que María Antonia lamente haber renunciado a su fortuna. Hasta la pobre Serafina ha gastado lo que no puede en aquellos dos ositos de peluche color marrón con un collarín rojo.

Los padres y la muchacha se llegan al balcón. Lo abren con cuidado. El cierzo frío de un amanecer que anuncia nieve penetra en el tibio dormitorio. Cárdenas cierra después de haber amontonado los paquetes sobre la repisa, y María Antonia, entre besos, despierta a los chiquillos. Hoy no refunfuñan, ni se tapan la cabeza con las sábanas, ni tratan de empalmar de nuevo el sueño. No. Ellos saben que hoy no es un día como los demás. Hoy es día de Reyes. A continuación, la escena incopiable y emocionante de un gozo de niño que exulta ante la maravilla de esos juguetes que llegan del cielo por mano de los Magos. Y luego...

Suena el teléfono de la portería, y Serafina oye la voz del señor Tiburcio, el portero.

— ¿Qué pasa?

— Diga usté a los señores que bajen, que a la puerta tienen algo que trajeron los Reyes.

— ¿Cómo? No le entiendo a usté, hombre.

— Ni falta que hace. Déjese de romances y déles el recao. Acaban de traerlo...

El portero cuelga. Serafina vuelve a entrar en el dormitorio.

— Señoritos..., llamó el portero ahora mismito. Dice que bajen ustedes a la calle a recoger algo que han traído los Reyes para ustedes.

Marido y mujer se miran desconcertados, pero ambos están convencidos de que, sea lo que fuere, el abuelo anda metido en ello.

Rápidamente se visten y bajan apresurados la escalera.

—No, pues no, María Antonia, más regalos de precio, no. Hace dos años, fue el collar de perlas, que vale un fortunón; el año pasado, el abrigo de visón, y éste veremos qué se le habrá ocurrido al abuelo...

Pero María Antonia no le escucha, y sólo detiene su carrera, entre asombrada y emocionada, al ver parado ante la puerta un soberbio *Mercedes*, último modelo, charolado y brillante. Junto a él se halla el chófer de don Miguel, que ha venido a entregarlo.

—Hola, Rodríguez...

—Buenos días, señorita. Buenos días, señor. El señor me manda con el coche que los reyes han traído a los señores. Y me encarga que dé al señor la primera lección, porque ahora va a tener que aprender a conducir...

Abrumado, Luis Alfonso no encuentra palabras. Quisiera no admitir el regalo. Se vuelve loco cuando piensa lo que habrá costado ese coche, y todo su orgullo se siente encabritado, aunque María Antonia, como siempre, encuentra el camino que conduce a su marido hacia la comprensión y la tolerancia.

Al mediodía comen todos en la antañona morada de los Aguirre. Han sido invitadas la madre y los hermanos de Cárdenas, y es una reunión de familia bien avenida que proporciona a todos unas horas agradables. Clara disfruta con las dos gemelas, tan finas, tan sensatas, tan diferentes a las alocadas chicas que conoce. Y las dos gemelas la gozan con los dos sobrinitos. Y a los postres estalla Luis Alfonso, incapaz de contenerse más tiempo.

—Antes de que acabe esta comida tan cordial y simpática, necesito decirle a usted, abuelo, algo que me cosquillea en el alma. Sí, sí, no se burle usted. Me pondría enfermo si no lo dijera.

—Pues entonces dilo, hijo, porque no me perdonaría nunca que por callarte lo que sea tuvieras un percance... —bromea don Miguel.

Y permanece sentado ante su taza de café y tiene sobre sus rodillas a cada uno de los bisnietos, a los que prueba a darles de vez en cuando una cucharadita, riendo al ver sus visajes cuando lo paladean.

—Pues mire usted. Si yo le dijera que no le agradezco con toda mi alma la buena intención que le ha movido a regalarnos el coche sería un desagradecido y un grosero. Pero usted debe comprender que un regalo de tal categoría yo no puedo aceptarlo ni le debo consentir a mi mujer que lo reciba. Vamos, creo yo.

—Tú crees muchas cosas tontas que te dicta ese condenado orgullo, que ya sería hora de que desapareciera, porque nos ha proporcionado sin ton ni son unos cuantos disgustos que no había ninguna necesidad de sufrir. ¿Estamos?

—Sí, señor. Pero usted debe darse cuenta de que yo no soy otra cosa que un empleado más o menos distinguido de una empresa y que no tengo categoría como para pasearme por el mundo en un coche de millonario.

—Pero, Luis Alfonso, si don Miguel os lo regala... —interviene la madre.

—El coche, en este caso, no es un artículo de lujo. compréndelo, Luis Alfonso —añade tía Clara, más suave que nunca—. Vivís en las afueras. Tienes que tomar el autobús o el tranvía diariamente. Cuando llueve, te mojas como un sapito antes de asaltar un puesto en cualquiera de los dos vehículos. Dentro de nada, tus chicos tendrán que ir al colegio, y habrán de hacerlo a pie, con su madre al lado; y cuenta con que María Antonia tiene su trabajo en casa y para ella el tiempo es de un inmenso valor. No tienes derecho a privar a los tuyos de una comodidad...

—Tanto más cuanto que el mantenimiento del coche corre de mi cuenta —insiste don Miguel.

El ceño de Cárdenas se frunce de un modo alarmante. María Antonia no ha dicho esta boca es mía, pero interiormente le está pidiendo a Santa Rita que mejore las horas de su marido.

—¡Bueno, yo no quería decirlo hasta que los chiquillos cumplieran siete años, pero, ea, no me aguanto! Sabed todos que estoy viejo, cansado y harto de bregar con unos y con otros en la empresa. Y después de toda una vida de aperreo me parece que será ya hora de que me jubile y viva en paz los pocos años que por ley natural me queden. No creo que este egoísta, que sólo piensa en él, en lo que dirán,. en su postura ante la gente, etcétera, tenga la poca caridad de negarme este derecho al descanso tan bien ganado.

—No, don Miguel... Yo... ¿Por qué dice usted semejante cosa? ¡Yo lo colocaría a usted en un sitio donde fuera inaccesible a las enfermedades, al dolor, a todo quebranto, y usted lo sabe bien, porque, cuando ha sido necesario, se lo he demostrado, que obras son amores y no buenas razones!

—Pues has de demostrármelo una vez más, y ésta será la última. Mira, aquí está mi hija Clara, que es conmigo dueña de la empresa. Ella está firme en no casarse. A mí me hubiera gustado que lo hiciera, pero sus motivos tendrá, y yo los respeto. Así, pues, un día, ella y yo desapareceremos del mundo, y tu mujer será la absoluta dueña, por herencia, de todos nuestros negocios y haberes. Desde luego, tú, como marido, has de ser quien se haga cargo, quien administre y dirija...

—¿Adónde va usted a parar, abuelo? —se inquieta Luis Alfonso.

—Sencillamente, a decirte que ya desde este momento puedes considerarte dueño de todos nuestros negocios. Te voy a nombrar director de «Industrias Metalúrgicas Aguirre y Cárdenas». Conque ya lo sabes. A mí y a Clara nos darás la renta que nos corresponda, pero yo me retiro al monte Aventino y tú te las arreglarás con aquella gente, que, dicho sea de paso, desde que reformaste las cosas y se amplió el negocio, y se alzaron los nuevos pabellones y demás, están que te adoran. Dime ahora si todo un director gerente de la empresa tiene que ir a su oficina todos los días arracimado en la plataforma de un tranvía o como sardina en banasta dentro del autobús. Sería denigrante para el cargo, ya comprenderás. Por decoro del mismo has de usar el coche; conque no se hable más, y, desde mañana, Rodríguez a enseñarte...

—No, no, abuelo, no me abrume usted. Yo no soy sino un modestísimo empleado. Los hay a montones más capacitados que yo; yo...

—Bueno, eso no es a ti a quien toca decirlo, hijo. Y si es que no te conviene mi propuesta, con buscarte otra empresa y dejarme solo, estás al cabo de la calle.

—Eso bien sabe usted que yo no lo haré nunca. Aunque vinieran las malas y me bajara usted el sueldo, no le dejaría. Entonces, menos que nunca.

—Pues no seas cabezota y concédeme a mí el derecho de mostrarme tan generoso respecto a ti como tú estarías dispuesto a mostrarte con respecto a mí. He de aclararte que esta resolución mía no obedece al hecho de que seas el marido de mi nieta. No, no, de ninguna manera, no lo pienses así. Precisamente por serlo he tardado mucho más en llegar a este acuerdo, porque, de no ser quien eres, hace ya muchísimo tiempo que formarías parte de la razón social. Esto no es sino una justa recompensa a tu inteligencia, a tu laboriosidad, a tus iniciativas y a tu honradez. Y estáte muy cierto de que si entre los empleados de mi casa hubiese encontrado otro que te superara en condiciones, ése habría sido el director. Ya sabes que yo tengo un estricto sentido de la justicia...

—Pero, abuelo...; pero, don Miguel, yo... Comprenda usted...

Cárdenas está estupefacto. Las piernas se le doblan y una angustia le sube desde el corazón como si quisiera ahogarle... ¿Qué puede decir, santo Dios? Allí están sus hijitos, que tienen derecho a un porvenir mejor que el que podrían esperar en caso de no ser él sino un empleado del montón, y allí está ella, aquella muchachita enamorada que ha sufrido tantas privaciones sin quejarse y que se ha plegado a la vida difícil de la clase media y ha renunciado a tantos lujos y a tantas comodidades por amor a él. ¿Puede condenarla a seguir viviendo en la mediocridad?

—¡Dios mío! Esto es un disparate. Una locura... ¿No lo comprende usted, abuelo? —murmura con voz opaca, matizada por la emoción.

—¡Anda, vete a la porra, cabezota! ¡Cuidado si eres pesado! Nada, nada. Mañana, a la oficina en el *Mercedes*, con Rodríguez al volante. Y tan pronto llegues, haré la presentación tuya al personal. No, no me digas nada más, porque presiento que vas a soltar una perogrullada. ¡A callar! ¡Y a obedecer a los mayores!

—Pero, ¿cómo se le ha ocurrido a usted hacer eso?

—Porque me ha dado la realísima gana, me parece. Como he hecho otras cosas.

Ríe el abuelo, ríe hasta causar la hilaridad de los demás. Es una risa jovial, llena de satisfacción y travesura.

— ¿De veras pensasteis alguna vez, bobos que sois, que os casabais contra mi gusto? Claro que sí. Pero no fue así. Habéis caído en la trampa como infelices ratones.

— ¿Qué estás diciendo, abuelo? — pregunta María Antonia, adivinando, casi al cabo de seis años, los manejos del abuelo y de doña Suavidades, Dios la bendiga.

— ¿De veras creías, tonta del bote, que necesitabas aquella cura de reposo que te recomendó Peñaclara? Pues no la necesitabas, eso es. Sino que a mí me interesaba apartarte de Gumersindo Belmonte y acercarte a un hombre. ¿Oyes bien? ¡A un hombre! Y le puse en la cabeza a este terco que fuera a pasarse unas vacaciones a cierto pueblecito levantino en cuyo término tenía yo una finca a la que llaman «El Romeral». Allí, tú, María Antonia, tratarías a un muchacho pobre, trabajador, inteligente, honrado y bien educado, muy distinto de la cuadrilla de botarates que formaba tu círculo social. Podrías comparar a un hombre de una pieza con un mamarracho como Gumersindo, o con otros cretinos por el estilo, que no buscaban en ti sino el dinero y que son unos perfectos inútiles... Yo os puse frente a frente, y lo demás corrió de vuestra cuenta. Yo, que os conocía a los dos, sabía que tan sólo una insinuación hubiera dado al traste con todo, ya que ambos sois rebeldes ingobernables, dos espíritus de contradicción. Y voy a decirte, Luis Alfonso, hijo mío, que una de las más grandes alegrías que he sentido en este mundo me la diste tú cuando, al pedirme la mano de María Antonia, me enviaste con malos modos a paseo al tratar de intereses. Después han venido al mundo estos· dos monigotes que son toda mi vida. ¡Dos chicos! ¿Entendéis lo que es eso para un hombre que ha estado deseando un hijo varón toda su vida? Conque ya todo está dicho, os guste o no. Y de hoy en adelante, en esta casa y en mi familia, que sois vosotros, mando yo. ¡A callar! En las oficinas, tú serás el amo, pero en la familia no cedo a nadie la primacía ni la jefatura. Por tanto, mando y ordeno que el socio de «Aguirre y Cárdenas, S. A.», don Luis Alfonso, tenga coche, servidumbre, casa adecuada y todo lo que cuadre a su posición. ¡Que te calles, baturro, que eres más atascado que una mula roma! Ya estoy harto de escrúpulos tontos y de orgullos ridículos. ¿Comprendido? Allá, en las oficinas, te dejo con los quebraderos de cabeza y los conflictos (que no son pocos, tú lo sabes y yo también), pero, al frente de la familia, conste que soy el amo. Y como tal, mando y ordeno. He dicho.

Desde abajo sube hasta el saloncito un suave alboroto. Entonces se dan cuenta de que los dos chiquillos no están ya sentados sobre las rodillas del abuelo, sino que han escapado y andan removiendo en el coche. Unos bocinazos llegan hasta ellos, coreados por las risas de los pequeños. Abren el balcón y contemplan el cuadro. El chófer sentado ante el volante, y a su lado los dos chiquillos maniobrando en la radio, que a toda voz suelta un chorro de música. De cuando en cuando, Miguelito tiende la manita y suena el claxon. El abuelo se troncha de risa. Tía Clara es feliz. María Antonia mira angustiada a su marido con una súplica en cada ojo. Y él entiende este mudo lenguaje y allí queda vencida toda su resistencia. Se acerca a la mujercita valiente y enamorada y la aprieta sobre su corazón, sin considerar de que les miran unos pares de ojos comprensivos y aquiescentes. Viva y honda emoción abruma al hombre.

— ¿Conforme, Luis Alfonso? —susurra ella, los brazos encadenándole el cuello y la cabeza caída sobre su hombro. Le miran unos ojos llenos de lágrimas, inquietos, angustiados...

— ¿Cómo no, querida? ¡Por ti! ¡Conste que es por ti!

Tía Clara ha cerrado el balcón y está fuera toda la familia. Tía Clara es una mujer discreta, porque lo que sigue no necesita testigos.

FIN

OBRAS DEL MISMO AUTOR PUBLICADAS POR EDITORIAL JUVENTUD

El hada Alegría
Inmaculada
El verdadero amor
Doña Sol
Madrinita buena
Mariposa
El último cacique
Muñequita
El secretario
Cuento de invierno
La señora
María Pura
El Monasterio de la Buena Muerte
Los dos caminos
Lo imposible
Levántate y anda
La Rapella
Almas recias
Amor que no muere
Duquesa Inés
La eterna historia
La clavariesa
Los cien caballeros de Isabel la Católica
Por el honor del nombre
Esperanza
Al borde de la leyenda
Mariquita Monleón
Los Caballeros de Loyola
La gloria de amar
Rebeldía
El secreto de Juan
Cuando pasa el amor
Palomita torcaz
Alfonso Queral
Un hombre cabal
Una niña loca
Romance de amor
La niña de Ara
Lengua de víbora
Por la puerta falsa
Elena
Juan Ignacio
De una España a otra
Cabeza de Estopa
La chica del molinero

El chófer de María Luz
La doncella de Loarre
El hombre del casco
Sexta bandera
La casa de Azlor
Entre el aviador y el millonario
Sin amor
El excelente conde
Sor María de la Consolación
La que se reía del amor
El señor de Albarracín
El idilio de la reina
Tentación
La ocasión de Mariquina Guevara
Noche blanca
Azucenas de Castilla
Martinejo
Intrigas en la Corte
Renzo
El sillón de la marquesa Gersinda
El valido del rey
La bastarda del condestable
El castillo de Escalona
Clara María
Crucero de amor
El conde maldito
Una fiera
El templario
Los cuatro primos
Amor y dinero
Aquella noche
El último Bernal
El segundón
El misterio de Gistain
El trovador bandolero
Vivir es olvidar
La princesa Galsuinda
El padrastro de Navarra
La torre del misterio
La moza de Salt
La golfilla del Avapiés
Baltasar de Zúñiga

Los diamantes amarillos
El vengador
La prueba
El duende de palacio
La beata Zaragata
El amor que vuelve
El navegante
Caminos torcidos
El sobre azul
Yolanda
Jimeno de Asúa
La masía del buen amor
La villana
La alquería de las rosas
Un hombre y el amor
Farsa de amor
Tres meses de licencia
Una mujer de piedra
Almas a la deriva
Aquella mujer
La viuda del pescador
Juego de orgullos
Los dos almirantes
El hereu de En Sarriá
El lobo de la Falconera
El caso de Marcela
Fuerza mayor
Novios de verano
El forjador de reyes
El enigma de la charca
El monje loco
Leonor de Castilla
A espaldas del amor
Una boda extraña
La casa maldita
La bruja de la ermita
Un caballero leonés
La eterna enamorada
El doncel de Doña Urraca
Ha llegado el amor
Romántica aventura
El hombre del tajo en la cara
Teresa tenía razón
La dama de Alzamora